徳 間 文 庫

満洲コンフィデンシャル

新 美　健

徳 間 書 店

目次

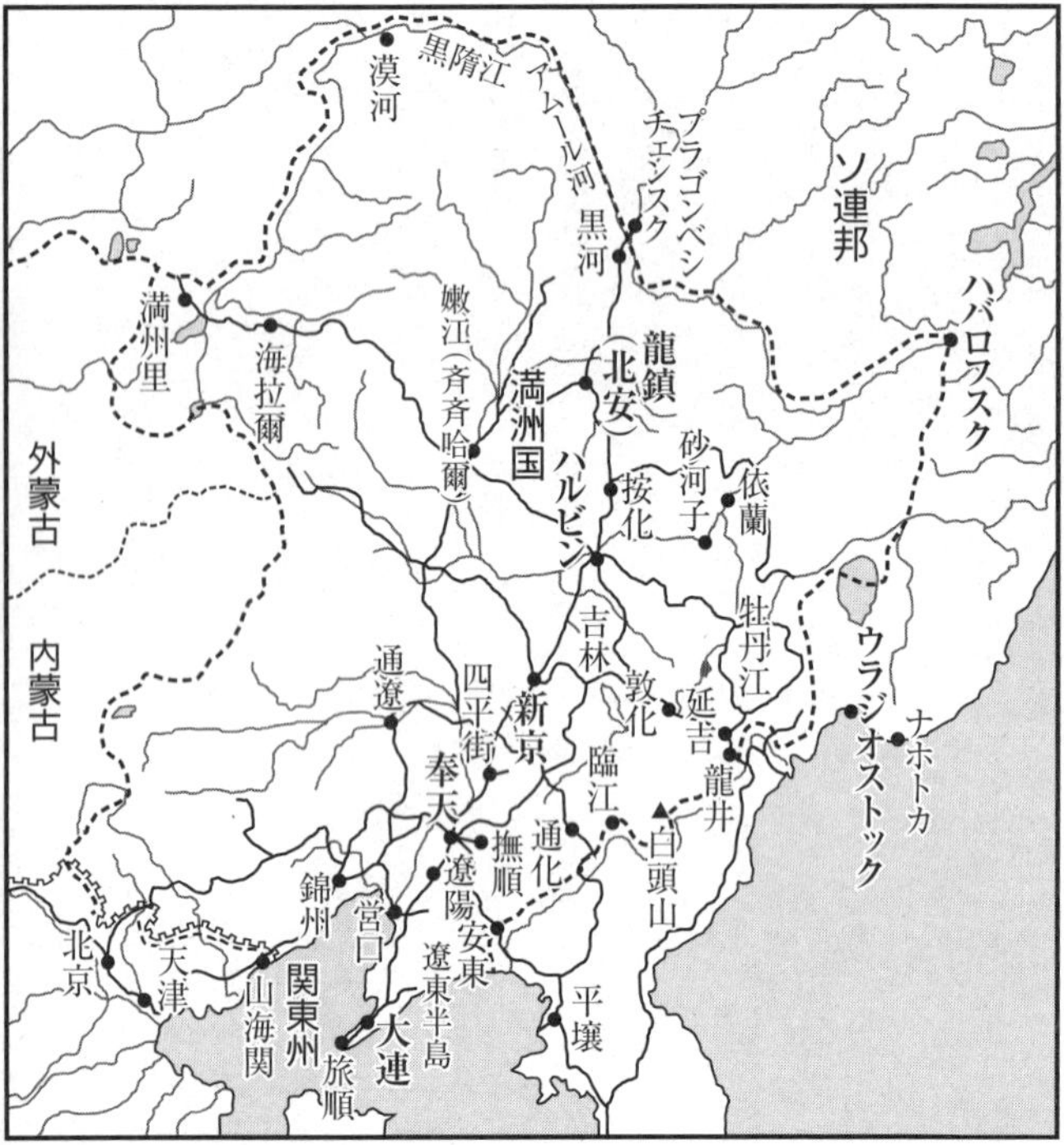
漠河
黒隋江
アムール河
ブラゴンベシチェンスク
黒河
ソ連邦
満州里
海拉爾
嫩江（斉斉哈爾）
満洲国
龍鎮（北安）
ハルビン
按化
砂河子
依蘭
ハバロフスク
外蒙古
内蒙古
通遼
四平街
新京
吉林
敦化
延吉
牡丹江
ウラジオストック
ナホトカ
龍井
奉天
臨江
白頭山
撫順
通化
錦州
遼陽
安東
営口
北京
天津
山海関
関東州
遼東半島
大連
旅順
平壌

開幕

よもや、こんな日がやってくるとは思いもよらなかった。

ソビエト連邦が崩壊した。

一九九一年だ。

平成と年号があらたまり、まだ三年目であった。

スパイ映画は最大の敵役《かたきやく》を永遠に失った。ハリウッドの映画屋もさぞや困ることだろう。

西側諸国のヒーローは、これから誰と戦えばいいのか？　どうやって世界を救ってみせればいいのやら……。

だが、ひとつの時代が終熄《しゅうそく》した。

言葉にすれば、それだけのことだ。

戦時を知る老人にとって、忘れようとしても忘れられず、砕けた夢の欠片《かけら》の最後のひと粒が、これで寂寞《せきばく》の曠野《こうや》へと散り去っただけのことであった。

だから、というわけでも――いや、やはり、そうなのだろう。

よいきっかけだと思ったのだ。

ふり返ることを拒み、ずっと背をむけてきたつもりでも、心のどこかで夢の欠片《かけら》を追っていたのであろう。大陸の記憶から逃げ切ることはできなかった。たぶん、やはり、これもそうなのであろう。

だから、もうしまいである。

このへんで、店じまいと腹を括《くく》ったのだ。


年の瀬だ。

雪でも降れば絵になろうが、南国九州の片田舎である。まだストーブすらつけていない。ただし、もう若くもなく、寒気が骨にまで染みる歳となっていた。

湊春雄《みなとはるお》は、三階の住居を出た。

黒の作業着と安物のダウンジャケット。いつもの格好だ。特別な日とはいえ、いまさら気どることもあるまい。錆《さび》で赤茶けたステップを踏み、外付けの鉄階段を降りて二階から廊下に入った。

灰色にくすんだ天井。蛍光灯が切れかかっている。まあいいさ、と舌打ちひとつ鳴らす。いまさら交換したところでしかたがないことだ。

北陽座という老舗《しにせ》の映画館だ。

もとは演芸場であったらしく、ひどく年季が入った建物だった。幾度も改修を重ねてきたが、惰性と気合いで崩れずに建っていた。すでに気合いは尽きている。惰性のほうは、まだ少しだけもつかもしれない。

事務室の戸を開けた。足元は冷え冷えとしているが、ハロゲンヒーターが健気《けなげ》に室温を上げようと頑張っていた。明け渡し日も決まり、あとは味気ない事務机と来客用ソファしか残っていなかった。

事務所にいたバイトの子に朝の挨拶をした。

「――ごめんクサい」

くだらない洒落《しゃれ》だ。トニー谷から毒気を抜いたような芸人のギャグで、今年の流行語にもなったらしい。春雄も面白いと思って口にしたわけではないが、前にウケたので、なんとなく挨拶代わりに使いつづけていた。

「館長、おはようございます」

落花生が弾けるような声が返ってきた。

大庭日陽《おおばはるひ》という女子大生だ。

当節はボーイッシュというのであろう。髪が短く、顔立ちは凛々《りり》しげで、体格も華奢《きゃしゃ》な上に起伏が著しく乏しい。冬でもTシャツと薄地のジャケットで通し、穴だらけのジーンズをはいているが、いまは野暮ったい従業員の制服に着替えていた。

安いバイト代しか払えないというのに、よく働いてくれていた娘だ。大学では、映画研究サークルに所属しているらしい。

「おはよう、はるひ君」

流行のギャグを聞き流され、あらためて春雄は挨拶をした。曠野でミイラ化した馬のようにヒビ割れた合革のソファに腰を落とすと、日陽が紙コップのコーヒーを手渡してくれた。

「やあ、ありがとう。遅くなって悪かったね」

「いえ、ボクも少し前に着いたばかりですから」

一人称もボーイッシュだ。

春雄はコーヒーに口をつけ、こっそり顔をしかめた。女性の〈ボク〉が好きではない。どうしても、ある人物を思い出してしまうからだ。

頭の芯にへばりつく眠気をカフェインが駆逐してくれることを期待しながら、最後の上映プログラムをとろうと事務机に手を伸ばしかけた。

おや、と春雄は眉をひそめた。

「変だな。まだ残ってたのか」

「あ、それ、今朝届いてたんです」

事務机の上に、古いフィルム缶が置かれていた。年代物らしく、素材のブリキは錆で赤茶けている。二時間ものであれば、五巻から十巻で一セットだ。一巻だけだということは、せいぜい十五分ほどの短編であろう。

「さて、どこかのコレクターが亡くなったのかな」

この北陽座は、古い作品しか上映しないせいで、映画マニアのあいだでは一種の聖地扱いを受けている。映画コレクターが高齢で亡くなったりすると、遺族がフィルムの処分に困って、こちらに送ってくることもあるのだ。

値段が手ごろなら買い入れ、在庫と重複していれば他のコレクターへ流す。遺族としては、とにかく邪魔なものを処分したいのだ。

だが、こちらも処分に奔走する側である。上映用フィルムを映画館ではプリントと呼ぶ。北陽座の膨大なプリントを引き取った地元のコレクター氏は、これを言い訳に収納部屋を改築すると大喜びであった。

日陽は可愛らしく小首をかしげた。

「差出人もわからないし、宅配じゃありません。ボクが事務所にきたときには、ドアの前に置かれていたんです」

「ふうん……」

春雄は、フィルム缶の蓋を開けてみた。呆れたことにセルロイドのプリントだ。可燃性が強く、温湿度が上がると密閉された缶の中で自然発火してしまう。戦時中ですら、不燃性フィルムに切り替えられていたはずだ。

　春雄の体温が、わずかに下がった。

　缶の中には写真も納められていた。印画紙こそ新しいものだが、ネガ自体は古い。モノクロで、独特のソフトフォーカス技法が懐かしい。記念写真のようだ。四人の男女が、そこには笑顔で写っていて――。

「――館長――それな――ィルムなんです――」

　日陽の声が、ひどく遠くから聞こえた。

　曠野に吹く風が、老いた耳をおおっていたのだ。太鼓の乱打も聞こえた。心臓が暴れているのだと気付き、息をゆっくり深く吸い込んだ。二年前に胸の疾患が見つかり、医者から無理はしないようにと強く忠告されている。

　しだいに鼓動の乱れは鎮まってきた。

「ああ……なんでもない。なんてことのない古い映画だ。処分は、あとで考えるよ」

　春雄はかぶりをふって、追憶を頭から追い払った。送り主の意図を推察するのは後回しだ。写真を作業着のポケットに放り込み、ブリキ缶の蓋をしめた。

　あらためて、上映プログラムを手にとった。

　マルクス兄弟の『吾輩は鴨である』、バスター・キートンの『大列車追跡』、川島雄三が監督した『幕末太陽傳』を選んだ。屈託なく笑え、それでいて味わい深い名作ぞろいだった。最後とはいえ、湿ったものは御免である。

もったいぶった文芸大作などもくそくらえであった。映画は娯楽がいい。春雄の私見では、大衆娯楽に厭《あ》きた映画人がこぞって芸術家を気取りはじめたときから、今日の凋落《ちょうらく》は約束されていたと――。

「館長、マルクス・ブラザーズはＬＤにもなりましたね」

「うん、君ね、映画は大画面で楽しむものだ」

あはは、と日陽は少年のように笑った。

「でも、館長のお歳だったら、西部劇とか好きなんじゃないですか」

春雄は露骨に顔をしかめた。

「あれは満洲を思い出すからなあ」

いまの中国東北部のことだ。

「満洲といえば、李香蘭ですね」

「よく知ってるな。さすが大学の映研だ」

「それから東洋のマタハリ！」

「残念。川島芳子は女優じゃない」

「あれ……あ、そうか……」

日陽は照れたように頭をかいた。

「満洲といえば、見渡す限りの曠野だったよ。赤い夕陽を浴びて蒸気機関が走り……いや、列車だけじゃない。馬車も使われていた。君、馬車に匪賊《ひぞく》とくれば、これは西部劇の道具立てだよ」

「ああ、なるほど。そんな映画みたいな時代がアジアにもあったんですね」

たしかに、どこか作り物じみた国ではあった。

だが、そこにも人は生きていた。

春雄も五年ほど満洲で暮らしていたのだ。


「大入りですよ大入り」

ロビーから外を覗き込み、日陽は大きな眼を輝かせていた。

「物好きが多いな。まあ、学生も冬休みか」

ガラス戸の前には、すでに五十人は集まっているだろうか。学生も多いが、半分以上は大人であった。髪形がむさ苦しく、服が野暮ったいのは昨今の映画ファンの特徴なのか。

家族連れやカップルは見あたらなかった。

「なにいってんですか。北陽座は映画の聖地なんですから、これくらいは当然です。館長、上演前に舞台袖で挨拶しますか？」

「やめておこう。裏方が出しゃばるもんじゃない」

不満そうな日陽の顔が、あっ、と険《けわ》しくなった。

「館長、あの人たちがきてます」

春雄も気付いていた。地元のやくざが三人だ。黒のスーツ姿だが、着慣れていないことはひと目でわかった。やくざも衣替えの時節なのだろう。

バブルだバブルだと、世間では異常な昂ぶりの渦中にあった。その余波は、こんな田舎にも及んでいる。暴力団新法が施行されることになり、みかじめ料の徴収では立ち行かなくなったのか、地元のやくざも大手の傘下に入って地上げをはじめたのだ。

先日、春雄も立ち退きに応じたばかりであった。

「怖いかね？　でも、だいじょうぶ。もう話はついてる。本当に閉館するかどうか、様子を見にきただけだろう」

「館長は……不思議な人ですね」

「ん？　なんだい？」

日陽の瞳が、じっと春雄を見つめている。

「やくざを怖がらないし、ボクのような小娘にも偉ぶらないし。ボク、近所の人から聞いたんです。地上げがはじまったとき、館長は立ち退きに応じたけど、他の店の人に無理な脅しをかけないように、ひとりでやくざの事務所で交渉したって……」

「なに、死にかけのジジイだ。いまさら怖がってもしかたがない」

照れ臭くなって、顔をつるりとなでた。

惜しまれながら消えていく。それも大事なことであった。

「さて、客を入れようか」

「……はい」

気のせいか、日陽の声は湿っていた。


映写室に入ると、春雄は映写機にプリントをセットした。

じつに、これも骨董品級である。最新式では一作が一巻にまとめられ、映写機も一台で済むようだが、こちらは複数巻のプリントを連続上映するために二台を手動で切り替えなくてはならなかった。

以前は熟練の映写技師に任せていたが、その技師も老齢で鬼籍に入ってしまった。以来、春雄が映写装置をまわしている。資金難で他に従業員を雇う余裕はなく、苦手な経理も春雄がこなしていた。

手順は身体が覚えている。映画館を継いだときに上映技師の免許をとらされ、義父にも厳しく叩き込まれていたのだ。

プリントやローラーのテンションを指先で確認する。機械の振動でピントがズレていないか？　だいじょうぶだ。スクリーンに光のムラが出ていないか？　これも問題ない。二台の映写機に光量の差がないか？　うん、同じだ。回転するプリントの走行音に異常はなし。気にかかるノイズもない。潤滑油のこびりついた匂いはなかった。劣化したフィルムが出す酸っぱい匂いもない。

よろしい。

さあ、はじめようか。

いよいよ終わらせようではないか。

夢の始まりだ。

そして、夢の終焉を――。


気がつくと、春雄は客席に座っていた。

居眠りをしていたらしい。涎《よだれ》が口の端から垂れていた。作業着の袖でぬぐう。

最終日は盛況であった。

客への挨拶などは辞退したかったが、日陽に笑顔で押し出されて、しかたなく舞台に上がることになった。古い映画館には、スクリーンの下に張り出した舞台がある。これは劇場時代から継承された盲腸のような遺物であった。

なにを話したかはよく覚えていない。

映画ファンの夢をひとつ潰してしまった。が、しかたのないことだ。どんなことにも必ず終わりはやってくるものだ。

日陽は帰った。

また遊びにきますと涙ぐんでいた。

本当に遊びにくるつもりだろうか？　春雄は住居を兼ねていた映画館から出て、郊外の安アパートへ移り住むことになっている。すでに必要な荷物は移し終え、新しい住所は彼女に教えてあった。

地上げで手に入れた金と年金をあわせれば、ひとりの老人がつましく余生を送ることくらいはできる。死ぬまで息をするだけの時間をかせげればいいのだ。

胸ポケットから煙草をとり出した。

箱入りのピースだ。戦後の銘柄だ。

ほのかな甘味が、大陸の風を思い出させる。近所の居酒屋でもらった紙マッチを擦り、咥《くわ》えたピースに火をつけた。両切り煙草だが、野暮なプラスチックのフィルターは好きではない。煙は直に吸うのが美味《うま》いのだ。

健康など、もう気にすることもあるまい。

七十三年も生きた。充分だ。心配してくれる家族もいなかった。

弁士上がりの洒脱な義父は二十年も昔に――妻は三年前に他界している。夫婦仲は悪くなかったが、ついに子供はできなかった。

紫煙が立ち昇る。美味かった。

舌の感覚が鈍くなって、味はよくわからない。ただ、映画館で誰に憚《はばか》ることなく吸えるのが無性にうれしかった。

昔は映画館で煙草が吸えたのだ。

娯楽映画は素晴らしい。

終戦直後はGHQによってチャンバラ映画が禁止され、解禁後には空前のブームが到来した。だが、人々も伝統的なチャンバラには厭き、リアルな殺陣《たて》や演出がもてはやされ、そのエッセンスは仁俠映画へと受け継がれていった。

一般の家庭にテレビがやってくると、映画産業は斜陽化していった。昭和三十三年が映画館入場者数のピークであったという。国民の生活は豊かになり、映画産業は時代の変化を受け入れながらも生き延びる。

義父が亡くなったことで、春雄は映画館を受け継いだ。

興行方式が変わり、広告に大金を投じる時代がきていたが、世知辛い配給システムに嫌気が差して、春雄は古い映画ばかりを上映することにした。

八〇年代に興隆したミニシアター・ブームの流れに乗って、小ホール化する道もあった。しかし、どうしても小さなスクリーンで映画を観ることには釈然としないものがあったのだ。

依然、世はバブル景気だ。

まだまだこれからだと強気な劇場主もいる。いけいけドンドンの気勢だ。その手の興行主はどこにでもいる。実際に、そうなのかもしれない。どちらにしても、設備が老朽化して、新しい機械を仕入れる資金はなかった。

映画など、いまでは家庭で手軽に観られる。民生用のビデオデッキが普及したせいだ。信じられないことだ。あんな小さな箱に、夢の素が詰め込まれている。いつか映画を持ち歩きながら観る時代がくるのかもしれない。

我々の夢は、それほど小さくなってしまったのか……。

老人の繰り言だ。

今年だけでも、さまざまな事件や出来事があった。

クウェートで戦争が勃発し、自衛隊も掃海派遣部隊としてペルシャ湾へ派遣された。横綱の千代の富士が引退した。勝新太郎が大麻取締法違反の容疑で逮捕された。長崎県の雲仙普賢岳で火砕流が発生し、一九九八年の冬季オリンピック開催地が長野市に決定となり、『悪魔の詩』を翻訳した筑波大学助教授が殺された。『フジ三太郎』が最終回を迎えた。西武ライオンズが二年連続の日本一に輝く。邦画では『ゴジラVSキングギドラ』がヒット。『しゃぼん玉』『情けねぇ』『それが大事』『あなたに会えてよかった』——今年のヒット曲のタイトルだ。

そして――。

あれほど強大に思えたソ連が瓦解した。

春雄は肩を震わせた。咳込んだのだ。

激しい。止まらなかった。骨まで軋《きし》み、脇腹がひどく痛む。火花が散り、瞼《まぶた》の裏側が火照《ほて》って、情けなく涙まで滲《にじ》んできた。

ふいに、眼の前が明るくなった。

スクリーンにテスト映像が映っていた。

誰だ？　日陽だろうか？　まだ映写室に残っているのか？　ちがう。あの機械は素人が使えるようなものではないのだ。

「これは……」

春雄の咳が止まった。

満洲人街の薄汚い下宿部屋。安っぽいセットの宮殿。興安広場。アカシヤの並木道。児玉公園。どこまでも天に突き抜ける秋の空――。

スクリーンに流れているのは、あの懐かしい満洲国の映像であった。フィルムのサイズがバラバラだ。八ミリや十六ミリのフィルムが引き伸ばされ、呆れ果てるほどに画質もバラついている。ひどい素人編集であった。

それでも、乾いた風が頰をなでた。

事務所に届いた古いフィルムだ。誰かが映写機にかけているのだ。

サイレントのはずが――。

ハモニカのメロディを聞いた気がした。

『――メイファーズ――』

一瞬だけ映った優男は、たしかにそうつぶやいた。

中国語で〈没法子〉と書く。しかたないという意味だ。

ずん、と頭頂部が痺《しび》れた。ひり、と指先が震えた。息が苦しい。

「ああ……ああ……」

我知らず、喉の奥からうめき声を漏らしていた。

リラの花が散る。

バラライカの音色。

広大な曠野。冬の乾いた空気。

銀幕の大女優と男装の麗人。

いまさら……。

なぜ、こんなフィルムを送ってきたのか……。

悪戯《いたずら》にしては手が込みすぎている。が、心当たりはあった。あいつらしい。どこまで本気で、どこまで冗談なのか、わからないところも含めて、だ。しかし、死んだはずだ。この眼でみたのだ。ソビエト兵のＰＰＳｈ－41〈マンドリン〉――短機関銃のリズミカルな銃声もこの耳で聞いた。滑走路に倒れる長軀《ちょうく》も見た。

こっ、こっ、と何者かの足音が聞こえた。

春雄はふり返らなかった。

とっさに手が懐を探っていた。拳銃など持っているはずがない。戦後の日本だ。ここは満洲国ではないのだ。

突如としてスクリーンが溶解し、視界が眩《まばゆ》い光に満たされた。あれはセルロイドだ。可燃性のフィルムが燃えているのだ。

視界が暗転した。次のシーンは映らなかった。映画は終わった。終わったのだ。サイレンの音が聞こえる。顔が熱い。なにかが盛大に燃えているようだ。映画館が燃えているのだろうか。それでもよかった。息は苦しいが、胸の痛みは楽になっていた。このまま死んでいくのか。それも悪くは――。

第一話　夕陽と大陸浪人

昭和十五年。

西暦ならば一九四〇年だ。

特急富士で東京を発ち、神戸の港から大阪商船の鴨緑《おうりょく》丸に乗った。三菱《みつびし》が建造した七千トン級の貨客船だ。八千馬力を絞り出すツェリー式蒸気タービンを二基搭載し、最高速力は十八・五ノットを謳っている。

七月の夏日であった。猛暑というほどではなく、すこぶる快適な船旅になった。気温は二十度をやや超えるくらいであろう。

潮の匂い。波の音。

瀬戸の内海は穏やかであったが、関門海峡を抜けると、玄界灘の高波で全長百三十八メートルの船体は縦に揺れた。船旅に慣れていない乗客の顔は蒼白で、気分が悪くなって寝込んでいる者もいた。春雄にとって、こんなものは揺れのうちにも入らない。こちとら海軍の練習艦で外海に揉まれた経験もあるのだ。

昼前に神戸を出て、二日後の朝には大連《だいれん》に着いていた。

遼東半島の爪先である。

大日本帝国の租借地である関東州は、奈良や鳥取ほどの面積だという。大連はその中心に位置している。輸送船や旅客船が往来し、日本が建国以来の後ろ盾となっている満洲帝国の表玄関ともいえた。

四十五年も昔のことだが、清国との戦争に大勝利をおさめた日本は、意気揚々として遼東半島を割譲させたものの、フランス、ドイツ、ロシアの三強国からの強硬な干渉によって返還せざるをえなかった。

かねてより不凍港を渇望していた帝政ロシアは、干渉の代償として関東州を清国より租借した。東アジアの拠点として開発に勤しみ、当時〈青泥窪《チンニーワー》〉と呼ばれていた地をロシア人は〈遠方《ダルニー》〉と名付けた。

多くの血を流して獲得した新領地を横合いから奪われ、日本人は切歯扼腕《せっしやくわん》した。捲土重来《けんどちょうらい》の機会は、その十年後に到来した。

この日のために軍備を蓄え、戦略と戦術を練り上げてきた日本帝国軍は、陸と海で帝政ロシア軍を見事に撃破した。日本は関東州の租借権を得るとともに、〈ダルニー〉の名も受け継いで〈大連〉としたのだ。

その後、革命によって清帝国は滅んだ。

帝政ロシアも叛乱によって皇帝とその一族が皆殺しにされ、ソビエト社会主義共和国連邦という長々しい名の国に生まれ変わった。

慌ただしくも諸行無常の感がある。

ともあれ――。

二十二歳の夏。

湊春雄は、大連の港に到着したのだ。

接舷した鴨緑丸から渡り廊下を使って大連埠頭に上陸した。日本が巨額の資金を投じて発達させた良港である。東洋随一の旅船ターミナルは、五千人を収容できるという広大にして優美な待合室があった。

ロシア租借地であった時代から、輸出入に関税がかからない自由港として機能していただけに、裕福な商人らしき漢人や欧州人の姿が多く見えた。

大連の人口は約五十七万。日本人は十七万ほどにすぎない。日本の統治下にあるとはいえ、ここでは日本人のほうが異邦人なのだ。

埠頭や待合室には、目付きの鋭い警察官がやたらとうろついていたが、大陸人の過激な排日活動を警戒しての厳戒態勢なのだろうと気にも留めなかった。

春雄は、ふと気付いて懐中時計を巻き戻そうとした。イギリス製で、海軍兵学校の試験に合格したお祝いに父から贈られたものだ。時差は一時間。しかし、すぐに調整の必要がないことも思い出した。時差は三年前に廃止され、本土と同じになっているのだ。

ひと息つき、ぼんやりと待合室を眺めていると、若い身体が餓えを訴えてきた。

まだ早朝だ。

春雄は満洲鉄道の本社へ出頭を命じられている。

正式には、南満洲鉄道株式会社という。

設立は明治三十九年。初代総裁は台湾経営に実績がある後藤新平《ごとうしんぺい》だ。日露戦争の勝利で満洲の鉄道敷設権を得た日本は、さっそく鉄道運輸業に乗り出し、半官半民の特殊会社として満鉄を設立したのだ。

ただの鉄道会社ではない。

関東州と満洲経営の中核として、沿線に近代都市を設計した。上下水道をひき、電力やガスを供給した。港湾を整備し、病院を作った。炭鉱、製鉄、農林牧畜、ホテル、航空会社なども経営し、教育機関や図書館も擁した。

満鉄そのものが、まるでひとつの国家のように機能しているのだ。

ならば、立派な社員食堂くらいはあるはずだった。

春雄は、長々とつづく待合室の果てを目指して歩いた。やがて、二本の巨大な石柱が見えてくる。旅船ターミナルの玄関だ。

外へ出ると、一気に視界がひらけた。

　幅広の道路に路面電車が停まっていた。ここが出発点なのだ。玄関の右側には自家用車とタクシーが整然と並び、漢人と朝鮮人が曳く人力車が客待ちをしていた。道路を挟んで斜向かいにそびえているのは大連一の高層建築を誇る埠頭事務所である。

　――満鉄本社まで、どうやっていくか――。

　大陸の人力車は荒っぽい。座席上で乱暴にふりまわされ、いたずらに面倒に巻き込まれて体力をすり減らすのも莫迦《ばか》げていた。

　大連のタクシーは三年前からはじまった石油備蓄のあおりを受けて、本土と同じく木炭自動車になっているようだ。

　車はガソリンで動く時代であり、木を燃やして走るなど錯誤もいいところだと莫迦にしていたが、木炭車は水蒸気でシリンダーを動かすのではなく、熱した木炭から生じる可燃ガスを機関内で爆発させるのだから、かえって最先端の技術なのだと兵学校の同期生から教えられて春雄は赤面したことがあった。

　思案の末、路面電車に乗ることにした。

　ロシアの撤退によって建設半《なか》ばで放棄されたが、関東州を租借した日本人は西洋風の意匠も引き継いで大連の町並みを統一していた。

　石造りや煉瓦《れんが》の建物。アカシアの街路樹。

　異国の風景だ。

支那事変が勃発して四年目に入っていたが、大連の空気は長閑《のどか》であった。路面電車は東広場を突っ切り、春雄は山県通の停留所で降りた。満鉄本社前の停留所まで乗り継ぐより、ここから歩いたほうが早く着く。満鉄本社まで、ものの十分とかからなかった。

† † †

「おい、大連は初めてか？」

ざっくばらん、というよりは、ぞんざいな口調であった。

満鉄調査部の人事担当者だ。たしか名前も聞いたはずだ。不思議なことに、のちに思い出そうとしても思い出せなかった。

覚えているのは、くしゃみを我慢している土佐犬の如きしかめっ面である。歳は四十代の半ばといったところで、面談室の机越しに見える体躯《たいく》は肥満の一言だ。曠野の黄塵《こうじん》で染めたような背広を着ていた。

直立しながら、春雄は答えた。

「二度目です。練習艦隊の遠洋航海で寄港いたしました」

「ふん、そうか。とくに驚いた顔もせんか。ずいぶん可愛げのない小僧だ。ふん、海軍の、兵学校を出たのだったな」

壮年の満鉄マンは何度も鼻を鳴らした。

「だが、ここは大陸の端っこだ。アカだの壮士だのと、いろんなものが吹き溜まる。どいつもこいつも本土では憲兵に睨まれていたロクデナシどもだ。遼東半島はごみ溜めではないのだがな。貴様、おい、エリートの卵がこんなところへ飛ばされるとは、本土でなにをやらかした？」

履歴情報は届いているはずだが、あえて問いただしているのだろう。

「はっ、憲兵を殴っただけです」

「ほう？　殴った？」

春雄は、海軍の士官候補生であった。江田島の海軍兵学校を卒業し、戦艦や巡洋艦に転属して経験を重ねたのち、陸戦隊へ配属されることになっていた。

だが、陸軍将校であった叔父が四年前の二・二六事件でクーデター側と通じていたことによって、春雄の人生にも濃い影が落とされた。

文人肌の叔父は、官邸などを襲撃した決起隊には参加せず、情報収集などで協力していたらしい。クーデター失敗後は、懲罰的に満洲へと飛ばされ、中国軍と戦う最前線で戦死したという噂を耳にしていた。

海軍尉官であった父は、一族から反逆者を出した責任をとって参謀本部を退き、資料部の閑職にまわっていた。

叔父は親戚付き合いに淡泊であった。春雄も長じてから会っていないため、ほとんど顔すらも覚えていなかったが、兵学校に入学していた春雄にも思想的な嫌疑がかけられ、ある憲兵から執拗《しつよう》にまとわりつかれることになった。

それでも江田島にいるかぎりは教官や先輩に護られたが、卒業後は士官候補生として軍艦を乗り継ぎ、休暇上陸のたびに憲兵から陰湿な嫌がらせを受けつづけたことで、ついに鉄拳を見舞ってしまったのだ。

紳士であるべき海兵として、春雄は我慢が足りなかった。もはや軍艦に乗ることは許されず、父の斡旋《あっせん》で大連に職を求めにきたのだ。

「しかし、後悔はしておりません」

「うん、いいさ。そんなことはいいんだ」

なおざりな反応に、春雄も拍子抜けした。

「まあいい。なんでもいい。私も軍にいた。陸軍だ。いまは退役兵だがな」

頭のてっぺんから爪先まで、冷ややかな眼で春雄を眺めてから、肥満の男はわざとらしくため息をついた。

「豪傑気取りの大陸浪人か？　ええ？　まさかとは思うが、馬賊志願ではなかろうな？　悪いことはいわん。やめておけ。あんなものは軍の使い走りにすぎん。せいぜい捨て駒だ。だいたい、もうそんな時代ではないのだ」

「お言葉を返すようですが、これは薩摩の正装です。大陸浪人に憧れたわけでも、馬賊に身を投じたいわけでもありません」

薩摩絣の着物を兵児帯《へこおび》でゆるりと締め、両袖を威勢よくまくった格好だ。カンカン帽を腋下に挟み、芝生のような頭をさらしている。時代遅れの壮士スタイルといったところだが、さすがに高下駄ではなく、ゴム底の短靴をはいていた。

大連など、国内旅行の延長である。パスポートさえ要らないのだ。じつに身軽な格好で、必需品は風呂敷にまとめて襷掛《たすきが》けに背負っていた。

「ふん、〈怖いもの知らず《ボッケモン》〉か？　そういうことか？　憲兵を殴った？　よくぞほざいたもんだ。しかし、その面の皮の厚さは悪くはない。ことによると、珍しく大陸にふさわしい人材を本土は送ってくれたのかもしれんな」

満鉄調査部の男も、心の底から信じているとは思えない。春雄の反駁《はんばく》にも怒ってはいないようだ。存外、腹の太い人なのかもしれない。

もっとも、薩摩の正装とは自棄混じりの冗談である。

父は薩摩の出身だが、春雄は東京生まれの東京育ちであった。母は深川の元芸者である。海軍を離れた身で軍服を着るわけにはいかず、自前の背広も持っていなかったからにすぎないのだ。

「小僧、海軍でなにを習ったかは知らんが、すべて忘れてしまえ。くだらん。そんなことは、この大陸では役に立たん」

「どういうことでしょうか？」

春雄は、思わず小首をかしげてしまった。

眉が太く、眼や口が鼻に寄り気味の童顔である。俊敏に引き締まった小兵ぶりとあいまって、その仕草が分別臭い子供のように映ることは承知している。いまさら直しようのない癖であった。

「解説がいるか？　自分で考えろ。貴様、物見遊山《ものみゆさん》にでもきたつもりか？　これから貴様は、その眼で見たままを受け入れるんだ。それだけのことだ。この大陸で生きるということはそういうことだ」

「はっ」

春雄は、素直に返事をした。

本土に未練などない。出ていけというから出てやった。誰が帰ってやるもんかというくらいのものだ。大陸がなんだ。島国育ちがどうした。臆することはない。大日本帝国の本土は、かの大英帝国と大差ないのだ。

「ともあれ、満鉄調査部は貴様を受け入れた。だが、その服装は改めた方がいいな。これも忠告だと思え。壮士服で満洲の冬は耐えられん」

「満洲？　この大連ではなく？」

春雄は困惑した。

「新京にいってもらう。我が満鉄調査部は後藤新平殿の肝いりで創設された調査機関だ。その対象は、政治、経済はもとより、地誌等も含まれておる。当初は中国東北地区に限定されておったが、我が軍の大陸進出によって調査区域は膨張し、いまでは中国そのものが——」

なんのつもりか、長い話がはじまってしまった。

ようするに、満鉄は関東軍から満洲国の経済政策を立案するように要請され、〈支那抗戦力調査〉を初めとする総合調査を実施していたのだ。

調査業務が拡大されたことで、大幅な人員増強も図られた。その揚げ句、頭脳は折り紙付きながら本土では持て余されている左翼運動家などの転向者——〈思想的前歴者〉が即戦力として大量投入されることになった。

つまるところ、人手不足なのだ。文句をいわず従え。面倒はかけるな。長い話を要約すれば、そういうことであった。

「ここからが本題となる。貴様には、あれを満洲映画協会まで届けてもらいたい」

顎先で、ドアの脇にたてかけてある鞄を示した。

「中身はなんですか?」

「フィルムが入っておる。内容は貴様が知る必要はない。軍の機密だ」

鞄をひとつ運ぶだけとは、子供の使いのようではないか。

「気の抜けた顔をするな。貴様は、そのまま満洲映画協会に残るのだ」

「大連には戻らなくてよいと？」

「そういうことだ。満鉄の本社は大連市にあるが、新京の本部が実質的な本社となっとる。喜べ。満鉄に入社して、もう栄転だ。満映には、満鉄弘報部から出向という形にする。記者として、アジア平和事業に貢献する満映を取材するということだ。――表向きはな」

「では、裏の任務があると？」

「ほう、よくわかったな。賢いぞ、小僧」

男は薄笑いを浮かべた。

「肝心なところを話してやるから、その賢い頭に叩き込んでおけ。首尾よく満映に潜り込めたなら……満映理事長の甘粕正彦《あまかすまさひこ》の不正か弱みを摑《つか》んでこい」

春雄は息を呑んだ。

甘粕正彦とは、十七年も昔に日本中を騒然とさせた元陸軍憲兵大尉の名であった。著名なアナキスト大杉栄《おおすぎさかえ》とその甥である橘宗一《たちばなそういち》、それから婦人解放運動家にして無政府主義者の伊藤野枝《いとうのえ》を憲兵隊本部に連行して死に至らしめたという。

軍事法廷で禁錮十年の判決を受けるも、三年後には仮出獄してフランスへ高飛びし、いつのまにか満洲に出現して世間を驚かせた。紫禁《しきん》城を追われた清朝最後の皇帝である愛新《あいしん》覚羅溥儀《かくらふぎ》を満洲へ連れ出すためにも暗躍したという噂もある。

「そうだ。あの〈人殺し〉の甘粕だ。密命の依頼主は関東軍でな。重要な協力者であった甘粕を満映理事として引き抜かれたことに遺恨を抱いておるらしい。昔は満鉄附属地の守備隊にすぎなかった関東軍だが、いまでは満鉄との力関係は逆転だ。無闇に要請を断るわけにもいかんのだ」

春雄は眼を剝《む》いた。

つまり、間諜になれと？　スパイをしろというのか？　武勇を尚《たっと》ぶべし、信義を重んずべし、と江田島で教育された元海軍兵に？

「これが新京行きの乗車券だ。喜べ。一等車だ。さあ、辞令は伝えたぞ。はやく出ていけ。大連駅にむかえ。列車へ飛び乗れ。一晩くらいはゆっくりさせてやりたいが、あいにく宿舎に空きがないのでな」

驚愕から覚めやらぬうちに、春雄は追い立てをくらった。否も応もない。乗車券と新聞紙を押し頂いて踵《きびす》を返すしかなかった。

「なんにせよ、行動には気をつけることだ。こちらは物騒だ。昨晩も苦力《クーリー》らしき漢人の斬殺死体が発見された。その新聞にも載っておるから、あとで読んでおけ」

「肝に銘じておきます」

春雄は、退出の前に海軍式の敬礼をとりそうになって、上がりかけた腕を止めた。

もう軍属ではないのだ。

退出する前に、ドアの脇に置かれた鞄を手にとる。ずしりと重かった。

「おい……貴様、『のらくろ』は好きか?」

なんの話かと思えば、擬人化された犬を主人公にした戦争漫画のことであった。作者は田河水泡《たがわすいほう》。『少年倶楽部』で十年近くも連載をつづけている大人気作だ。一介の野良から陸軍へ身を投じた〈のらくろ〉は、愉快なドジを踏みながらも戦争のたびに手柄を重ねて昇進していき——。

「嫌いです」

「ああ、それでいい。『のらくろ』はプロレタリアートだからな」

廊下に出ると、不思議と足が軽かった。

スパイ働きなど性分ではないが、満洲の首都には興味があった。どうせなら、とことんだ。祖国から少しでも遠い方が、いっそ晴れ晴れするというものだ。

† † †

どうやら、朝飯にありつき損ねたらしい。

満鉄本部を出てから、春雄はそれに気付いてしまった。

間の抜けた話だ。

引き返すのも癪である。とはいえ、腹の虫はますます盛大に不満の音を奏でていた。

春雄は前進を選んだ。

ロシア時代の都市計画に従って、道路は放射状に伸びている。中心地にむけて一キロも歩けば大広場に出るはずだ。ヤマトホテルには地下食堂がある。そこで優雅に腹ごしらえを済ませてから、路面電車で大連駅にむかえばいいだけだ。

それにしても、新京が任地であれば、大連くんだりまで足を運ばなくてもよかったのだ。飛行機に乗れば八時間の旅程である。

しかも、満映へ出向とは思いもよらなかった。

満洲映画協会は、新京特別市に設立された国策映画会社だ。『日満親善』や『五族協和』といった理想を浸透させるため、日本文化の紹介や啓蒙的な映画を作ってはアジアの各地で上映をしている。

娯楽映画も数多く作られ、李香蘭という大スターを生み出していた。

二年前に『蜜月快車』で鮮烈な銀幕デビューを果たすや、次々とヒロインに抜擢《ばってき》され、たちまち満映の大看板女優となった。東宝のスター俳優である長谷川一夫《はせがわかずお》と共演した『白蘭の歌』につづいて『支那の夜』も公開され、ますます人気は高まるばかりだ。共演三作目『熱砂の誓ひ』も撮影中であるという。

あのエキゾチックな美貌と逢えるかもしれない。そんな俗事で浮き立つほど春雄は軟派ではない。が、華やかな銀幕の世界を覗いてみるのも一興で、本土に戻ったときには妹への土産話になろうというものだ。

「――あのね、君――」

ふいに声をかけられた。

「ねえ、君、盗人に尾《つ》けられてるよ」

驚いてふり返ると、長身痩軀《そうく》の優男《やさおとこ》が微笑《ほほえ》んでいた。

面長で、彫りが深い目鼻立ちだ。歳は三十前後と見当をつけた。涼しげな白麻の背広も気障《きざ》で、若いくせに黒檀らしきステッキを手に提げ、理髪店でさっぱりと整えたような頭には粋なパナマ帽をかぶっている。

「……なんだって？」

春雄は面食らっていた。

尾けられてる？　なんのために？

「おっと、後ろを見てはいけないよ。気付かれてしまうからね。どうしてもとあれば、あのガラスを見ればいいさ」

軟派面の男は、春雄の肩を抱くようにして並ぶと、道案内を装って長い指先をぴんと伸ばした。春雄も眼で追った。

路肩の荷車に積まれたガラス板に、ふたりの中国人らしき男が映っていた。上半身は裸で、裾のだぶついたズボンをはいている。苦力のようであった。

「おれがなぜ狙われなくてはならんのだ？」

春雄は馴れ馴れしく肩にまわされた手をふり払った。軽佻浮薄《けいちょうふはく》を絵に描いたような男で、どうにも気に入らない。兵学校時代の蛮カラな同期生であれば、嬉々として鉄拳を見舞っていただろう。

気障《きざ》な男は西洋人のように肩をすくめた。

「君は日本人だろう？」

「そうだ」

「うん、そんな着物を好むのは日本人くらいだ。しかも、見たところ、たいして金持ちとは思えない。手荷物はふたつ。ひとつは粗末なボロ布にくるみ、もうひとつは服装に似合わない上等な鞄だ。誰だって中身が気になろうというものだよ」

似合わなくて上等だ。

しかし、男の指摘には納得できなくもない。ずんと鞄の重みが増した気がした。面倒なものを押しつけられたものだ。

「あんた、何者だ？」

怪しいといえば、この男の方がたんと怪しいのだ。日本人の新参者をカモにしている本職のペテン師なのかもしれなかった。

「西風《にしかぜ》と呼んでくれたまえ。もしや、僕を怪しんでいるのかね？　なに、君、日本からのお客人が困ったことになる前に助けてあげただけだよ。でも、疑い深いのはいいことだ。ひとつ試してみようか」

「試す？」

盗人の真偽のことであろう。

だが、どうやって？

西風と名乗った男は答えずに歩きつづけ、長い手足がもつれたように道路へはみ出していった。成り行きで、春雄もあとを追った。

後ろから鋭い警笛が聞こえた。路面電車がやってきたのだ。

「これに乗ろう」

西風の痩身が大道芸マジックのように浮かんだ。通りかかった路面電車へ絶妙のタイミングで飛び移ったのだ。

「鞄が重そうだね。僕が持とうか？」

春雄に返事をする余裕はなかった。そもそも詐欺師かもしれない男に大事な荷物を渡すはずもない。腕の筋肉を張りつめさせ、海軍で鍛えた足を駆動させて追いつき、かろうじて乗車口に躍り込んだ。

ふり返ると、ふたりの中国人が血相を変えて追いかけてくる。が、途中で諦めて足を止め、路面電車の尻を恨みがましく睨みつけていた。

たしかに、春雄は狙われていたようだった。

出社時刻帯と重なったのか、車両内はひどく混雑していた。いい歳をして、悪童のようなふるまいをしたふたりに非難の視線が突き刺さる。春雄は汗顔《かんがん》の体《てい》で車掌に二人分の運賃を払った。十銭だ。

「西風さん、あなたのご忠告通りでした」

春雄は素直に礼を述べた。

「なに、気にすることはないよ。同じアジアに生きる者として、あたりまえのことさ」

西風は白い歯をみせて笑った。

「ともあれ、被害がなくてなによりだ。小崗子《しょうこうし》の中国人街に逃げられると、どうにもならないからね。道路や電柱も曲がっていれば、住人の性根も一筋縄ではいかない」

「はあ……」

「ところで、君、どこにむかうつもりかね?」

「大連駅です」

「なら急いだほうがいい。〈あじあ〉号に乗るつもりならね。出発まで時間がないし、乗りそこねれば明日の朝まで待つことになる」

春雄は慌てた。懐の乗車券を確認すると、まさしく〈あじあ〉号と記されていた。出発は午前九時である。

　西風は、その乗車券をとり上げて眺めた。

「おや、一等客車か。豪勢なものだね」

　春雄は、すぐに乗車券をとり返して懐へ戻した。大連では朝食にありつけそうにもないようだ。腹の虫が不平を鳴らした。

「ねえ、君、〈あじあ〉号には食堂車もあるよ。それまで我慢できないのであれば、これでもどうぞ。ほら、手を出して。大連の名物だ」

　西風はポケットから摑み出したものを春雄の手のひらに乗せた。落花生だ。白麻の背広には似つかわしくないが、そこに男の地金がわずかに覗けた気がして、ようやく春雄は親近感を覚えた。

「ありがとう。いただきます」

　重ねて礼を述べてから、まだ名乗っていなかったと思い出した。

「湊春雄です」

「軍人だね？　関東軍かい？」

　春雄は眼を見開いた。

「驚いたかね？　歩き方と、その靴でわかる」

「……元海軍です」

「そうか。海軍にサツマが多いと聞くけど、君もそうかね？　奇遇だ。ぼくの祖父はアイヅだったらしい。仲良くしよう」

春雄は、またもや眼を剝いた。明治維新での薩摩と会津の確執を知っていれば、正気とは思えない言葉であった。

「湊君を歓迎するよ。ようこそ——夢の入り口へ」

† † †

東より光は来たる　光を載せて

東亜の土に　使ひす我等　我等が使命

見よ

北斗の星の著《しる》きが如く　輝くを

曠野　曠野

萬里続ける　曠野に——

満鉄の社歌である。

名曲『赤城の子守歌』で一世を風靡《ふうび》し、数々のヒット歌謡をものした東海林太郎《しょうじたろう》がレコードに吹き込んだものだ。本土で春雄も独特の澄んだバリトンを聞いたことがある。

異郷の旅情に浸っている暇はなかった。

大連駅前広場で路面電車を降りるや、春雄は一階の乗車口に駆け込んだ。大連駅は東京の上野駅を模して建てられたというが、その趣を味わう暇すらなく、近代的なプラットフォームを疾走した。

発車を告げる警笛が鳴る。春雄が息急き切って車輛に駆け込むと、ほどなく〈あじあ〉号は優雅に駆動を開始した。

なんとか間に合ったのだ。

満洲鉄道の基点である大連駅を出発し、満洲国の首都新京までの七百キロを八時間半で駆け抜ける夢の特別急行列車であった。東洋一を誇る高速蒸気機関車となれば興奮しないわけにはいかない。

戦艦や戦闘機には、民族性が端的にあらわれるという。ドイツ人は機械を芸術に高め、イタリア人は芸術で機械を作る。アメリカ製は野暮な機能の塊であり、フランス製は美しくも儚《はかな》さを秘めている。

日本人は凝縮を好む。切り詰め、絞り込み、研ぎ澄ます。ときとして、そこが脆《もろ》さとして露呈することもあるようだ。

だが、〈あじあ〉号には、日本人の感性になかった雄大さがあった。濃藍色の外覆に鎧《よろ》われた蒸気機関は、けして見せ掛けだけの伽藍堂《がらんどう》ではない。口さがない者は『芋虫型』というが、流線形は空気との戦いを強いられる航空機にも通じる機能美の証であった。

設計と製造は満鉄鉄道部である。

大陸に渡った者は、発想のたがが外れてしまうようだ。広大な領地を得たことが、日本人の血になにを目覚めさせ、このような化け物を生み出してしまったか、ひたすら圧倒的なものを完成させてしまった。

蒸気機関の火室面積は本土で活躍しているD51型の二倍だ。自動給炭機を導入し、車輛の軽量化にアルミニウムや高張力特殊鋼を贅沢に使い、車軸には駆動力を最大限に発揮させるローラーベアリングを採用している。

車輛編成は、手荷物郵便車一両、三等客車二両、食堂車、二等客車、展望一等客車。純白のカラーバンドを巻いた淡緑色の客車六両を二千五百馬力で牽引し、最高時速百十キロで曠野を疾走する。

走行試験では、なんと時速百三十キロを絞り出したとも聞く。日本の鉄道で快速を誇る〈つばめ〉は時速六十六・八キロにすぎないのだ。

機械好きの同期生から、よくその手の知識を披露されたものだ。

一等客車の展望車は走るサロンのように豪勢極まりないとのことであった。身の丈に合わない贅沢ではあったが、せいぜい満喫してやろうと期待に胸を膨らませた。

ところが、思わぬ災難が待ち受けていた。

「この乗車券は三等客車のものです。こちらの一等客車には入れません」

役人面の車掌に告げられ、春雄は愕然《がくぜん》とした。どういうことだ。乗車券を見れば、たしかに三等客車とある。一等ではない。

春雄は頭を抱えたくなった。車掌の眼はシベリア平原のように冷ややかで、春雄のことを口先三寸で一等客車に乗り込もうとした図々しい小僧だと思っているにちがいない。

屈辱だ。

しかし、ここで押し問答をしてもはじまらない。眼を皿のようにして眺めても、手に持っているのは三等客車の乗車券なのだ。大人しく引き下がるしかなかった。

どうにも腹が減りすぎて、頭にまわるべき血が足りなかった。

まず飯だ。

廻れ――右っ！

春雄は隣の食堂車へ爪先をむけた。

ドアは自動で開閉した。

車輛に入ると、真空を作って空気を冷却せしめ、いかなるときも温度と湿度を一定に保つというスチーム・エジェクター式空気調整装置の恩恵にあずかった。

瀟洒《しょうしゃ》な食堂には、白い布を敷いたテーブルが並んでいた。二人掛けと四人掛けに分かれていたが、春雄は手近の二人掛けに陣取った。メニューの値段を見て冷や汗が滲《にじ》む。物価が本土の三倍だ。無難にライスカレーを選ぶことにした。

ウエイトレスを眼で探すと、ロシア系の美少女が注文をとりにきた。可憐なエプロン姿で、西洋人形が歩いているかのようであった。

春雄が見蕩《みと》れていると、にっこりと微笑まれた。尻の底が痺れ、喉の奥が引きつる。なるほど、これが五族協和であるか、などと初心《うぶ》な衝撃を受けながら、しどろもどろになって注文を済ませた。

ウエイトレスは、行儀のいい笑顔を崩すことなく厨房へ引き返していった。

額に滲んだ汗をぬぐい、湯呑みの茶を流し込んで胃袋をなだめていると、満鉄本社でもらった新聞のことを思い出した。途中で捨ててもよかったが、乗車券をなくさないように挟んでおいたのだ。

満洲日日新聞であった。

適当に記事を読み飛ばしていると、『大連の波止場にて、漢人の斬殺死体が発見される』という見出しが眼に留まった。昨夜の事件だ。被害者は苦力。鋭い刃物で首筋を斬られ、それが致命傷となったらしい。鮮やかな切り口から、犯人は武道に長《た》けた大陸浪人ではないかと——。

新聞にも厭《あ》き、車窓から外を眺めた。

日本の鉄道より軌道が広く、車輛の幅もゆったりしているおかげで、たいして揺れを感じない。ともすれば、列車に乗っていることなど忘れてしまいそうであった。

街並みがどんどん遠ざかり、工場が吐く黒煙と満洲からの黄塵が上空で混ざり合って独特の色合いを醸《かも》している。大連は丘陵が多く、平地には乏しい。景色は茫漠とくすんでいる。禿げ山が多いせいだろうか。植林の途上で、低く連なる山々は緑のまだらに染められていた。

街中を抜け、北に進路をむけると、やがて線路は左右に分岐する。左に曲がれば日露戦争において激戦の地となった旅順である。〈あじあ〉号は右に曲がって遼東半島の根元に突き進むのだ。

特急列車が生み出す風を肌で味わいたかったが、空気調整装置を効率的に働かせるためか、窓は鍵を用いなければ開かない構造になっていた。巻き上げ式の日除けがあり、熱を遮断するためのアルミが外側に貼られている。

やがて、待望のライスカレーが運ばれてきた。一心不乱にかっ込んだ。食事の作法など気にしていられない。それほど餓えていたのだ。

胃におさめたものが即栄養に転じるものではないが、それでも停滞していた頭がしぶしぶと働きはじめるのを感じた。

――不可解である。

乗車券のことだ。

満鉄が手配を間違えたのだろうか。そんなはずはない。西風も乗車券を見て、一等客車だと感心していた。あのときにすり替えられた。それが自然な解答であろう。

西風は、駅前の大広場で降りたあとに姿を消していた。何者であったのか、考えたところで無益だ。あの奇妙な男は、大陸生まれの大陸育ちだという。日本に住んだことはなく、大陸浪人の子孫といったところだろう。

次に会ったらただではおかぬ。江田島仕込みの鉄拳制裁をお見舞してやらねば気がおさまりそうになかった。

春雄の腹は満たされた。

三等客車に乗り込むころあいである。


二等客車とは、食堂車を挟んで反対側であった。巨大機関車の後ろに手荷物郵便車が連結され、さらに二両の三等客車が繋がっている。

一両は背広姿の日本人ばかりで、欧米人もちらほら交ざっている。空席は見あたらない。

だが、もう一両が残っている。春雄の座席はそこらしい。

連結器を跨《また》いで車輛を移ると、鋭い視線が束になって刺さった。

漢人や満人ばかりだ。

白髭を垂らした痩身の老人と布袋《ほてい》様のような男が、煙管《キセル》から白い煙をくゆらせていた。甘ったるく、蠱惑《こわく》的な匂いを漂わせている。どちらも満州式のゆったりとした寛袍服《かんぽうふく》姿だ。そして、黒染のシャツとズボン姿の男たちに囲まれていた。満洲人の大物ふたりと、その護衛衆といったところか。

他には、だらりとした漢服姿の商人たちもいるが、しきりに商談らしきことをさえずっているだけだった。

春雄はリノリウムの床を踏みしめた。

黒シャツの男たちは、後部車輛から移ってきた日本人に警戒の眼をむけていたが、童顔の小兵だと見極めて侮蔑を濃く滲ませた。格好の獲物が転がり込んできたと思ったのか、舌なめずりしている男もいた。

春雄は、この空気を知っていた。

兵学校の宿舎だ。さしたる悪意はないのだが、長旅に退屈して、新参者をからかってやろうという空気だ。対処法はわきまえている。力を見せつけ、こちらがお嬢さんではないとわからせればいい。

そう思い定めれば話は簡単だ。

どうやら奥の席が空いているようだ。春雄は黒シャツたちのあいだを通り抜けようとした。そのとき、ひょいと足を伸ばされた。悪戯《いたずら》で転ばせるつもりなのだろう。春雄は、その足を遠慮なく踏み潰した。

耳障りな悲鳴が上がった。

足を踏まれた黒シャツは、跳ねるように立ち上がった。罵声《ばせい》を浴びせかけてくる。中国語は習ったが、速射砲のような早口は聞きとれない。

春雄は薄笑いを浮かべた。意思は正しく伝わったようだ。他の黒シャツたちも表情を険しくして立ち上がった。

いい加減、うんざりしていたところだ。好んで海を渡ったわけではない。誰もが彼を突きまわし、好き勝手に引きずりまわせると心得ている。いいとも。腹ごなしのひと暴れだ。日本男児の意気地を見せてやる。

「さあ、かかってこい！」

日本語で挑発した。

嗚呼《ああ》、江田島の健男児、機至れば雲喚びて、天翔け行かん蛟龍の、地に潜むにも似たるかな。大陸産の無頼漢など、とくと教育してやる。

「――おい、待て」

奥の席から声がかかった。

中国語だ。大声ではないが、ずんとした重みを含み、遠くまで響きそうな野太い声であった。ただし、眠たそうにくぐもっている。

　春雄と黒シャツ連はふり返った。

　座席の端から長靴が飛び出していた。大きな足だ。一席を占拠して寝ていたのか、億劫《おっくう》そうに身を起し、うっそりと立ち上がった。百八十センチほどのがっしりとした体格に、仕立てのいい満洲服をゆったりと身につけていた。

　初老の偉丈夫《いじょうふ》であった。

　張大人、と黒シャツのひとりがつぶやいた。畏怖《いふ》の響きが込められている。

「おれは、その小僧と話したい。構わんな？　こんなところで暴れれば、あとで警察のやっかいになるだけだ」

　黒シャツに話しかけたわけではない。

　その雇い主ふたりに炯《けい》と光る双眸《そうぼう》をむけていた。

　白髭の老人は、ぷかりと煙を吐き、もったいないとばかりにまた吸い込んだ。ようやく春雄は煙管に詰められているものを悟った。阿片だ。

　布袋腹の男は、じっと春雄を見ていた。地割れのように細く、酷薄な眼だ。が、白髭の老人が小声でささやくと、うってかわって愛想よく微笑んだ。黒シャツ連にも、あえて主人に逆らおうとする者はいなかった。

「おい、こっちにこい。ここに座れ」

　手招きされ、春雄は応じるしかなかった。

三等車輛とはいえ、座席はビロードのような布が張られている。ピアノ線のバネがよく利いていて、座り心地は抜群であった。

——果たして、この偉丈夫は何者なのか……。

悠揚迫らざる立ち振る舞いや、他の満洲者から一目置かれているところといい、ただ者ではなさそうであった。

頰に歳相応のたるみが見られ、唇の上で整えられた口髭には白いものが交じっている。深いシワも刻まれていたが、若いころには精悍な美形であったことをうかがわせる貴種に属する顔立ちであった。

「おれは張宗援《チャン・ツォン・ユアン》だ」

名前は中国式だが、滑らかな日本語であった。

春雄は軽く驚き、背筋を伸ばして頭を下げた。

「湊春雄です」

偉丈夫は、にやりと笑った。

「やつらは拳法を身につけている。君も腕に自信があるようだが、あまりに無謀だな。血気盛んは結構だが……あるいは、捨て鉢になっているか？　そのなりからして、まさか馬賊志願ではなかろうね」

満鉄調査部の男といい、それほど無軌道な若者に見えるのだろうか。春雄も苦笑するしかなかった。しかし、ひと暴れすべしと肚をくっていたのだから、あながち的外れでもあるまい。

出陣に備えて同期生が激しい調練に明け暮れているというのに、自分だけのんびりとしているのだ。置いてきぼりにされ、宙ぶらりんな立場だ。爆弾でも抱えて激戦地へ空挺着陸したほうが気分は晴朗であったろう。

「いえ、馬賊志願ではありません。それに、満洲では匪賊《ひぞく》も少なくなったと聞いています」

偉丈夫は眉をひそめた。

「君は、馬賊と匪賊を同じに思っているのか？」

「ちがうのですか？」

「馬賊の時代は終わった。それはその通りだ。しかし、〈馬賊〉とは日本人からの呼称にすぎん。清朝時代は、役人も国軍も賄賂《わいろ》をとるばかりで役には立たん。清朝滅びて軍閥が跋扈《ばっこ》すれば、なおさら治安も乱れる。匪賊から身を護るため、村々で自警隊を雇わねばならなくなったのだ。むろん、命知らずの荒くれ者ばかりで、やくざの親分のような豪傑が束ねていた。見た目には匪賊と変わらないがね」

春雄は混乱した。

「馬賊は盗みをしないのですか？」

「するとも」

ますます混乱するばかりだ。

「だが、縄張りの外でのことだ。身代金を目当てに人をさらいもすれば、対立する村を襲うこともある」

「よくわかりません。それでは匪賊と変わらないように思えますが」

「そうだろうな」

張宗援と名乗った偉丈夫は豪快に笑った。ゆったりとくつろいでいて、大人の風格がある朗らかな笑顔だ。この男も馬賊であったのかもしれない。

「日本人に大陸はわからん。それが、ようやくおれにもわかったのかもしれん。日本軍は、馬賊を匪賊と同様に考えた。だからこそ、ロシアを追い出して満蒙の地に乗り込むと、今度は馬賊の抵抗にあったのだ。のちには馬賊を利用しようと考えた。だが、役目が終われば武器をとり上げ、また蠅のように追い払った」

「お言葉ではありますが――」

海軍の常として、春雄もそれほど陸軍を高く評価しない。それでも、なにか反駁《はんばく》しなければならないような気持ちにさせられた。

「馬賊が村を護る自警隊であったとすれば、どのみちその役目は終わっていたのでしょう。満洲には国軍もあれば関東軍もおります。兵や金を一方的に徴発するだけの軍閥とはわけがちがいましょう」

「なるほど。たしかに満洲の治安は向上した。太閤秀吉の刀狩よろしく、民から武器をとり上げたからな。だが、それは日本軍を恐れているだけのことだ。日本人を受け入れたわけではないのだ。馬賊にしても、いまは潜伏しているだけで、屈服も服従もしてはいない。日本の勢力が弱体化すれば、すぐさま立ち上がるはずだ。あくまでも満蒙の地は満蒙の民によって――」

張大人の眼に茫漠とした膜が張られた。

苦笑して、大きくかぶりをふる。

「おれは大陸で長く過ごしすぎたのかもしれんな。情が移りすぎている」

そのとき、春雄は思っていた疑問を口にした。

「あなたは日本人なのですか?」

「いまは中国人の張宗援だ」

春雄は、遠慮がちの問いを重ねた。

「日本人であったときの名を教えていただいても?」

かっ、と張大人は眼を剝いた。

大きな反応を引き起こしたことで、春雄のほうが慌てかけたが、いったん口から出した言葉を引っ込めることもできない。

偉丈夫は怒ったわけではなかった。逡巡していただけなのだ。歳は五十前後と見当をつけていたが、その瞳は驚くほどに澄んでいる。ひろい肩をひと揺すりしてから、少年のように含羞《はにか》んで答えてくれた。

「伊達《だて》——順之助《じゅんのすけ》だ」

春雄は驚いた。生きる伝説と出逢ってしまったのだ。

祖先は戦国時代の梟雄《きょうゆう》と謳われた〈独眼竜〉伊達政宗《まさむね》だ。父は元仙台藩知事で、華族に列せられる伊達宗敦《むねあつ》男爵であった。

昔、まだ立教中学に在籍していた順之助は、やくざ者と対決してその命を奪い、監獄に入れられたという。すぐに正当防衛が立証されて釈放されたが、二年後には軍閥の割拠する満洲へと渡り、大陸浪人になっていた。

〈狭い日本にゃ住みあいた〉〈支那にゃ四億の民が待つ〉——の『馬賊の歌』を地で行く人生である。

不敵な馬賊の頭目として曠野を駆けまわる豪傑であり、銃弾で電線を撃ち抜くというピストルの名手だ。日本男児なら誰もが憧れる一代の快男児であった。

老いた快男児は、ほろ苦く笑った。

「断っておくが、おれは馬賊になったことは一度としてないのだ」

意外な告白であった。

「では、日本軍の工作員であったのですか？」

そういうことは、よくあったと聞いている。

ロシア軍が北満洲に雪崩《なだ》れ込んだとき、これを怖れた日本軍は軍属の若者を大陸へ送り込んだのだ。大陸浪人とは、また別種の者である。表向きは僧侶や商人などに偽装し、有益な情報を本土に流し、協力者を増やしていく秘密工作員だ。

危険は多く、軍の助勢は期待できない。頼みとするのは、おのれの才覚と機転のみだ。プッリと音信を絶ち、匪賊に捕われて殺されたのかと思われたころにふらりと姿をあらわして、また任務に戻ることもあったらしい。

人知れず活躍し、栄誉など求めてもいない。すべては祖国と家族のためだ。記録にも残されない日陰の英雄たちであった。

「それもちがう。おれは、あくまでも伊達順之助として、のちには張宗援として、ひとりの男として大陸に関わった。日本、朝鮮、満洲……そんな小さな枠に関係なく、大アジア主義の理想を求めて戦ったのだ」

アヘン戦争以降、中国は経済利権の草刈り場となっていた。〈大アジア主義〉とは、欧米列強国の侵略に対抗するため、アジアの諸民族は日本を盟主として連携するべきだという明治の初期からある思想である。

順之助の青春期にあたる大正時代には、まだそういう牧歌的な空気があったのだ。

先日、内閣総理大臣に任命されたばかりの近衛文麿《このえふみまろ》などが盛んに喧伝《けんでん》しはじめたと聞く〈大東亜共栄圏〉も、その下地があってのことであろう。

「おれが満洲に渡ったのは、清朝を滅した革命政府を乗っとり、あろうことか時代に逆行して皇帝にならんと欲した袁世凱《えんせいがい》の破廉恥な野心に義憤を燃やしたからだ。しかし、さすがに袁世凱までは手が届かん。だから、袁世凱皇帝を真っ先に支持した張作霖《ちょうさくりん》を殺すことにしたのだ」

張作霖は、もとは馬賊上がりの巡警隊長にすぎなかったが、持ち前の才覚で馬賊を吸収しながら軍閥に成長し、当時は実質的な満洲の支配者となっていた。

だが、順之助と豪傑同志による張作霖暗殺計画は失敗し、本命の袁世凱も失脚後にあえなく病死してしまった。

義憤に猛る血は行き場を失って彷徨《さまよ》った。亡き清朝の粛《しゅく》親王を擁して満洲に独立政権を打ち立てんとする〈満蒙独立運動〉に馳せ参じようとするも、これも粛親王の戦死によって頓挫《とんざ》してしまった。

日本に戻った順之助は、皇室の婚姻に介入して権力拡大を企む山縣有朋《やまがたありとも》を憎んで暗殺を計画したものの、世論の激しい反撥に脅えた山縣有朋が婚姻問題から手を引いたために不発となるしかなかった。

ところが、暗殺計画そのものは外部に漏れてしまったらしい。警察の追及を怖れた伊達家は、順之助を朝鮮総督の斎藤実《さいとうまこと》に預けることにした。

春雄は思い出していた。斎藤実といえば、二・二六事件で若手将校の銃弾によって絶命した内大臣である。

順之助は、義洲国境警隊長として朝鮮独立党のゲリラと戦うことで憂さを晴らしていたが、任務上の暴挙を引き起こして朝鮮を追い出された。すでに日本にもいられなくなっている。壮大な玉突きゲームのように、またもや大陸へ転がり出され、どういうわけか張作霖に軍事教官として雇われることになった。

かつて暗殺を企んだ相手である。このあたりが大陸の面白味であった。

当時の張作霖は、〈満洲王〉と称されていた。袁世凱という巨木を失って麻の如く乱れた中央を尻目に、奉天を根城として東三省全域を勢力下に置いていた。これも一代の英傑だ。

順之助の激烈な訓練によって精強となった張作霖軍は、満を持して中央へ進撃を開始した。各地の軍閥を巧みに操り、ときには恩を売り、ときには容赦なく撃滅し、ついには北京への入城を果たしたのだ。

三国志そのままの物語に、春雄は思わず身を乗り出していた。

北京入城後、張作霖は信頼していた重臣に裏切られ、精強な主力軍も奪われた。お定まりの内乱となった。順之助も大陸浪人を指揮して奮戦し、愛用のモーゼルが馬上で火を噴き、叛乱首謀者を捕えるという大殊勲を上げたという。

国民党が勢力を盛り返し、張作霖の奉天軍と蔣介石《しょうかいせき》率いる北伐軍の戦闘が激しさを増していくと、日本軍も介入の好機とばかりに満洲鉄道周辺の治安維持を名目として軍を発した。

以前より日本軍と誼《よし》みを通じていた張作霖はこれを喜んだが、日本軍は張作霖に奉天へ引き返すよう忠告した。張作霖は反撥して北京から動こうとはしなかったものの、強力な日本軍に逆らえるはずもなく、しぶしぶながら奉天へ退くことを決断した。

張作霖が暗殺されたのは、そのときであった。

本拠地の奉天まであと十分というところで、張作霖は特別列車の車輛ごと爆薬で吹き飛ばされた。即死はしなかったが、重傷を受けて奉天城へ運ばれ、そこで息絶えた。

日本軍の謀略だと疑われ、日本人である順之助にも嫌疑の眼が注がれた。順之助が〈張宗援〉と改名したのはこの時期である。日本の国籍も抜き、ひとりのアジア人として生きていく覚悟を決めたのだ。

その後、満洲事変が勃発した。

清朝最後の皇帝である愛新覚羅溥儀《あいしんかくらふぎ》を擁した満洲国が日本軍によって作られ、張作霖の跡目を継いだ張学良は奉天を追われた。

時勢の変化が目まぐるしい。

順之助は、満洲国に属す安東地区第一軍として匪賊を追いかけていたが、張学良が長城線を越えて農村を荒らしたことを呼び水に関東軍が熱河省へ進攻し、南京国民党政府に満洲国の黙認を強いた。

愛新覚羅溥儀は、満洲国の執政から皇帝の座に就き、康徳帝を称した。皮肉なことに、これが中国軍閥の長くつづいた内乱を終結にむかわせた。ソビエトの強力な後押しもあって、蔣介石率いる国民党軍と毛沢東が実権を掌握した共産党軍が反日共闘の妥結に成功する流れを作ってしまったのだ。

やがて、日支事変が起きた。順之助も満洲国軍四千名からなる〈山東自治聯軍〉を率いて、山東へ出陣することになった。

張宗援隊は破竹の進撃をしたが、日本軍は満洲国軍の活躍を快く思わなかったのか、山東半島の治安維持にまわされることになった。

日本軍が上海を制圧し、南京を陥落させても戦闘は終わらない。広大な大陸だ。勝っても勝っても敵は逃げていくばかりだ。

戦線は拡大するばかりで、たちまち兵力は欠乏する。そこへ、満洲国とモンゴル人民共和国が国境線をめぐって衝突し、それぞれの後ろ盾である日本軍とソビエト軍もノモンハンで戦端を開いて甚大な被害を出した。

日本軍も再編成の必要に迫られたのであろう。中国大陸方面での作戦にあたっていた各派遣軍を統括し、日露戦争以来の総軍となった。その動きは張宗援隊にも波及し、武装解除の上に解散の憂き目に遭ったのだ。

「――残暑の厳しい日だったな。あれは蒸し暑かった」

順之助は、老いた眼を細め、窓の外を眺めていた。

「日照県城の北門前にある朱陽飛行場だ。埃っぽく、寂れた片田舎だ。せめて青島などの都市あたりで華々しく解散式をしてやりたかったが、それも司令部に退けられた。わずかな給金。三日分の食料。おれについてきてくれた勇敢な兵への報酬はそれだけだった」

日本軍の仕打ちに失望した順之助は、家族のもとへ戻る気にもなれず、伊達家の館がある青島で逼塞《ひっそく》しているという。

「日本には戻られないのですか?」

春雄が訊《き》くと、順之助はかぶりをふった。

「日本は、おれの故郷ではない。大陸が……アジア全土が故郷だ。このような故郷の有様を望んでいたわけではないがね。しかし、若者が夢を見るにはいい土地かもしれん。それくらいの余地は、まだあるのかもしれん。だが、老いた者にとっては……石原《いしわら》、北《きた》、大川《おおかわ》、出口《でぐち》……どいつもこいつもパッとせんようだな」

ほろ苦く笑った。

順之助が懐かしげに並べた名は、石原莞爾《かんじ》、北一輝《いっき》、大川周明《しゅうめい》、出口王仁三郎《おにさぶろう》などであろう。満洲で親交があっても不思議ではない。

石原莞爾は満洲から更迭され、北一輝は二・二六事件で青年将校を先導したとして処刑された。大川周明は五・一五事件で禁錮五年の有罪判決を下された。出口王仁三郎の大本教は政府によって邪教とみなされ壊滅的な打撃を受けている。

「ところで、君はどこへいくのかね？」

「新京まで。満映への出向を命じられました」

「奇遇だな。おれも甘粕正彦に用があって訪ねるところだ。張宗援隊は解散したが、三百人ほどがおれについてきて、郷里に帰ろうとせんのだ。軍資金の残りを分配して商売させたり、海軍に頼み込んで港湾の仕事を世話してもらったりしておるが……甘粕にも一肌脱いでもらえんかと思ってな」

好んで過去をふり返るとは思えない豪傑肌が、こうして長々と語ってくれたのは、大陸浪人の成れの果てがどういうものかを教えたかったのであろう。

彼は希代の英雄ではなかった。

馬賊の頭目ですらなかった。

だが、豪傑には変わりない。

名家の生まれで育ちがよく、金銭には頓着しない。自儘《じまま》に気宇壮大で、個人の好悪と善悪で闊達に動きまわることを許されている。法律にも無頓着で、民衆の倫理にすら無縁であった。そこに荒ぶる魂が宿って活躍の舞台を得れば、人は鬼神となる他ないのかもしれない。

暗殺など、成功すれば天佑くらいに考えていたのだろう。荒ぶる神のごとく、血の猛るがままに駆け抜けた。それゆえの破天荒であり、若者の血を熱くさせるところがあった。

順之助は、春雄のことも聞きたがった。

さして語るべきこともない短い人生だが、どうせ午後の五時半までは列車の中である。春雄は冗長にならないよう頭の中で整理しながら話しはじめた。

「――元海軍か。なるほど。そんな面魂《つらだましい》だ。陸軍の阿呆どもは気に入らんが、海軍の艦砲射撃には世話になった。気持ちのいい奴らだ。で、その鞄の中身は機密のフィルムだと？　なんとも堂々たる密使だな」

手荷物郵便車に預けるわけにもいかず、満鉄で預かった鞄は通路脇に置いてある。順之助も陸軍の背嚢《はいのう》を車輛に持ち込んでいたが、これは大陸浪人として身につけた用心深さのためであろうと思われた。

「隠し事は苦手です」

春雄も分別臭く顔をしかめた。

安っぽい少年活劇の主人公になった気分だ。とても真面目にやれるものではなかったが、せめて無事に届けなければ男がすたるというものだ。

「こんな若造に託すくらいですから、たいした機密でもないでしょう」

「それでも、充分に気をつけることだ。大連で会ったという男も、どこかの工作員かもしれん。満洲には特務機関が多すぎるのだ。国民党やソビエトのスパイも紛れ込んでいるだろう。同じ日本人だからといって安心もできん」

たとえば、と順之助は悪戯《いたずら》っぽく声をひそめた。

「この車輛には、変装した憲兵が潜り込んでいる」

「え……」

「おい、きょろきょろするな。怪しまれるではないか。憲兵はな、おれを見張っておるのだ。日本軍は満洲兵の叛乱を恐れておれの部隊を解散させたくせに、まだ警戒が足りんと思っとるらしい。気の小さい連中だ」

順之助も、列車内で騒動は起こしたくなかったのであろう。だから、春雄と黒シャツの仲裁を買って出てくれたのだ。

「だからこそ、君も用心したまえ。大陸の者は小銭や面子《メンツ》のために平気で人を殺す。あっさりしたものさ。武器は持っているか？」

「命など……」

惜しくはないと口にしかけ、その陳腐さに気付いて春雄は赤面した。

「いえ、ピストルは持っています。ただの御守り替わりですが」

杉浦式自動拳銃という将校用の小型ピストルであった。五年前に陸軍が量産化した九四式自動拳銃に比べると形はスマートだが、アメリカ製のコルト・ポケットM一九〇三を模造したにすぎない。口径は八ミリ弱で、同口径の南部弾との互換性はなかった。

じつは妹からの餞別《せんべつ》である。

兄様、せっかく大陸に渡るなら、いっそ馬賊になってしまいなさい。妹は、そういって笑っていた。大和撫子とは思えぬ恐ろしい妹であった。

「ふむ、使う気はないということか」

「伊達さんも拳銃を……？」

「持っているわけがない。憲兵に逮捕の口実を与えるつもりはないよ」

人を食ったように豪快な笑いを弾けさせた。

そして、順之助は真顔になると、じっと春雄の顔を見据えた。

虎の眼だ。

「どんな事情で満洲に流れてきたのかは知らんが、ひとつだけ私にもわかることがある」

「……なにか？」

「君は、おれと同じだ。夢見る人殺しは、そんな眼をしているものだ」

老いた大陸浪人は、ふっ、と優しい眼になった。

† † †

砕けた夢の欠片《かけら》を乗せて、〈あじあ〉号は茫漠の曠野をひた駆ける。

関東州の国境は、とっくに越えていた。

遼東半島を抜けると、日本の本土に匹敵するという広大無辺な満洲平原がひろがった。北部は小興安嶺《しょうこうあんれい》山脈、西部に大興安嶺山脈が連なり、東部では最高峰二千七百メートルの長白《ちょうはく》山脈に囲まれている。

正午近くに大石橋駅で五分ほど停車し、さらに北方を目指して出発した。特別急行だから各駅には停まらない。次の停車駅は奉天だ。

退屈を覚悟していた列車の長旅であったが、順之助がゆったりと微笑みながら披露してくれる逸話はどれも面白く、春雄は時を忘れて聞き入った。

懐中時計を見ると、午後の一時であった。

時刻表通りであれば、奉天到着までは、あと四十分ほどだ。

ふたたび腹が減ってきた。

順之助は大連の露店で買い求めた肉饅頭と大量の落花生で昼を済ませるつもりらしく、春雄はひとりで食堂車両へむかうことになった。

「やあ、また会ったねえ」

西風と再会した。

たちまち春雄の目付きが悪くなる。

空腹であったとはいえ、頭が鈍い自分に呆れ果てた。一等客車の乗車券をすり替えたということは、前もって三等客車の旅券も用意していたということではないか……。

優男の詐欺師は、二人掛けのテーブルに陣取って、腑《ふ》抜《ぬ》けたドーベルマンのようにグニャリと腰かけている。背筋がむず痒くなる軟弱さだ。春雄が満喫するはずであった展望一等客車でも、そうやって優雅にくつろいでいたのだろう。

はらわたが沸騰した。

「盗人がぬけぬけと――」

問答無用で一発を見舞おうとした。が、春雄が拳を握って踏み込むと、すい、とステッキの先が突きつけられた。

それだけで、春雄は動けなくなった。

絶妙の間合いだ。

背中に熱い汗が噴く。

見かけ通りの軟弱者ではないようだ。なにか武術をやっているにちがいない。気のせいか、かすかに血の匂いを鼻先が捕えた。

「君、落ち着きたまえ。ウエイトレスも脅えているじゃあないか。満映に出向する新人というのは君のことだろ？　僕は知っている。知ってるともさ。だって、僕は満映の指示で君を迎えにきたんだからね」

迎えの者がいるなど聞かされていなかった。

「貴様、ふざけるか」

腹の底に力を溜めて睨みつける。出鼻はくじかれたが、まだ闘争心は萎えていない。疑念に至っては、ひたすら膨れ上がるばかりであった。

「まだ怒ってるのかい？　お近づきの挨拶として、罪のない手品を披露しただけじゃないか？　ただの冗談だよ。悪意はない。本当さ」

「悪戯だと？」

「そうとも。まあ、一等車輌の展望室に誘惑を感じなかったわけじゃないけどね。いやあ、すごかったよ。あとで君も見てくるといい。おっと、そう睨むなよ。とにかく、腰を下ろしてくれたまえ。悪戯の御詫びとして、ここは僕が奢《おご》ることにしよう」

春雄は座った。

奉天に着くまでは、どこにも逃げられないのだ。まずは冷静に問いただす。こちらが納得できなければ、そのときこそ鉄拳の出番であった。

しかも、奢《おご》りとあれば遠慮することはない。ウエイトレスがきたところで、五十円のビーフステーキを注文し、ご飯とスープと香の物もつけることにした。

遺憾なことに、可憐なウエイトレスは春雄に脅えている。女人を怖がらせるのは本意ではなかった。ウエイトレスに笑いかけた。金髪碧眼の美貌が、やや無理をしながらも微笑みを返してくれた。

「あんた、満映の社員なのか？」

ウエイトレスが逃げるように去ると、春雄は笑みを消して尋問を開始した。

西風は悠然と答える。

「正式にはちがう。でも、ときどき仕事をもらってる。僕は便利屋なんだ。ご依頼とあれば、なんだってやるさ」

「それが本当だとして、どうやって証明する？」

「新京に着けばわかるよ」

「信用できん。おれは貴様のことを聞かされていない」

「あれえ？　満鉄本社に伝わってなかったのかなあ」

わざとらしく惚《とぼ》けられた。

西風の釈明が本当であれば、春雄は本社の前で待ち伏せされていたということだ。ますます疑念が深まるばかりであった。

「では、あの盗人はなんだ？」

「国民党だよ」

「まだふざけるか」

「なんの、ふざけてなどいないさ。まあ、そう怒らないでくれたまえ。悪かった。心から反省してる」

　口先だけの謝罪に春雄は苛立《いらだ》った。

　日本語は流暢《りゅうちょう》だが、西風の顔立ちは日本人と微妙に異なっているようだ。かといって、中国人にも見えず、もちろん西洋人にも似ていなかった。あるいは、どの国にいても溶け込める顔なのかもしれない。多くの血が混ざっているのであろう。光の加減によって、瞳に蒼《あお》みが滲むことがある。

　この男はスパイなのか？　だが、どこの？　この男こそ、国民党が送り込んだ工作員ではないのか？　機密フィルムなどというものを押しつけられたせいか、誰もがスパイか工作員に見えてしかたがなかった。

「貴様は、満洲人か？」

「あのね、君ね」

　西風は呆れた顔をした。

「満洲人と漢人の区別は知っているかね？　それ以前に、どの定義の満洲人かね？　民族としての分類か？　それとも、国籍か？」

「それは……」

　春雄は面食らった。まさかそんな話になるとは思わなかったのだ。

「そもそも中国人という定義が大雑把なものだ。中国大陸に住む者というだけで、民族も国籍も示していない。雑多な民族が混在していて、〈漢民族〉など学術的に峻別できない。ただの自称だ。三国志のように大小の軍閥が覇権を争っているのだから無理もないけど、近代的な国民国家の概念はなく、国籍法などあるはずもない。もちろん、満洲国にも国籍というものはないのさ」

「……そうなのか？」

「あたりまえさ。日本のように四方を海に囲まれていればともかく、広大な満洲への出入りをすべて管理しきれるはずないじゃないか。それに、もし国籍で制限をしようものなら、出稼ぎの苦力も面倒を嫌って集まらなくなるだろうね」

　それは春雄にも納得できる理屈であった。

「では、満洲人とはなにか？　マンジュとは満洲の地に住む者を示し、元は民族の名であったのさ。地名ではない。満洲人は長らく漢人の領土を我がものにしていたが、清国が滅んだことで支配者の座から転げ落ち、漢人から積年の報復を受ける立場になった。そして、満洲人は満洲語を封じ、漢人になりすますことで生き延びてきた。満洲国ができたからって、満洲語を忘れて話せない満洲人も多くなっているはずだ。だから、満洲国に定住し、満洲人を自称すれば満洲人だ。民族でも国籍でもない」

西風は眼を輝かせて力説した。

「ねえ、君、素晴らしいとは思わないかね？」

「どういうことだ？」

「ようこそ、夢の満洲国へ！　ようこそ、夢の特急列車へ！　そういうことさ。僕が告げたいのはそこだ。それなんだ」

なんとも饒舌《じょうぜつ》な男で、春雄に口を挟む余地を与えない。やがて、ウエイトレスがビーフステーキを運んできた。飯の方が大事である。口は食べるためにあるのだ。西風の話を聞き流しながら、春雄は健康な食欲を満たすことにした。

「――まあ、しかし、なんだね。〈あじあ〉号はたいした列車だ。不満を述べるとすれば、欧米の豪華客船や特別列車のように映画を観られないことだな。あとは……そう、まあ、たいしたものさ」

春雄も、すでに乗車時の昂揚から醒めている。

もともと陸上しか走ることができない列車への評価は高くない。海上のほうが大量の物資を運べ、航路も自由に選べる。二千五百馬力がなんだ。いまどきの駆逐艦は、艦本式衝動タービンの二基がけで五万二千馬力を絞り出すのだ。

――いや、そういうことではないのだろう。

重要なことは、満洲の大地に線路が行き渡ることなのだ、と春雄もしぶしぶながら認めなくてはならなかった。

日露戦争では莫大な戦費と兵が犠牲になった。それにもかかわらず、ロシアから賠償金を得ることはできなかった。国民は怒ったが、日本は鉄道を得たのだ。その利益はどれほど大きかったか、こうして見るまではわからないであろう。

鉄道は国家の生命線であり、乗客や物資を運ぶ血流のごときものである。

戦時には大量の兵を運び、兵站《へいたん》の要ともなる。

大英帝国がインドなどの植民地支配に有効であること大であると実証してから、欧州の大国は競って各地に路線を延ばしつづけてきた。

巨額の費用はかかるものの、いったん完成すれば、現地のゲリラ隊がいくら熱心に線路を破壊しようとも数日で復旧してしまう。その強靭な生命力は、先の世界大戦でもすでに証明されていた。

船が世界を発見し、鉄道が文明化を施す。西洋人はそう考えているようだ。

そして、侵略軍の先触れでもある。

内乱の余波で疲弊の極みにあるスペインなどは、他国の軍事的介入を怖れて軌道の規格を変えているほどであった。

ましてや、列強諸国に蚕食《さんしょく》されていた清朝では、イギリスが上海と広州から、ドイツは青島から、フランスは南方の河口から線路を延ばしていた。帝政ロシアもシベリア鉄道を完成させて、大量の兵を満洲の地に送り込んだのだ。

日本は出遅れたものの、植民地での鉄道経営はロシアが手本を見せてくれた。沿線を警備する兵の配置が認められ、他国を刺激せずに軍を置くことができる。それが、のちに満洲事変での主力として活躍し――。

考え事は胃の消化に悪い。春雄は、目先の食事に集中することにした。ビーフステーキの美味《うま》さに舌鼓を打った。米は本土のものだろうか。炊き具合が抜群だ。スープの味も悪くない。西風の声など、もはや聞こえていなかった。

腹は満たされた。

車窓の外に眼をやれば、電線の多い街並みが見えた。

かのヌルハチが後金を建国し、三百年にわたって中国大陸を支配した清朝発祥の地であり、日本軍が帝政ロシアの牙を粉砕したのちは、〈満洲王〉と呼ばれた張作霖が拠点とした奉天であった。

間もなく駅に到着する。とはいえ、旅程の半ばをすぎたところだ。新京への到着は五時半あたりで、まだ先は長かった。

春雄は、ナプキンで口元をぬぐって席を立った。

「おや、どこにいくんだい？」

西風は、意外そうに眉をひそめていた。

「客車に戻る」

「そっちは三等だよ。一等の乗車券は返すから、本来の席に移ったらどうだい？」

「かまうな。一等は貴様にくれてやる」

「危ないなあ。また国民党に狙われたらどうするんだい？　それより、ちょっと奉天で降りないか？　僕が古都を案内してあげよう」

春雄は鼻を鳴らして辞退した。

結局のところ、西風への疑念は晴れなかったのだ。あまりにも怪しすぎる上に、口先の達者な男など信用できるはずもない。

それに、伊達順之助とも、まだ少しばかり話し足りなかった。

「西風さんといったな？　なぜついてくる？　一等客車は反対側だ」

優男は、にやにや笑って答えなかった。春雄が睨みつけても、西洋人のように肩をすくめるばかりだ。軽薄極まりない所作だが、妙に似合っているところが腹立たしかった。

——勝手にすればいい。

春雄は無視することに決めた。早足で三等客車に移り、日本人で占められている座席の列を抜けると、西風は追いついて肩を並べてきた。背丈の高低差が露骨になり、さらに苛立ちが増した。

春雄が足を止めると、西風も立ち止まった。

「なにかな？」

「貴様――」

春雄が一喝をぶっ放す前に、ふたつの人影が便所と洗面所から飛び出してきた。空気がうねり、韮《にら》と汗の匂いが鼻先に届いた。苦力の体臭だ。

春雄は顔をしかめた。ピストルは客車に置いてきた。不愉快を上塗りするように、西風の警告が現実となったようだ。

「動くな。フィルムはどこだ？」

中国語だった。大連で尾けていたふたりの漢人であった。その手には冗談のように小さな銃が握られ、豆粒しか発射できないであろう窮屈な銃口をこちらにむけていた。アメリカ製のデリンジャーだ。

「あのね、君たちね……」

西風が呆れた。

「よくもそんな小汚い格好で乗車できたものだね」

漢人のひとりが嘲笑した。

「間抜けな日本人の眼をごまかすなど簡単なものだ」

「君たち、ずっとトイレに隠れていたのかね？」

「そうだ」

　ふたりの漢人が、車掌の眼を盗んで必死に便所で息を潜めている光景は、想像するには滑稽であった。狙われる身としては笑うに笑えない。

「国民党か？」

　春雄が中国語で訊いてみた。流暢ではないが、話すことはできる。

「わかっているなら、はやくフィルムを渡せ」

「本当におれを尾けていたのか？」

「そうだ。おまえたちを尾けていた。だから、ごまかそうなんて考えるな」

　春雄だけではなく、西風も尾けていたということだろう。

「湊君、彼らも危険を冒してまでやってきたんだ。ここは素直に渡してみるのはどうだろうか？　だって命のほうが大事だからね」

　やはり、こいつも敵なのか――春雄は半ば確信した。西風も国民党の一員で、春雄をおびき寄せるために接近したのであろう。だが、なぜ大連で襲わなかったのか？　そのほうが手っとり早かったはずだ。

　春雄は腹を決めた。

「三等客車に置いてある」

「よし、いくぞ」

銃口を突きつけられ、春雄は歩き出すしかなかった。デリンジャーは玩具のようなピストルだが、弾丸は本物だ。この近間ならば外しようもない。しかも、傍目《はため》には脅しているように見えないはずだ。

――一、至誠に悖《もと》る勿《な》かりしか……。

春雄は、海軍兵学校の〈五省〉を心の中で唱えて気を落ち着かせた。

一、言行に恥づる勿かりしか。
一、気力に缺《か》くる勿かりしか。
一、努力に憾《うら》み勿かりしか。
一、不精に亘《わた》る勿かりしか……。

奉天駅のプラットフォームに特別急行は滑り込んでいた。

ロシア時代は駅舎と軍の施設があるだけで、渺々《びょうびょう》たる曠野がひろがっていたという。現在のように赤レンガ造りの豪壮な駅舎を建てたのは日本人であった。

徐々に速度を落とし、〈あじあ〉号は粛々と停まった。停車は五分。ふたりの漢人は、そのあいだにフィルムを奪って逃げるつもりなのだろう。

各車輛のドアが開いた。

「妙な素振りを見せたら……わかるな？　おれたちを怒らせるな、日本人。こいつは同志の仇をとりたくてしょうがねえんだからな」

「ああ、いつでも撃ってやるよ」

「仇だと？」

春雄は眉をひそめた。

漢人が殺気立っているのは、仲間を殺されたからだろうか？　誰が殺したと？　少なくとも春雄ではなかった。

そのとき、西風が長閑な声を出した。

「おや、憲兵だねえ」

開いたドア越しに、プラットフォームを駆ける憲兵の一団が見えた。憲兵たちは、これから迫撃砲弾の雨にでも飛び込むような顔つきで、隣の三等客車へ乗り込んでいったようだ。

漢人ふたりは動揺した。

隙が生まれた。

西風のステッキが、ひょい、と持ち上がる。その先端で漢人の手首がぶたれ、デリンジャーは床に落下した。好機だ。春雄も迅速に動いていた。もうひとりの漢人に、ぶちかましをかけた。と同時に、相手の手首を摑み、ひねっている。こうすれば指先の筋が伸びて引き金は引けない。

小兵でも当たり所がよければ相手は吹っ飛ぶ。漢人は足を宙に浮かせ、くの字になって車輛の壁に腰をうちつけた。毛深い手からデリンジャーが落ちた。西風のステッキに打たれた漢人が仲間を助けながら叫んだ。

「逃げるぞ！」

ふたりの漢人は車輛から飛び出し、プラットフォームから逃げ去った。

韮と汗の臭気だけが残った。

「湊君、無茶をするね。撃たれたらどうするつもりだ？」

「射線は外していた」

西風は国民党の仲間ではなかったようだが、そんなことはどうでもよかった。

憲兵の目的が気になって、春雄は隣の車輛へ急いだ。


案の定だ。

伊達順之助が憲兵たちに囲まれ、不機嫌そうに顔をしかめている。

「何度説明させる気だ？　新京へは甘粕に会いにいくのだ」

「馬賊の親玉など信用できんな。申し開きがあれば、憲兵隊の本部でじっくり聞こう。さあ、くるんだ」

憲兵に納得の気配はない。なにがなんでも連行したいのだ。

順之助は片方の眉を吊り上げ、ぼそり、とつぶやいた。

憲兵の顔面が潰れた。順之助が殴ったのだ。憲兵は鼻血を噴き、中国人の座席まで飛ばされた。五十歳前後の老人とは思えない重い拳だ。春雄は、これほど容赦のない殴打を初めて見た。

他の憲兵も血相を変えた。

順之助は迅速だ。自分の背嚢を担ぐや、車輌の通路を疾駆した。稲妻のように素早く、虎のように荒々しい躍動だ。鎧袖一触。行く手を阻む憲兵は肩で突き飛ばされ、偉丈夫の突進を止められる者はいなかった。

「新京で会おう」

すれ違いざま、春雄にそうささやいた。

これが大陸浪人の流儀なのか、見惚れるほどに鮮やかな手並みであった。

「追え！ 捕まえろ！」

憲兵の隊長らしき男が吠えたてた。

春雄は、素知らぬ顔で自分の座席へむかおうとした。ところが、中国人の乗客が春雄に指先を突きつけて叫んだ。

「その小僧も張宗援の仲間だ！」

「……面倒な」

「なんだと？ 貴様――」

日本語だ。順之助を見張るために変装していた密偵なのであろう。

一瞬、ひと暴れしようかと迷った。思えば、春雄が本土から追い出された原因を作ったのも憲兵である。だが、憲兵という組織そのものに恨みはない。無駄に大立ち回りをしてもしかたがなかった。

素直に連行されることにした。

西風は、いつのまにか姿を消していた。

† † †

「――釈放だ。とっとと失せろ」

不承不承《ふしょうぶしょう》といった顔で、憲兵にそう告げられた。

春雄は車に乗せられて奉天城内にある憲兵隊本部へ連行されたが、ものの一時間もしないうちに自由の身となったのだ。

新京の満映本社に連絡をとってもらったことで、春雄の身分はさくりと証明された。張宗援こと伊達順之助とも初対面で、三等客車で見張っていた密偵の勇み足であったこともはっきりした。

要注意人物をとり逃がし、春雄は代役として連行されたということだ。いい迷惑である。

捕縛命令が出ていたのかどうかも怪しいところだ。

釈放されたものの、春雄は行き先に困った。〈あじあ〉号は奉天駅を出発している。通常列車に乗り換えたところで、新京への到着は何時になることか……。

慌てることもない。

春雄は居直って、奉天で一泊すると決めた。となればホテルを探さなくてはならない。ヤマトホテルがいい。浪速通りの大広場まで戻らなくてはならないが、どのみち駅にむかう途中であった。

まずは西大門を目指した。

城内を抜けてから、路面電車に乗るつもりだ。奉天駅は奉天城から西に離れたところにある。人の足では一時間はかかるであろう。

奉天城は、かつて二重の城壁に護られていたらしいが、物流を優先したのか南の一部を残してとり壊されている。城内で見られる洋風建築は、中国人が西洋の意匠を真似《まね》て造ったものだという。

駅のほうが新市街で、城のほうが旧市街なのだ。大連よりも原色が眼についた。これが大陸の風味というものか。茫漠とひろがる曠野が鮮やかな色彩を求めさせるものらしい。

西大門を抜けた。

路面電車の停留所を見つけたが、南北に路線が伸びていて、どちらにむかえばヤマトホテルにいけるのかわからなかった。どちらでもいけるのかもしれないが、とんでもないところで降ろされても困る。

「旦那、乗っていくねー。安くするよー。安いよー」

甲高くぎこちない日本語に、春雄はふり返った。

運転手は中国人なのだろう。

フォードの古いタクシーが、ぼそぼそとエンヂンを咳込ませながら擦り寄ってきた。酷使された老馬のようで、モダンとは形容しがたい洗濯板のような前面グリルは赤錆にまみれている。

まだ奉天には燃料の統制が及んでいないのか、ガソリン車のようであった。これも一興と、春雄は後部座席に乗り込んだ。

「ヤマトホテルまで」

「おう、いいとも。フィルムをいただいてから、おまえの死体を切り刻んで、墓穴まで丁寧に送って差し上げるさ」

運転手の声ではなかった。

助手席にうずくまって身を隠していた男が陽に焼けた顔を出し、ピストルの銃口を春雄の鼻先に突きつけてきた。見覚えのある漢人だ。〈あじあ〉号の便所に潜伏して、春雄に体当たりされた男であった。

ならば、運転手のほうは西風にステッキでぶたれた男なのであろう。

デリンジャーのような豆鉄砲ではなく、牛も一発で仕留める四十五口径の銃口に春雄は狙われていた。馬賊も愛用したというコルト社のガバメントである。

執拗と呆れるべきか、天晴《あっぱ》れと感心すべきか。こうもたびたび襲われるとうんざりしてくるが、国や民族の存亡を賭けた謀略時代とは、こういうものなのであろう。

「こんなところで撃てば、憲兵どころか陸軍が飛んでくるぞ」

助手席の漢人は、厭《いや》な笑いを浮かべた。

「おまえを撃つ。死体を蹴り出す。車で逃げる。簡単だ。おれたちは捕まらない。裏の裏まで道を知り尽くしているからな」

きっとそうなのだろう。彼らがそう信じているのは確実であった。

偽タクシーは、すでに走りはじめていた。

製造されて十年は経っているアメリカ車だ。ろくに整備されていないことは明らかで、前部に積まれたエンヂンは不快な振動と騒音をまき散らし、車体も台風に見舞われた天幕のように暴れて軋《きし》んでいた。これだけ煩《うるさ》ければ、大砲を撃っても外には聞こえないかもしれない。

満鉄本社で渡された鞄は渡すしかなかった。漢人は片手でピストルを持ちながら、もう片手で引ったくるように鞄を受けとり——錠がかかっていない——蓋を開くと、眼を凶暴に光らせた。

「どこに隠した？」

鞄の中には、大連名物の落花生がぎっしりと詰まっていたのだ。手にしたとき、その軽さでわかったはずである。

「はじめから持っていない。だいたい、フィルムだフィルムだと騒いでいるが、どんなフィルムを捜してるんだ？」

「とぼけるな。日本軍の新型戦闘機を映したフィルムを持っていたはずだ」

新型機の噂は、春雄も日本で耳にしていた。九六式という艦上戦闘機の傑作を製造した三菱重工業が開発したものである。すでに初飛行を昨年に済ませて軍部の大絶賛を浴び、中国戦線にも実用試験で投入されたらしい。

九六式より肥大化したものの、徹底的な軽量化が施された。発動機の高出力化に加えて、空気抵抗の低下を実現する引き込み式主脚を採用し、超々ジュラルミンの軽量機体は最高時速で五百キロ／時の壁を突破したという。

長大な航続距離と二十ミリ機関砲の重武装を有し、優れた運動性能で格闘戦においても米英の戦闘機を凌駕《りょうが》する。

もし噂が真実であれば、世界の水準に肩を並べたどころか、日本は超一流国に躍り出たことになる。それを初めて聞かされたとき、春雄は全身の血肉が騒いだことを鮮明に覚えている。

「あのフィルムは、新京に潜伏していた仲間が満映の保管庫から奪ったものだ。だが、英雄的な帰還を果たす前に、大連の波止場《はとば》で無残に殺された。だから、あれは我々のものだ。仲間が命がけで手に入れたものだからな」

春雄は、新聞に載っていた殺害記事を思い出した。あれは国民党のスパイを何者かが始末したのだ。日本の特務機関が殺したのであろうか。生かして捕えることができなかったか、裁判にかける手間を惜しんだのか……。

窮地を脱する手を考えながら、春雄は首をひねった。

「わからんな。新型戦闘機のフィルムなんて手に入れてどうするつもりだ？　模倣でもするのか？　国民党政府にそれほどの工業力があるとは思えないが」

「莫迦め。情報は売り買いできるのを知らんのか」

「……売り先はアメリカか？」

漢人は、薄笑いを浮かべただけで答えなかった。

国際連盟を脱退した日本は、中国大陸での利権獲得に出遅れたアメリカとの緊張を高めていたが、先年、いよいよ欧州で戦争をはじめたドイツやイタリアとの三国同盟も締結間際だとされている。

欧州の戦争に、いつ日本が巻き込まれても不思議ではない。そうなればアメリカとの決戦は不可避である。アメリカの介入を渇望している中国政府にとっても、二重の意味で美味しい取引であった。

タクシーは城壁跡に沿って南下し、人気《ひとけ》のないところへむかっているようだ。依然として、春雄の命は風前のともしびである。

横の窓ガラスに、うっすらと桃色の膜がかかっていることに気付いた。

「……この車の持ち主はどうした？」

「気にするな。日本人だ」

漢人は嘲笑した。

春雄の腹腔に熱の塊が生まれた。そうか。これが大陸人の仁義か。そうか。そうなのか。本土の倫理など甘ったるい菓子のようなものだということだ。ならば、こちらも遠慮することはない。四肢に力を漲《みなぎ》らせた。

「さあ、吐いてもらおうか？　どこにある？　まあ、焦らなくても時間はあるか。ゆっくりいこう。そうだ。まずは『対不起《トゥイブチー》』をやってもらおうか？　列車では、こちらも痛い目にあったからな。ほら、頭を下げて、『ごめんなさい』だ。日本人は得意なんだろ？　映画でやってたぜ。さあ、やって――」

「おい！　後ろの車はなんだ？　我々を追っているのか？」

運転手の声が緊迫を孕んだ。

春雄もふり返った。

側車付きのオートバイが見えた。アメリカのハーレー・ダビッドソン社からライセンスを受けて国産化に成功した三共内燃機の〈陸王〉であった。朦々《もうもう》と土煙をあげて、老朽化したタクシーを猛追してくる。

春雄は軽く驚いた。

西風がハンドルを握っていたからだ。

そして、側車には、大柄な男が窮屈そうにおさまっていた。伊達順之助だ。順之助は大きな手でピストルを構え、悠然とこちらを狙った。当たるはずがない。走っている車は揺れるものだ。狙いをつけたところで――。

撃った。

フォードの騒音で銃声は聞こえなかった。

後部ガラスにパッと亀裂がはしる。奇妙なうめき声が聞こえた。漢人の罵声。運転手の後頭部が撃ち抜かれたようだ。

フォードは身をよじり、車体が暴れはじめた。突き上げる衝撃に、春雄の尻も浮いた。落花生が舞い飛ぶ。激しい軋み音。なにかが裂け、なにかが折れた。車体が限界を試すように傾ぎ、いきなり天地が引っ繰り返った。

受け身を！　だが、どうやって？

転がるタクシーの中でとれる受け身など、講道館でも教えてはくれまい。頭を打った。

肩、背中、足――あらゆるところを打ちまくった。

　そして、なにがなんだかわからなくなった。


　しばし気を失っていたのだろう。

「やあ、無事だったようだね。だから、奉天駅で降りようと提案したんだけどね」

　眼を開くと、西風がしゃあしゃあと笑っていた。

　春雄は道端に寝かされていた。フォードの車内から救出されたのだろう。眼が焦点を結びはじめ、意識も明瞭になってきた。しかし、まだ眩暈《めまい》が残っている。頭をふると、鋭い頭痛が襲ってきた。

「……わかっていたのか？」

　言葉足らずになったが、春雄が持っている機密フィルムが、まだ国民党の連中から狙われていることについて問うたのだ。

「わかっていたさ。奴らは執拗だ。腕の立つ者ほどね。金になるとわかれば、なおさらだよ。だから、僕はいったん姿を消して、君を陰から見守っていたのさ。感謝してもらいたいものだね」

　だんだん頭が働きはじめていた。

　西風は春雄に用が残っていた。ならば、憲兵隊の屯所を出たときに声をかければよかったのだ。そうしなかったということは、列車で襲った漢人を招き寄せる餌にしたかったとも考えられる。

「奴らはどうなった？」

「ひとりは死んだよ。車はひどい状態だ」

古兵のフォードは路肩で横倒しになっていた。ガソリンの漏れた匂いがツンと鼻をつく。助手席にいた漢人は、気絶しているのか春雄と同じように転がされていた。逃げられないように順之助が紐で手足を縛りつけている。

春雄は、順之助に話しかけた。

「伊……張さんは、なぜここに？」

「湊君が憲兵に絡まれないかと心配になったのでな。案の定だ。甘粕に連絡をとれば、すぐ釈放されることはわかっていた。しかし、念のために見張っていたところ……こちらの西風君に声をかけられたのだ」

「手が足りなかったのでね。ピストルの名人がいれば心強い」

西風は臆面もなくそう答えた。

「湊君のピストルを返そう。借りておいてよかった」

順之助は、杉浦式コルトを手のひらで巧みに転がすと、銃把を春雄にむけて返してくれた。

「コルトの模造としては悪くはないが、ピストルはドイツ製だな。要塞のトーチカもドイツ人の技師が指導したものは堅牢で苦労した。アメリカのは音が大きいだけで、ろくに当たるもんじゃない。もっとも、馬賊はそのほうが派手でよいと好んでいるがな」

「見事な腕前でした。おかげで助かりました」

いまも信じられないが、順之助は揺れ動く側車からタクシーの運転手を一発で仕留めたのだ。使い慣れていない上に、モーゼルと比べれば貧弱な弾しか撃てない小型ピストルでだ。名人芸といえた。

「こちらが面倒に巻き込んだのだ。かえってお詫びしなくてはならん」

「いえ、つまらないものをお預けしてしまった借りがありますし、いただいた落花生も粗末にしてしまったことを詫びねばなりません」

「おお、そうだったな。これも返しておかねば」

順之助が背嚢からフィルムのブリキ缶をとり出すと、西風は眼を見開いた。

「国民党の連中は、君に裏をかかれたのか。いや感心したよ。僕まで騙された。まさか、かの張大人を利用するとはね……」

とくに一計を案じたわけではなかった。

歳は親子ほども離れていたが、互いを好漢と認めた春雄と順之助である。たちまち意気投合し、春雄が兵学校時代の豪傑話を披露すれば、順之助は日本のアジア政策を声高に慷《こう》慨《がい》してみせた。

軍の密偵が、ふたりは仲間だと思い込んだのも無理はない。

大石橋駅を過ぎたあたりで、ふと機密フィルムのことを思い出した春雄は、敵に奪われないよう新京まで預かってもらいたいと冗談で申し出たところ、この大陸浪人はそれは面白いと引き受けてしまったのである。

その折にピストルも渡し、背嚢にフィルム缶を入れるための空きを確保するため大量の落花生は春雄が預ることにしたのだ。

順之助からフィルムを受けると、春雄は鞄を探してあたりを見まわした。フォードが横転したときに飛び出したのか、五メートルほど離れた道端に落ちていた。落花生も散乱している。鞄を拾い上げ、ぞんざいにフィルム缶をしまい込んだ。

結果として、日本人の運転手がタクシーと命を奪われ、犯人である漢人どものひとりも死ぬことになった。荒事に慣れた順之助は気にも留めていないようだが、春雄は忸怩《じくじ》たる思いをぬぐい去ることができなかった。

「では、おれはここでお別れしよう。なに心配無用だ。奉天には昔の仲間も多い。それに馬賊は陸を駆けるものだ。空の旅は苦手でな」

「空？」

春雄は怪訝《けげん》な顔をしたが、西風は上品に苦笑していた。

「よくご存知で」

「言ったはずだ。奉天には昔の仲間も多いとな」

　大陸浪人と優男が対峙した。

「甘粕のために働いていると話していたが、そのステッキは仕込み刀だな？　かすかに血の脂が残っている。人を斬ったのは大連でかね？」

　老虎の炯眼《けいがん》を、西風は飄然《ひょうぜん》と受け止めた。

「さて……」

「県城付近で、その顔を見かけた気もするが」

　県城は、順之助の部隊が武装解除された因縁の地であった。

「閣下の気のせいでしょう」

　西風はマッチを擦ると、道に漏れたガソリンに落とした。ぱっと火がつき、凄まじい勢いで炎はフォードに燃え移った。運転席で死んでいる漢人とともに――。

　気絶した漢人は、このまま置き去りである。

　天高く昇る黒煙を見て、警官隊も駆けつけてくるであろう。通報するよりも、このほうが手っとり早いのだ。現場に残って説明したところで、面倒が増えるばかりであった。

「湊君、今度こそ……次は新京で逢おう」

　順之助は莞爾《かんじ》と笑って郊外へ歩き去った。

「さて、僕たちもいこう」

春雄はうなずいた。

ムシの好かない男ではあるが、こうなれば進退を任せるしかないようだ。順之助が敵ではないと判断したのであれば、春雄にも是非はない。そもそも、ヤマトホテルに一泊すれば何円になるのかも知らないのだ。

「荷台に鞄をくくりつけて、君は側車に乗るといいさ。今日のうちに新京へ着きたいなら、急がないとね」

西風が操るオートバイは、ヤマトホテルがある新市街とは反対の方角にハンドルをきり、太陽に背を向けて東へむかった。

† † †

着いた先は、奉天東飛行場であった。

瓢簞《ひょうたん》を立てたようなラマ教の塔があることから、東塔飛行場と呼ばれていたらしい。張作霖が建設し、満洲事変後に関東軍が接収した飛行場だという。

関東軍と満洲国の協定によって満洲航空株式会社が設立され、航空機の修理から自社生産までをこなす満航航空工廠《こうしょう》も設けられた。満洲国の発展に伴って旅客航路の主力は北陵の奉天北飛行場へと移されたものの、いまでも軍用機の生産はつづけられている——と西風が自慢気に解説していた。

滑走路でふたりを待っていたのは、フォッカー・スーパーユニバーサルという北米生まれの単発小型旅客機であった。

前の世界大戦でイギリスのキャメル機と死闘を繰り広げたフォッカーの血筋だが、古めかしい高翼式で、胴体はずんぐりと垢抜けない。

軽合金の研究がすすんで金属張りが主流となりつつある時勢に、主翼は合板張りで、胴体と尾翼に至っては羽布《はふ》張りであった。保守的な固定脚を採用し、シリンダーが星形に配置された九気筒エンジンは外覆もなく剝き出しで、尾翼の操作索は胴体側面を無防備に這っていた。

設計思想は、軽く十五年は昔のものである。最高速度は二百四十八キロ／時にすぎず、上昇限度は歯を食いしばって両足を踏ん張っても六千キロ程度だ。航続時間も五時間ほどで、性能に見るべきものはない。

ならば、空飛ぶ駄馬にすぎないのか？

否だ。

旧式な機体構造は酷使によく耐え、信頼性と汎用性はずば抜けていた。新技術への挑戦に由来する欠陥がなく、生産が容易である。中島飛行機がライセンス生産し、この満洲国でも製造されているほどであった。

特筆すべきは、四百五十馬力を発生するプラット・ホイットニー製の空冷星型九気筒エンジンなのだ。ノモンハンではソビエト空軍との空戦を優位にすすめた九七式戦闘機や、中国空軍のボーイングやカーチスホークを圧倒している九六式艦上戦闘機に搭載された寿型も多大な影響を受け――などというウンチクが走馬灯のように脳裏を駆け巡るほど、春雄は追いつめられていた。

なにしろ初めての飛行体験なのである。

このスーパーユニバーサルは、主翼前方に野暮ったい風防を備えた操縦席が設置され、ふたりの操縦士が交代で操縦できるようになっている。

乗客の定員は六名。鰻の寝床のような胴体の中に六つの席が据えられていた。幅は狭く、天井も低かった。窮屈である。

そのエンジンが雄叫《おたけ》びをあげていた。機械好きが高じて整備士を志した同期生であれば、さぞや狂喜したであろう。春雄には、ただ煩いだけだ。航空隊にいけなかったことは、かえって僥倖《ぎょうこう》であったかもしれなかった。

はやい話――春雄は凍えていたのだ。

この季節でも上空は寒かった。高い山に登れば夏でも寒いのと同じだ。富士山の標高は三千七百メートルほどあるはずだが、旧式な旅客機でも三千メートルの高度はとっているであろう。

しかも、新京は北海道と同じ緯度にある。そこにむかっている。着物姿で平然としていられるはずもなかった。退役間際のタクシーのように外板は軋《きし》み、景気よく隙間風まで招き入れていた。

歯の根も合わず、がちがちと震えた。

「湊君、ようやくゆっくりできるというものだね。時間もあることだ。盗み聞きの気遣いもないし、今回の経緯を説明してあげよう」

西風の声に屈託はない。

悪気もないのかもしれない。ただし、事前に用意していたのか、自分のみ毛皮の外套《がいとう》にくるまっているだけであった。

春雄の胸中に怒りが湧いた。

「発端は、ある特務機関が企てた謀略と思ってもらいたい。対ソではなく対華工作に従事している特務機関だ。近ごろは情報部といってるらしいけど、特務機関のほうが通りがいいだろうね。さて、その特務機関を指揮する某大佐が、満映に潜んでいる中国人スパイを狩り出そうと考えたらしい。満映は日本を追い出された思想的前歴者なども受け入れているからね。いろいろと目障りだったんだろう。でもね、満映には甘粕さんが就任したばかりだ。特務機関とはいえ気を遣うよね？　だから、ある噂を満映に流すことで中国人のスパイをあぶり出そうとしたのさ」

海軍の新型機を関東軍にもお披露目するため、その卓抜した性能を余さず撮影したフィルムが満映に送られたという噂であった。

「その噂は、もちろん甘粕さんの耳にも届いた。甘粕さんも大陸浪人を中心とした独自の特務機関を持っている人だからね。間が悪いことに、満映の放漫経営を建て直すために腐敗粛正を厳しくやっていた時期だ。それをスパイ狩りだと誤解して、脱走ついでの駄賃として保管室から機密フィルムを盗んだ粗忽者《そこつもの》がいたのさ」

犯人は満映の中国人役者であったという。

新型機を映したフィルムなど最初から存在しなかったが、盗まれた映像も最高機密に属するものであった。

そこで、西風が甘粕の命令を受けて追いかけることになった。特務機関より先に捕え、フィルムを回収しなければならなかったのだ。

中国人役者は、列車で大連にむかったことがわかった。西風は満映所有のスーパーユニバーサルで奉天へと飛び、駅までオートバイで急ぎ、定刻通り停車した列車に乗ることができた。

その列車には、果たして中国人役者も乗っていた。

「列車でとり返してもよかったんだけどね。旅の途中で荒事は無粋だ。大連にむかっているようだから、ひさしぶりに僕も海を見にいこうと思ったのさ」

中国人役者は、前もって国民党と連絡をとっていたのであろう。西風は、波止場でフィルムを奪還し、元役者を迎えにきた国民党のふたりと大立ち回りを演じて、なんとか逃亡に成功したのだという。

「そのあとはどうしたかって？　満鉄の宿舎に泊めてもらったのさ」

満鉄調査部と西風は、甘粕を介して結託していたのだろう。はじめから、春雄の新京出向は決まっていたのだ。

つまり、西風から機密フィルムを受けとり、それを満鉄調査部の男は春雄に託したということらしい。そのほうが国民党の眼を欺けると思ったにちがいない。目論見《もくろみ》は外れたが、それも春雄のせいではなかった。

「じつのところ、君を利用したのは僕の独断だ。いや、洒落のつもりだったんだ。申し訳ない。まったくの話、心より申し訳なく思う。でも、感謝しているよ。君は思ったよりもよくやってくれた」

白々しい賛辞を受け、春雄は応える気にもなれなかった。

「ところで……ねえ、君……」

左窓から夕陽が差し込んでいる。

右側の座席にいる西風の顔は、血でも浴びたように真っ赤であった。

「まったくもって本当のところ、なぜ満洲に左遷されたんだ？」

「その前に……ひとつ教えてもらいたい」

「なにかね？」

「中国人の役者とやらは、あんたが殺したんだな？　だから、国民党の連中は、おれたちを仇だと……」

「ああ、そうだよ」

西風は、至極当然のことを訊かれたように戸惑った顔をした。

「むこうはピストルを持っていた。僕は仕込み杖だけだ。しかたないから、役者を斬って、その隙に逃げたんだ」

「そうか……殺したのか……」

春雄は不思議な安堵感にくるまれた。

「……おれも人殺しだ」

憲兵を殴って海軍を逐《お》われたわけではない。春雄への嫌がらせで家族にまでつきまとい、その揚げ句に妹を襲おうとした憲兵を射殺したのだ。

——その日は、大雨が降っていた。

凶器は杉田式自動拳銃だ。はじき出された空薬莢はどこかへ消え、銃口から立ち昇る白煙も雨の中に溶けていった。

卑劣漢による犯罪とはいえ、憲兵側も許しがたい非があったことを認めたが、このような不祥事を軍が公にできるはずもなかった。

閑職に退いたとはいえ、元参謀本部の尉官であった父への遠慮もあったにちがいない。春雄が軍法会議にかけられることもなく、ほとぼりが冷めるまで満洲で遊んでこいと父に命じられただけであった。

あの悲愴な覚悟はなんだったのか。

人を殺したのに罰を受けていないのだ。

射殺したことを悔いてはいなかった。罰を覚悟すれば、法律など意味はない。しかし、罰を受けるから、また人は前にすすめるのだ。裁かれるべきときに裁かれなかった者は、空虚に満ちた余生をどう生きればいいというのか……。

これでは道化である。

春雄の告白を聞いて、西風は首をかしげた。

「そうかなあ。本当なのかなあ。僕は、これでも人を見る眼はあるつもりだがね。君は人殺しにはなれそうにないけどなあ」

なにをほざくのか。世界戦争の時代ではないか。軍に属した人間は、好むと好まざるとにかかわらず、敵兵を殺さなくてはならないのだ。春雄の不幸は、憎むべき敵が国内の憲兵であったというだけだ。

疲労の極みに達したのか、春雄は眠りに落ちていた。

よほど寒そうに見えたのだろう。西風が外套《がいとう》をかけてくれたことに、着陸の衝撃で起きるまで気付かなかった。

† † †

ところが、すんなりと新京の地を踏むことはできなかった。

新京飛行場は市街地の北西にある。滑走路の誘導灯に従って、フォッカー・スーパーユニバーサルが車輪を弾ませながら着陸すると、暗闇に潜んでいた憲兵隊がいっせいに飛び出してきたのだ。

機体を包囲され、再離陸も許されなかった。

あとで春雄が聞かされたところによれば、奉天城の郊外で縛られていた国民党らしき漢人は、速やかに特務機関へ引き渡され、厳しい尋問によって満映から機密フィルムが盗まれたことまで自白したらしい。

甘粕嫌いの関東軍は、その情報を奉天特務機関から受けると喜び勇み、春雄が持っているフィルムを没収しろと憲兵隊に命じたのだ。

西風のひょろ長い姿はどこにも見あたらなかった。春雄が目覚めたときには、すでに朝露の如く消えていたのだ。操縦士の話では、新京の灯が見えてきたところで、落下傘を背負って降下したのだという。

またもや――またしても――。

春雄は、ひとりで連行されることになったのだ。

† † †

翌日、春雄は憲兵隊本部から追い出された。

奉天のときと同じく、すぐ釈放されることにはなったが、夜更けに人気のない満映を訪れてもしかたがない。ホテルも確保していないので、片意地を張って憲兵隊本部に泊まり込んだのだ。

しかも、上空で凍えたせいか、風邪をひいてしまった。長旅で疲れ、機密を預かった緊張で精も根も尽きたのであろう。高熱で朦朧《もうろう》としたが、たっぷりと寝汗にまみれていると、昼ごろには若い肉体が回復をもたらしてくれた。

路面電車に乗って、市街地の南にある満映撮影所を目指した。

新京は、大連とも奉天とも異なった独特の雰囲気を持っていた。おそらく北京や上海ともちがうのだろう。かといって、日本の街並みとも似ていなかった。

日本人の夢と希望を投影し、突如として大陸に出現した近代都市だ。

モダンで行儀よく、街路は端正に整えられ、しかしながら、どこかよそよそしい風景であった。西洋と中国と日本の意匠が混ざり合って、映画の書割りのように作り物めいて映った。

満映撮影所に到着すると、春雄は甘粕正彦と面談を許された。満鉄からの出向辞令も目出度く受理され、社宅の手配も済んでいた。

だが、甘粕理事は、苦労して運んだ機密フィルムには一瞥《いちべつ》もくれず、「保管庫の者に渡しておくように」と素っ気なく指示しただけであった。

がっかりはしなかった。

憲兵隊本部でも、別室で機密フィルムの内容が確認され、「こんな汚らわしいものは、甘粕にくれてやれ！」となぜか怒鳴られていたのだ。

春雄は社員食堂へ足をむけた。

微熱は残っているが、胃袋が吠えるほど食欲旺盛である。

そこで、親子丼を食していた伊達順之助と再会できたのだ。

「湊君も無事に到着してなによりだ。だが、おれのほうは無駄足だったらしい。これから青島に戻らねばならん」

春雄より先に、甘粕との面談を終えていたのだ。日本軍に睨まれている順之助の部下は、さすがの満映でも受け入れられなかったのだろう。

「まあ、それはいいのだ。たいして期待もしていなかった。じつのところ、部下たちの身の振り方など、あちらでどうにでもなる。ただの口実だ」

「では、他にも本題があったと？」

素朴な好奇心で訊くと、順之助の精悍な顔に憂いと憤りが交差した。

「あったとも。日本は、どうやらアメリカと開戦する腹積もりだ。中国での戦線もおさまらんというのに、愚かしいことだ」

春雄は、黙ってうなずくしかなかった。

アメリカとの開戦は、海軍でも確定事項として扱われていた。早いか遅いかだけで、避けられないものと誰もが受け止めていた。開戦すれば戦うしかない。勝ち負けは、一兵卒の考えることではないのだ。

「しかし、どうせアメリカと一戦交えるとなれば、いよいよ中国軍に兵を割く余裕はないはずだ。そこで、戦力の足しにするため、山東自治聯軍の再建を関東軍に献策できないかと甘粕を頼ってみたが……もはや、そのような時勢ではないと断られたよ」

「それは……残念でした」

「なんの、こちらはこちらで、最後の夢に賭けていたのだよ」

順之助の双眸《そうぼう》が猛虎のように光った。

春雄が息を呑むほどの迫力だ。

「昏迷する戦局に乗じて、我が山東自治聯軍による乾坤一擲《けんこんいってき》の〈山東国独立〉を企んでいたのだ……それも泡沫と消えたがな」

大胆不敵な策謀に、春雄は呆れ顔を隠せなかった。

これだから大陸浪人というやつは！

「それほど壮大な意気があれば、青島でもご活躍できそうですね」

いや、と順之助はかぶりをふる。

ひどく疲れたような顔をしていた。

「前にも言った通り……大陸浪人と馬賊の時代は、とっくに終わっているのだよ」


「やあ、湊君！」

満映の玄関を出たとき、西風がステッキをふって歩み寄ってきた。

春雄は無言で殴りかかった。

西風は、おおっ、と長い手足をもつれさせるように素早く後退した。無様だが、追撃する隙はなかった。

「怒っているのかい？　ひとりで逃げたのは悪かったよ。とても反省している。本当だ。でもね、君ね、僕は面倒ごとがとても苦手なんだよ。それにね、僕は満映に雇われた便利屋だ。甘粕さんに少しでもはやく報告しなくちゃいけなかったんだ。どうか許してくれたまえ」

許すつもりは微塵《みじん》もなかった。が、春雄は気を落ち着かせると、いくつか気になっていたことを問いただした。

「満映で盗まれたフィルムには、なにが映ってたんだ？」

「ああ、ノモンハンでの戦場記録だよ。いやあ、ひどいもんさ。日本兵もソビエト兵もね。あんなものに芸術的な価値はないよ。だから、僕は焼き捨てることにした。甘粕さんも文句はいわなかったな」

「焼いた？」

満鉄調査部で託されたフィルムは、新型機の映像ではなかったのだ。

「では、おれが運ばされたフィルムは？」

「あれはね、海外赴任の外交官が極秘に入手したアメリカ産の猥褻《わいせつ》フィルムさ。満映では、関東軍将校への接待として、ときどき秘密の上映会がなされているのだよ」

春雄の口が開き、しばらく閉じることができなかった。

なぜ憲兵隊が怒っていたのか、なぜ西風が国民党に渡してもかまわないと断言したのか、ようやく理解できたのだ。

なるほど。青二才にはふさわしいお使いだ。機密フィルムと称して渡されたのは、甘粕への嫌味なのだろう。

「ともあれ、ようこそ夢の帝国へ。ようこそ、満洲映画協会へ。満映はね、満洲の縮図であり、未来図でもある。この満映が破綻すれば、満洲帝国も破綻してしまう。それほど大事なところなのさ」

春雄は、どんな顔をしたらいいのか迷い、結局は苦笑するにとどめた。

悪意のない男なのだ。

気障な優男は、器用にウインクして問いかけてきた。

「さあ――君は、どんな夢を拾いにきた？」

第二話　恋と革命

映画とは、夢を閉じこめる檻だという。

笑わせ、泣かせ、ときには怒りに身を震わせ、ときには心を慰めてくれる。が、目覚めてしまえば、朝の陽射しの中に溶け消えてしまう。

儚く、それゆえに美しい。

だからこそ、いつでも、何度でも楽しめるように、フィルムという檻で閉じこめておくという意味なのだろう。

ならば——そうだとすれば——。

赤い曠野で最初の夢が鉄格子に閉じ込められたのは、満洲映画協会が設立された昭和十二年なのであろう。

満洲国の誕生直後に、関東軍は司令部を首都新京へと移した。関東庁、領事館、満鉄などに分散されていた支配権を集約し、国務院総務庁を通して満洲国を裏から指導できる体制を確立したのだ。

首都に定められる以前は、長春という鄙《ひな》びた地方都市であった。

奉天のほうが街の規模は大きく、中国東北部における政治と商業の中心でもあったが、張作霖や張学良が本拠地としていただけに、関東軍司令部は奉天住人に潜む反日感情を強く懸念したのだ。

そこで、奉天と哈爾浜《ハルビン》のあいだにある長春に注目し、〈新京〉と改めて皇帝が住まう首都に相応しく大々的な開発をすることに決めた。

混乱期が過ぎれば、しだいに治安も回復していく。衣食が足りて、はじめて人は礼節を知るものだ。国造りの仕上げとして、芸術文化の種を曠野に植えたくなったことも当然かもしれない。

情報技術の進捗著しい国際社会において、旺盛な弘報活動はますます重要度を増しており、それは国内政策においても同様だ。銀幕で観る映像は庶民にとって新しい娯楽であり、ニュース専門の映画館も盛況であった。

満洲映画協会――満映は、株式会社満洲映画協会法に基づいて産声を上げた。

『日満親善』
『五族協和』
『王道楽土』

などの理想を啓蒙し、かつ浸透させるためだ。映画製作だけではなく、満洲国内と日本租界への配給と映写も独自におこない、各地での映画館設立と巡回映写も業務に含まれている。

初代理事長は、旧清朝の皇族が就いた。他の部署と同じく、長には満洲の有力者を置き、次長の座に日本人を配置するという指導要綱に従って、すべての実権は満鉄出身の専務理事が握っていた。

日本の映画人も次々と渡満してきた。

元日活撮影所長の根岸寛一《ねぎしかんいち》を理事に迎え、〈日本映画の父〉と称される牧野省三《まきのしょうぞう》の息子で傑作時代劇『浪人街』を製作したマキノ光雄《みつお》を製作部長に据えた。

当初は新京北の寛城子《かんじょうし》に機関庫を改造した撮影所しかなく、劣悪な環境下で悪戦苦闘しながら撮影していたというが、一昨年の春に待望の新撮影所が完成したことで、ようやく本格的な映画製作が可能となった。

これが洪熙《こうき》街の満映撮影所である。

ドイツ・ウーファ映画撮影所を模範とし、二万坪の広大な敷地に鉄筋煉瓦建ての事務所とスタディオが造られ、百坪のステージが六棟建てられた。日本にもない規模で、機材は最新式のドイツ製とアメリカ製を揃えていた。

市街地の南にひろがる大野原に、豪華な宮殿の如き――あるいは大銀行の如き――壮大な〈夢工場〉が完成したのであった。

満鉄と同様に、満映もひとつの国を形成している。

ただし、満鉄を実業の王国だとすれば、満映は虚像の帝国であった。

† † †

湊春雄にとって、満洲での二度目の夏である。

昭和十六年の八月だ。

北海道と同じ緯度だというのに、今年も苛烈なほどに暑かった。ただし、空気が乾燥しているおかげで、肌にまとわりつく不快な湿気はない。夜になれば空気も冷えるが、日照時間も長く、外は夕暮れの朱色に染まっているはずだ。

苦行にも似た試写会が終わった。

春雄は、本館一階の試写室をこっそり抜け出した。ゴム底の短靴は足音を忍ばせるにも非常に好都合である。

正面玄関の車寄せには、打ち上げ会場の料亭へ関係者を送迎する車が並んでいる。外に出るには勇気がいる。かといって、踵を返して食堂を目指すにしても、甘粕理事長と鉢合わせでもしたら冷や汗どころではない。

転身は命取りだ。迂回作戦を採用した。

春雄はフィルム倉庫か録音スタディオに用がある体を装いながら、受付カウンターの前を通り抜けることに成功した。

誰かが追いかけてくる足音が聞こえた。

軽薄な靴底の音だ。

春雄はふり返る愚を犯さなかった。が、駆け出すわけにもいかない。追いつかれるのはしかたがないと諦めた。やや足早になって、スタディオ方面に繋がる廊下を目指した。そこが勝負どころである。

廊下を曲がったところで、繊細さの欠落した声をかけられた。

「いやあ、ひどい映画だったね！」

ふり返ると、西風が朗らかに笑っていた。春雄と同じく、試写室で完成したばかりの新作映画を観ていたのだろう。

「ひどいとまでは思わないが……」

「君も退屈だったかね？　試写室でも眠そうにしていたからね」

春雄は憮然と顔をしかめた。

たしかに退屈な代物ではあった。真面目に作られてはいるのだろう。しかし、独特の官僚臭が鼻につき、筋立ても日本映画の焼き直しとしか思えなかった。あくびを嚙み殺し、眠気を散らすのに難儀した。

「でもね、以前に比べれば、ずいぶんマシになったほうさ」

西風は、春雄を慰めるように微笑んだ。

初期の満映作品は、上海の抗日映画に対抗する映画作りを目指していたという。弘報も戦争の一環なのである。

ところが、いくら潤沢な予算があっても、堅苦しい国策という首輪を押しつけられて面白い映画が作れるはずがない。元来、映画人とは自儘なものであり、猫のように束縛を嫌うものだ。

俳優に中国人を使ったところで、脚本や監督は日本人だ。中国語は話せず、いちいち通訳を使うしかない。中国の風俗もわからず、すべてを日本風で通すしかないから、なにもかもチグハグで珍妙な作品群が量産された。

中国人の観客には〈対不起《トゥイブチー》〉映画と莫迦にされ、日本で上映しても酷評の嵐である。満映社員の士気が上がるはずもなかった。

しかも、潤沢な予算は官僚と軍人にたかられ、金銭感覚の杜撰《ずさん》な映画人の気質も拍車をかけて、見事な放漫経営に成り果てたのだ。

満映の不振を憂えた国務院は改革に乗り出し、理事長に抜擢された甘粕正彦は期待に応えて大鉈《おおなた》をふるった。乱れた規律を正し、蔓延していた腐敗要素を排出したばかりか、中国人の監督や脚本家も育成しはじめたことで、ようやく上海の映画館でも上々の評価を得られるようになってきたところだ。

改革の成果は、これからが本番であったが――。

「さっき試写された映画は、新進気鋭と期待されている日本人の監督が撮ったものだったね。いやはや、今夜の宴会は荒れるねえ」

だから、春雄は逃げようとしているのだ。

スタディオの裏口を目指して歩くと、西風も長い足で楽々とついてきた。

「湊君は、甘粕さんに張り付いてなくていいのかね？　そのために満映調査部から出向してきたんじゃないのか？」

春雄が帯びた密命は、甘粕理事長を失脚させるために不正の証拠を見つけろというものであったが、最初の面談で『君は、見るべきものを見て、報告すべきものを報告なさい。私に不正があれば、遠慮することはありません』と内偵すべき当の本人から告げられるという体たらくだ。

満鉄調査部の機密保持も、たいしたことはない。相手は中国動乱の陰で暗躍し、独自の情報機関を擁している謀略戦の玄人《くろうと》なのだ。

「この歳になって、お遊戯は御免だ」

春雄が吐き捨てると、ふにゃ、と西風は軟派な笑みを作った。

「君も満映での処世がわかってきたようだねえ」

甘粕理事長は、平素は謹厳居士であり、困った社員を見捨てない情の厚い一面を持っているが、じつは真性の酒乱であった。

得意技は乱痴気騒ぎだ。

酔えば卓袱台《ちゃぶだい》をひっくり返し、料亭のものを破壊し、芸者にはビールを浴びせかける。この酔態は、宴の座敷にいる者全員で手に手をとって〈ちいぱっぱ〉や〈はとぽっぽ〉と童謡を歌うことでお開きとなるまでつづくのであった。

「どのみち、甘粕さんの弱みを握ろうとしても無駄だと思うけどね。人間だから、潔癖とは思わないけど、私腹を肥やす人じゃない」

春雄も同感である。

そもそも、敵対心や嫌悪感はなかった。

満映の社員にしても、〈人殺し〉で名高い甘粕理事長を怖れてはいたが、その芸術への愛情と献身を疑う者はいなかった。

日本国内では映画法が施行され、映画人も登録制になった。軍事物資の統制がはじまり、フィルム乳剤に使用される硝酸銀は爆薬の材料であり、もはや内地で余裕を持って映画を作ることはできなくなっていた。

それなのに、満洲では贅沢なほど物資を供給されている。芸術を愛する甘粕理事長の力があればこそだと誰もが知っているのだ。

「だから、おれは寮に戻って寝る。邪魔をするな」

「なんと！　それは味気ない。子供ではあるまいし、寝るにははやい時間だと思うけどね。友よ、どうかね？　ふたりで呑みにいかないか？」

「……あんたとか？」

春雄のどこが気に入ったのか、この優男は妙に人懐こくまとわりついてくる。中国料理はここが美味い。服はここで買うと安い。それがうっとうしくて、できるだけ顔を合わせないようにしてきた。

正体不明で、胡乱《うろん》な男だ。

西風は満映の便利屋であった。

野外撮影の護衛をしたり、すねた女優をなだめたり、陽気で、如才なく、人あしらいが巧みで、小器用になんでもこなす多芸な男だ。楽器も弾けば、歌も上手い。演技もできるのか、役者が足りないときには端役として出ることもあるらしい。

宴会芸すら持たない春雄とは、馬が合う要素は皆無だ。

一見して東洋人のようだが、よくよく眺めれば、日本人とも満洲人とも漢人ともつかない顔立ちであった。どこか貴族的な容貌で、白人の血も混ざっているようである。陽の加減によっては、瞳に青みが滲むことがあった。

ますます胡乱だ。

闇の社会にも通じ、ひどく世慣れた風情を隠さない。態度もふざけてはいる。が、不思議と小狡い眼はしていなかった。

「僕とでは厭かい？　本丸である甘粕さんの前に、まず手足として働いている僕の不正を探ってみるというのも悪い案じゃないと思うけどね」

「ふん……」

「もちろん、僕の奢りだよ」

「……どこの店だ？」

「東五条通のナイトクラブさ。ロシア美女のダンサーが出るショーもあるよ」

なるほど、と春雄はうなずいた。

たしかに内偵する価値はありそうであった。

† † †

「満映の映画は日本では不評のようだけど、僕は大好きさ。日本人向けから脱却しようとしているが、かといって中国人の感性にも馴染まない。あんな世界はありえない。どこか絵空事だ。いや、だからこそ愛しいのさ」

褒《ほ》めているのか貶《けな》しているのか――。

西風は、あいもかわらず饒舌であった。

「どこにもない国で、絵空事の紳士淑女たちが愛を語り、歌い、踊る。まさに……まさしく満洲という帝国にふさわしいと思わないかい？」

戯《ざ》れ言《ごと》と聞き流しながら、春雄はグラスに満たされたウォトカを舐めた。アルコールは強烈だが、思いの他、味は悪くない。ひと息であおると心地よく喉を焼き、どんと胃の腑に落ちた。

　ここは東五条通の裏手だ。

　革命赤軍に弾圧された白系ロシア人が経営しているナイトクラブにきているのだ。

　新京駅の南に中央通が伸び、一条、二条と東西にそれぞれ街路が平行していた。五条まで数えれば、かなり中央から外れる。満映撮影所からも遠いため、西風が所有するオートバイの側車に乗せられてきた。

　店内はテーブル同士の間隔がたっぷりと置かれ、三十人ほどの客がのんびりと酒を楽しみながら舞台のショーを眺められる。

　専属の楽団がロシア音楽を奏で、薄い衣装をまとった美女が舞台で扇情的なダンスを見せている。灯は舞台に集められ、客席側はぼんやりと薄暗い。

　当然のようにロシア人の客が多かった。

　この手の店にくる日本人は、変わった趣向を求めているか、上司の眼を盗んで気楽に遊びたい若者か、後ろ暗い密談を好む者にかぎるのだろう。

「――関東軍は特別演習なんていってるが、じつのところは対ソ戦の準備だろうな。本気でソビエトに攻め込むつもりなのかね」

隣席からの日本語が、春雄の耳にも入ってきた。背広の三人組で、どうやら満洲に派遣された新聞記者のように思われた。

「莫迦な。先年のノモンハン事件でも損耗《そんこう》が大きかったというし、だいたい四月に日ソ中立条約をむすんだばかりじゃないか」

「だから、関東軍も臥薪嘗胆《がしんしょうたん》で兵力を増強したんだろう。条約なんてものは、情勢次第で破られる。見ろよ。独ソ不可侵条約だって、ものの二年と――」

今年の六月に、ドイツ軍がソビエト領土へ攻め込んだのだ。

奇襲は功を奏し、一気呵成にソビエト軍を蹴散らしてレニングラードを包囲し、開戦一ヶ月でスモレンスクを陥落させていた。ソビエト軍も各地で抗戦をつづけているものの、陸上の戦いでは多くの兵が捕虜となり、制空権は優秀なドイツ戦闘機が握りつづけている。

天晴れな同盟国だ。

「しかしだな、日本はアメリカとも戦争をはじめようとしてるらしいじゃないか。二正面作戦は愚の骨頂だ」

「石原莞爾によれば、満蒙問題などは、すべて対米問題に帰結するということだ。アメリカと戦う気がないのであれば、満洲や蒙古など邪魔なだけさ」

「アメリカと満洲を分ければよかったというのか？」

「方便としては悪くない。満鉄にしても、当初はアメリカの実業家ハリマンが資本参入して、日米共同経営が予定されていたくらいだ。もっとも、外務大臣の小村壽太郎《こむらじゅたろう》が――」

「どのみち、帝政ロシアが黙ってなかったさ。いや、今でもソビエトとは戦うべきではない。こうも敵対国に囲まれては、日本と満洲国は世界の孤児ではないか」

「たしかに国連は満洲を国として認めていない。しかし、国連など欧州列強中心の戦勝国クラブだ。中国での利権を得るためには日本が目障りなんだ。だから、日本は席を蹴って脱退することになった。だが、なんの不都合がある？　国連を提唱したアメリカさえモンロー主義を盾に加盟していないではないか」

「そうだな。満洲国は建国早々に各国領事の駐在を認め、ローマ法王庁との正式文書を交付している。ソビエトとも満ソ協定があり、アメリカなど主要国の経済視察団を受け入れた。国際法上の解釈はともあれ、経済的にはすでに承認されたも同じだ」

「遠方の国に認められてどうなる？　まずは中国ではないか」

「中国なら、南京国民政府と日満華共同宣言をしたはずだ」

「莫迦いえ。あれこそ日本軍の傀儡《かいらい》政権だ。日本軍は南京を陥落させたが、国民党や共産軍は降伏しておらん。満鉄調査部の分析によれば、中国戦線で負けはしないにしても、勝てもしないという結論だ」

「だが、どうだろうな？　結局のところ、尾崎先生の〈東亜新秩序社会構想〉こそが正しい道筋なのではないか？」

　この場に憲兵がいれば、怒気でまなじりを吊り上げるような会話であった。満鉄調査部と聞いて、春雄は思わずふりむきかけた。が、日本人だと気付かれない方が互いに余計な気遣いを省けるだろう。

「――湊君、〈ハリウッド・タイクーン〉を知ってるかい？　映画帝国ハリウッドを興隆させた立役者たちのことで――」

　西風は西風で、妙な知識をうそぶいていた。

　いつもと同じ白麻の背広姿であったが、北京語をしゃべりつづけているため、おそらく中国人だと思われているのだろう。

　春雄は、ゆったりとした満洲服を着ていた。この暗さでは日本人だと判別することは難しいはずだ。出社時は背広姿だが、満洲での一年を経て、和装より満洲服のほうが街の風景に馴染み、かつ気楽だと学んだのだ。

　ロシア人や満洲人は、貧しい家庭ではなくとも、服と外套と靴を二種類か三種類持っているだけだ。それで充分なのだ。日本人の着物は多彩ではあったが、生活の合理性に欠け、無駄が多いともいえた。

　西風の饒舌はつづいていた。

「――〈ハリウッド・タイクーン〉には、多くのユダヤ人移民がいた。ロシア皇帝が暗殺されて前の大戦がはじまるまで、なんと二百万人のユダヤ人がロシアで迫害されてアメリカに逃げたのさ。〈ユニバーサル〉社のカール・レムリ、〈二十世紀フォックス〉社のウィリアム・フォックス、〈MGM〉社のルイス・B・メイヤー、〈ワーナー・ブラザーズ〉社のワーナー四兄弟……彼らは親を失い、または故郷や財産も失って、新しい娯楽文化を作った。だったら、この満洲でも同じことが――」

春雄は聞いていなかった。

眼と耳は、踊り子たちの舞台にむけられている。

ちょうど出し物がひとつ終わったところだ。

まばらな拍手。好色な含み笑い。バンドが楽器の調律をはじめ、灯の数が減らされた。次の準備であろう。

「――尾崎先生によれば、『支那は列強の分割競争の前にのたうつ半身不随の巨人に見えるかもしれない。だが、日支の戦争は、必要不可欠な通過儀礼にすぎない』ということさ。されど大地は動く。大地を打つ槌ははずれても、この真理ははずれっこないさ」

「ハハン、尾崎先生は、中国は再生するとお考えらしい。だが、あの人はアカだ。蔣介石ではなく、毛沢東の中国がお望みだ。帝大の出らしい傲慢な理想家にすぎんよ」

「先生は満鉄調査部の嘱託だが、近衛文麿政権を中国で得た知見で支えてきた人だぜ？独ソの開戦を予言され、見事に当てたではないか」

「まあ、あの人に入れ込むのも考えもんだな。噂では特高が――」

隣席の声が、ささやくように低められた。

次の舞台に立ったのはひとりであった。

女だ。

美貌の歌手であった。

情熱を含んだ濁流の如き赤髪で、鈍く照り光る浅黒い肌をしていた。しなやかな肢体が、仄《ほの》かに浮かび上がる。肌もあらわなドレス姿で、すらりと足が伸びていた。腰の位置が驚くほどに高い。

バンドが序奏をはじめた。

ロシア風なのか、哀切で、そのくせ烈《はげ》しさを含んだ調べだ。

女の朱唇が艶《なま》めかしく蠢《うごめ》いた。

殺されたものをして――死なしめよ――

格調高く整えられた北京語の歌詞に、男の耳朶《じだ》をくすぐるハスキーな歌声。物憂く、遣る瀬無く、投げやりに千切っては放り出すような歌い方だ。北京語の発音はぎこちないが、それがかえって凄絶な歌詞の効果を高めているように思えた。

彼等の血潮は、決して徒《あだ》に流れはしない。
彼等は微笑を含んで路上に横たはり乍《なが》ら
まだ心から俺達にうなづいてゐるかの様だ。

「湊君、彼女が気に入ったかい？　オリガ・ポドレソフ嬢だよ」

西風の声は、なぜか自慢げであった。

「亡命ロシア人の娘らしいけど、彼女の両親は革命赤軍から逃れて、ふたりともハルビンで亡くなったらしい。帝政ロシアが滅んで、多くの美女が満洲に亡命してきた。清朝が滅んだおかげで、宮廷料理人が野に放たれ、民間でも美味い中華料理が楽しめる。古いものが滅びるというのは、悪いことばかりではないよね」

春雄は答えなかった。

初心《うぶ》なことに、彼女の歌と美貌にのぼせていたのだ。


彼等の血潮は地図を描き上げた。

幾多の都市を、紅に染めた。

彼等は、輝かしく死んで行つたが

俺達はいま、彼等に涙も注げないのだ。


「……なんて歌だろう……」

春雄のつぶやきに、またもや西風が答えてくれた。

「ロシア民謡を基にしているが、技巧はスペイン風のようだね。歌詞は『死んでいった友を前に立ち止まるな』という殷夫《いんふ》の詩をとったようだ」

「中国人の詩か?」

「若い革命家で、左翼作家連盟員だった詩人のものだよ。殷夫は、たしか上海の工部局警察に処刑されたはずだ」

「でも、なぜここで……」

彼女の声でロシアの歌を聴きたかった。優れた歌手が、その歌に心をあらわすものであれば、未知の風景が見えるかもしれない。

「それはね、おそらくね、彼の要望ではないかな」

春雄が眼をむけると、西風はつまらなそうに顎をしゃくった。

隣席の、さらに離れたテーブルへ。

そこにも日本人の客がいた。歳は三十半ばだろうか。あるいは、もっと上なのかもしれない。厳しい鍛練を経た軍人は老けて見えるが、頭の中で世界を弄ぶ文人にはその逆が多いようであった。

背丈は五尺と二寸ほど。小柄で、やや小太り。美食家なのかもしれない。色白で、育ちの良さそうな顔立ちだ。眉は薄く、眼が細く、唇は薄い。耳が大きく、高鼻の段鼻であった。自尊心は強そうだが、どこか脆《もろ》そうでもあり、性格的な粘り強さは感じられなかった。

敵は、ずるく待ちかまへてゐるから
軽々しく手をあげることはよさう！

オリガが歌い終わった。

高鼻の小男は、バネ仕掛けのように立ち上がって、盛大な拍手を贈った。仕立てのいい灰色の背広を着て、官僚的な匂いを衒《てら》いもなくまき散らしている。

「ハラショー！　ポルチーラシ！」

生来の感激家なのだろう。眼を涙で潤ませ、興奮もあらわに賛辞を叫び、それでも足りないのか拳を握って腕をふりまわしている。

春雄は不愉快になってきた。

「あれは誰だ？」

「知らないのかい？　尾崎秀実《ほつみ》だよ」

聞いた名であったが、すぐには思い出せなかった。

「日本人なのに、君はものを知らないようだね。でも、後藤新平の名前くらいは聞いたことあるだろう？」

「莫迦にするな。満洲鉄道の初代総裁じゃないか。台湾総督府で長官もしていた。その尾崎とやらと、なんの関係がある？」

「尾崎氏は、日本生まれだが、台湾育ちなのさ。彼の父親は後藤新平に招かれて新聞社に勤めていたようだ。日本で帝大に入学し、卒業後は朝日新聞社の記者として上海支社に出向している。そのとき左翼活動家や中国共産党とも交流したらしいね。第一級の中国通として、近衛文麿の内閣にも助言し、いまは満鉄調査部の嘱託職員として、関東軍特種演習の視察にきているのさ」

それで思い出した。隣席の会話で出た〈尾崎先生〉と同じ人物なのだろう。新聞記者たちは、おそらく取材で付き従っているのだ。

「それで、尾崎はアカなのか？」

なんとなしに春雄は訊いてみた。個人的な思想はともあれ、人目も憚らず涙ぐんでみせる自己陶酔ぶりは虫が好かなかった。

うん、と西風はうなずき、さらりと付け加えた。

「彼はスパイさ」

春雄は口腔のウォトカを噴きそうになった。

「あんな男がスパイになれるとは思えないな。情報将校でもないのに」

あのね、君ね、と西風は呆れた顔をした。

「昨今のスパイというものは、軍事機密ばかりを追っているわけじゃない。そんなものは前の大戦までさ。このごろは、社会学者そこのけの情報を幅広く収集して、それを専門家が分析するんだ。労働問題、外交問題、移民問題、工業の発達。なんでもだ。多角的な視点と分析能力が必要なんだよ」

指摘されてみれば、満鉄調査部の活動がそれであった。あれこそ昨今の諜報機関のあるべき姿というものなのだ。

舞台に眼を戻した。

美貌の歌姫はいなくなり、次の演目が準備されている。世界から、灯のひとつが消えたような寂しい気持ちになった。

西風は、するりと立ち上がった。

「さあ、いこうか」

「どこへ？」

春雄は眉をひそめる。

「楽屋だよ。僕の恋人を紹介してあげようと思ってね」

楽屋裏を覗くのは、手品の種を暴くようなものだ。

美姫《びき》は華やかな衣装を脱ぎ、艶やかな化粧を落とし、どこにでもいるただの女と成り下がる。舞台上の魔術は、舞台でこそ効果を及ぼすのだ。希少な例外を除き、大方は失望するのが落ちである。

オリガは、その例外であった。

「紹介しよう。彼女はオリガ・ポドレソフ。僕の恋人さ」

春雄は眼を剝き開き、莫迦のように立ち尽した。西風には驚かされてばかりだが、これは極め付きに最悪であった。

「よろしく、西風のお友達さん」

日本語で挨拶し、オリガは艶然《えんぜん》と微笑んだ。彫りが深く、驚くほどに目鼻立ちが整っている。舞台を降りても、これほど眩《まばゆ》いとは！　西洋画で描かれる妖精のようであり、赤髪は薄暗い楽屋でも燦然《さんぜん》と輝いていた。

「湊……春雄、です」

春雄は、喉に小骨が引っかかったような声で挨拶を返した。くすり、とオリガは喉を鳴らした。

「私、日本人は嫌いじゃないわ。あの厭な〈過激派《ボルシェビキ》〉に追われていたとき、日本の軍人さんたちがシベリアにいたおかげで飢え死にしなくてすんだもの。もっとも、私は幼子だったから、よく覚えてはいないのだけど」

「あ……」

「なにかしら？」

「ロシアの女性は……みな貴女《あなた》のように美しいのですか？」

我ながら、惚《ほう》けたことを訊いてしまった。

思わず春雄の顔が熱くなる。

「ありがとう《スパシーバ》。お上手ね。貴方も、とても可愛い眼をしているわ」

「それは、どうも……」

「オリガ、湊君は子供ではない。顔が幼いだけで、立派な大人だ。背も低いが、軍隊にいたから武術も習っている」

大きなお世話だ。

それでも、春雄は腹を立てる気にさえならなかった。海兵は紳士である。淑女の前では、礼儀正しくするものだ。

「そうなのね。ごめんなさい」

オリガ嬢は軽く目元を伏せ、二度三度と瞬きした。睫毛《まつげ》とは、これほど優美に動くものなのか、と春雄は感嘆で息が苦しくなった。

「でも、軍人をやめたのね。ええ、そのほうがいいわ。貴方のような子供が殺し合いをするなんて……いいえ、大人だったわね。ごめんなさい。私、可愛い人は弟のように見えてしかたないの」

「弟などいないくせに。悪い女だ」

オリガ嬢は甘えるように微笑んだ。

西風は、木偶《でく》と化した春雄に眼をむけた。

「彼女は、なかなか数奇な血筋でね。母方がナポレオンに滅ぼされたヴェネチア貴族の末裔だというし、父方の家系にはトルコ人の血が入っている。僕の境遇とどこか似てる。そうは思わないかい？」

「だから、私に恋したの？」

「少なくとも興味は惹かれた」

「でも、似てないほうが恋は楽しいわ」

魅惑的な唇を尖らせ、歌姫は言い張った。

「わからないから、わかりたくなるのよ。わかるはずはないもの。わからなくてもいいのよ。だって、男と女なんだから」

「まったくね、君ね」

西風はうなずき、かぶりをふった。

「恋というものは、ある種の幻想だと僕は思うね。幻想ゆえに、幸せの、あるいは不幸の素にもなる。夢を見ている状態といってもいい。ゆえに、より大きな夢で想い人をとりこんだ者が勝利者となるのだよ」

「そう？　私に勝てるつもり？」

「さて、君は強敵だ。せいぜい努力してみよう」

「私も負けないわ」

「いいね。それでこそ、素敵な恋を味わい尽くせるというものだ」

春雄の胸が嫉妬で焦げ付いた。

軍人の家庭に生まれ、硬派として育った。恋人はいない。いずれ妻を持つことになるであろうが、もっと先のことであり、親族か上官の紹介で見合いでもするのだろうと思い描いていた。

満洲で暮らすことになり、初めて一人暮らしの寂しさを味わった。若い精力を持て余し、女のぬくもりを夢想して眠れない夜もたびたびだ。倫理と欲望に折り合いがつけられるほど、まだ枯れてはいないのだ。

そんな若者にとって、オリガ嬢は劇薬にも似た存在であった。

「でも、西風が友達を連れてくるなんて珍しいわ」

「男の友達は少なくてね」

西風は胸を張った。

「そう？　女の友達も連れてきたことないわ」

「君の美しさを前にして、色あせない女は知らないからね。絶望させるために紹介するなんて、可哀想じゃないか？」

「ふふ、本当にふざけた男ね」

同意を求めるように、オリガ嬢が春雄を見つめた。アアとか、ウウとか、春雄は唸るように応じることしかできなかった。眼を細め、歌姫は笑った。そして、しなやかな腕を伸ばして、春雄の手をとった。

「ねえ、可愛い日本のお友達」

滑らかで、ひんやりとした手だ。

春雄は歯を食いしばって、その素晴らしい感触に耐えた。こちらにも意地がある。いまさら惚れるわけにはいかなかった。たとえ、西風という怪しげな男の恋人であったとしてもだ。

——この男こそ、じつはスパイではないのか？

僻《ひが》みは混ざっているにしても、白系ロシア人の店に恋人がいるような男を憲兵隊本部に通報できないことが残念であった。

美貌の恋人は不正ではない。が、不条理は感じる。甘粕理事長の弱みより、西風を探ったほうが、たしかに気合いの入り方がちがってきそうだ。

「どうか、この人と仲良くしてあげてね。西風は、夢見るお莫迦さんなの。こんな歳になっても、世界が辛いことに満ちてるなんて信じようとしない。そのくせ、誰ひとり信じていないのにね」

「信じてるとも！」

西風は、憤然と鼻を鳴らした。

「世界は素晴らしいものだともさ。君がいて、僕がいる。他になにがいる？　もちろん、湊君もいるけどね！」

友達になった覚えはなかった。

西風の歳さえ知らないのだ。

しかし、春雄には否と唱えることができなかった。

そんなこと、誰にできるだろうか？

夢の世界から飛び出てきたような絶世の美女を前にして――？

夜風が酔漢の頬を優しくなでた。

地表から昼間の熱が逃げ散り、空気は急速に冷えはじめている。湿度の低い新京では、昼夜の寒暖差が激しいのだ。

「軟派の女誑《たら》しめ」

ナイトクラブから出ると、春雄は毒づいた。酒には強いと自負していたが、慣れないロシア酒のせいか、すっかり酔っている。ロシア美女の前で背丈をからかわれた恨みもあった。

だが、これは義憤でもある。

「あんた、あれほど素晴らしい恋人がいるというのに、あちこちで女と遊んでいるとは不誠実ではないのか?」

西風は満映の女優たちにモテるのだ。撮影所で見かけるときは、いつも誰かと談笑し、ときには両手に花でニヤけたりしている。ただし、必ずしも人気女優ではないところがミソなのだろう。

西風は軽く肩をすくめた。

「僕は便利屋だよ。女の相談事だって引き受けるのさ。女というものはね、いつだって心配を抱えているものだよ。仕事のこと、交際している男のこと、そして先々のことだ。いっしょに食事もすれば、求められて寝ることもある。でも、僕が本気なのはオリガだけだよ。あとは親しい女友達さ」

「詭弁だ。そもそも――」

なおも春雄は食いつこうと意気込んだ。

西風のオートバイは、東五条通の表に停めてある。裏道は街灯が少なく、店の看板を照らすランプだけが頼りであった。

暗い小路に曲がろうとして、中国料理屋の前を通りかかったときだ。

風が吹き抜けた。

埃が眼に入り、春雄は足を止めた。

だんっ、と銃声が新京の夜を震わせる。

弾は春雄の前を通り抜け、中国料理屋の木戸をぶち抜いた。

一瞬で酔いは醒めた。

とっさに身を伏せ、春雄は懐から平ぺったい杉浦式コルトを抜いていた。まだ撃ったことはないが、御守りとして持ち歩いているのだ。埃で涙が滲む。かろうじて、右眼だけ開いた。

反対側の小路だと見当をつけた。影が蠢く。長い銃身を認めた。

その足元を狙って、春雄は発砲した。たんっ、と軽めの銃声。だが、弾は本物だ。びし、と石畳が火花を散らし、煉瓦の壁に跳弾した。

狙撃者は驚いたようだ。

なぜ驚くのか。まさか撃ち返されないと思っていたわけでもあるまい。こちらは射的の的ではないのだ。狙撃者の二発目は夜空に放たれた。

「——！」

罵《ののし》るような声が聞こえた。足音が遠ざかっていく。

「どうやら、逃げられたようだね」

西風も這うように低く屈み、黒檀のステッキを手に構えていた。仕込み刀である。軟派な優男だが、臆病者ではない。人も殺せる。銃で人を撃つよりも、刃物で斬るほうがよほど胆力がいるのだ。

「この近間で当たらないとは、君も逃げた奴もたいした腕じゃないね」

「当てなかったんだ」

殺すつもりなら、二発か三発は連射している。

油断なくピストルを構えながら、春雄は小路の暗がりにむかった。三発の銃声が轟《とどろ》いても、表に出てくる者はいない。賢明だ。満洲国ができたころには、銃撃沙汰も珍しくなかったのであろう。

「おや、置き土産か」

後ろからついてきた西風が目敏《めざと》く指摘した。

春雄も気付いていていた。

鉄の塊が路上で鈍い光を放っている。春雄は自分のピストルをしまって拾い上げた。ずっしりと手に重い。モーゼルの大型拳銃だ。

　半世紀近くも昔に開発され、自動拳銃の黎明期を彩《いろど》る名銃だが、銃器もスマートになった現代では中国包丁のように不格好であった。しかし、堅牢で誤作動がなく、発射音も派手なことで馬賊に愛されたピストルであった。

　銃把は粗雑な木製だ。引き金の脇にあるボタンを押すと弾倉が落ちた。弾は三発しか残っていない。よほど使い古されているようで、各部にガタがきている。スペインの模造品か、中国の工場で造られたものだろう。

「逃げる前に『痛い』とか叫んでたね。やっぱり湊君の弾が当たったのかな」

　春雄にも聞こえていた。あれは中国語だ。

「ああ、ピストルで手の肉を挟んだらしいな」

　モーゼルは扱いに慣れが必要だ。引き金を絞るとき、あまり銃把の上を握っていると、撃鉄の機関に親指の付け根の肉を挟みやすいのだ。

「湊君、どちらが狙われたと思う？」

「狙われた？　だとすれば、あんただろう」

「どうして？　中国人のふりをした日本人が気に入らなかったのかもしれないよ。間諜だとでも疑われたんじゃないかなあ」

　なるほど。あり得ない話ではない。

「しかし、こいつは——」

「うん、玄人の仕業じゃないね」

ふたりは白けた顔を見合わせた。

素人に銃撃されたことがわかったとしても、なんの解明にもならないのだ。

† † †

満洲の夜明けは早い。夏ともなればなおさらだ。陽が昇ると、春雄は独身寮の一室でぱちりと目覚めた。当初は満映の社宅をあてがわれたが、同居する家族がいるわけでもなく、独身寮へみずから移ったのだ。

海兵はスマートでなければならない。俊敏にして正確であれという意味だ。確実、静粛、迅速。起床ラッパが鳴らされて、きっかり二分三十秒で支度をしなくてはならなかった。

だが、すでに軍籍から抜け、江田島で叩き込まれた規律も、この一年の大陸暮らしでいささか錆びついてきたようだ。

あくび混じりに寝床を片づけると、軽く柔軟体操をした。寝床でこわばった筋肉をほぐすためだ。見ている者もいないから、褌《ふんどし》姿だ。和服は着なくなっても、これは捨てられなかった。褌は気合いの源である。

柔道着の下をはき、手ぬぐいを肩にかける。古い木刀を担いで寮を出ると、満映のひろい敷地内を走った。

見上げれば蒼穹《そうきゅう》だ。

たしかに大陸の空にぴたりとはまる表現であった。

走って身体が温まると、木刀をふって一人稽古をこなした。酒の残滓《ざんし》が汗とともに排出され、ようやく頭の中に清涼な風が吹き抜けた。一日のはじまりである。野外の水場で手ぬぐいを濡らし、汗にまみれた身体をふき清めてさっぱりした。

腹の虫も目覚めたようだ。

部屋に戻って褌を替え、シャツと背広を身につけた。出社の時間だ。満映撮影所の食堂で朝食を摂《と》ったあと、本部一階の宣伝部に顔を出した。

「昨日は上手く宴会から逃げたようだな」

宣伝部の社員に嫌味を投げつけられた。

案の定だ。昨夜の甘粕理事長は酒席で荒れたらしい。逃げて正解であり、春雄は我が先見の明を誇らしく思う。

「ああ、そうだ。君宛の手紙が届いてたよ。一通は日本からだ」

手紙は二通であった。

春雄は礼を述べると、差出人も見ずに背広のポケットへ手紙を突っ込んだ。出社の挨拶もそこそこに宣伝部をあとにした。

呼び止める声はない。ここに春雄の仕事などないのだ。

春雄の立場は曖昧《あいまい》だ。

満鉄弘報部から出向してきたが、新京の満鉄本部に常駐するわけでもなく、図々しく満映に居候している身分だ。『アジア平和事業に貢献する満映を取材する』という建前はあっても、目的の具体性に欠け、なにやら空気を摑むようである。

会社勤めからして初めてだから、どうしていいものやら見当がつかない。新兵として、甲板掃除からはじめるわけにもいくまい。どこに甲板があるというのだ。

満映社員も、どう扱っていいものか困惑したのだろう。甘粕理事長の密偵だと疑っているのか、腫れ物に触るが如く春雄を遠巻きに接するばかりだ。椅子に座って惚けていても文句はつけてこないが、それではこちらが落ち着かない。

なんとも皮肉な状況である。

春雄は甘粕理事長の密偵ではなく、甘粕理事長を内偵するために満鉄から送り込まれた素人スパイであったのだ。

かといって、スパイなど柄ではない。真面目にやる気はさらさらなく、満鉄本部への定期報告もしていない。報告書の体裁さえ知らないのだ。解雇したければ、すればよかろう。新京で他の職を求めるだけのことだ。

社内に居場所がなければ、外部に活路を切り開くべし。威力偵察と決め込んで、この一年は精力的に歩きまわって新京を満喫したものだ。

新京駅の北側は寛城区と呼ばれ、旧ロシアの鉄道付属地であったが、あとは水源地と発電所があるくらいで見物すべきものもない。

駅の南側には北広場があり、三つの大通りの出発地点となっていた。中央通は街を真っ二つに割って大同広場まで貫いている。西南へは敷島通が大同広場と西広場を繋ぎ、東南は日本橋通が南広場へと伸びていた。

中央通を境に、東西で街の性格は大きく異なっていた。

西側には、学校、住宅、官庁などが造られ、満洲国皇帝が住むことになる帝宮も建設予定であった。東側は商工業地であり、裏手に不夜城の花街を抱えた日本橋通の先は、長春時代の旧城内ということもあって、いまでも中国人が集まって住処を構えているのだ。

建国九年で、よくぞここまで発展させたものだと感心する。

電線は地中に埋設され、日本国内でも珍しい水洗トイレを導入している。日本の十年は満洲での半年だというが、それほど急激な発展を遂げていた。

新京の人口は五十万人を突破し、なお増加の勢いは止まらないと聞く。来年には六十万人を超えているかもしれない。

路面電車に乗って動植物園を見物し、満洲人街の露店市場をうろつき、大同大街の三中井百貨店や日本橋通の外れにある新京百貨店を冷やかしたりもした。あちこちに公園が造営されていて、春雄のお気に入りは児玉公園で楽しむ昼寝である。

おかげで、この街並みも馴染んだ風景となった。

住めば都なのだ。

だが、散歩は春か秋のスポーツである。

冬は河さえ凍る氷点下の世界だ。零下二十度も珍しくはない。足元も滑りやすく、好んで散歩したいとは思えなかった。

そして、夏は夏で、やはり外は暑いのだ。


結局のところ、本部三階の図書室で暇を潰すことに決めた。

街中には立派な図書館もあるが、そこまで歩けば汗をかく。身体も臭くなる。できるだけ動かないように心がければ、洗濯も風呂も回数を減らすことができ、貴重な水を浪費せずにすむというものだ。

春雄は、大陸式の合理主義に染まりつつあった。

満映の図書室には、新作への示唆を求める監督も、資料を漁《あさ》る脚本家もいなかった。貸しきりだ。端の席に座って、春雄は満腹の身体を落ち着かせた。一階よりも空気はぬくいが、昼寝の用に堪えるほどには涼しい。

しかも、この静けさは、とても好ましいものであった。

腕を組み、眼を閉じて瞑想してみた。

そのとき、ポケットにねじ込んだ手紙を思い出した。

二通を机に並べてみた。一通目をトランプのようにひっくり返す。差出人はオリガ嬢であった。見てはいけないものを見た気がして、慌ててポケットに戻した。頰が火照り、胸の鼓動も跳ね気味である。

もう一通をひっくり返した。

差出人の名に眉をひそめた。

春雄は、背広の懐から折り畳み式の小刀をとり出した。中国人街の露店で買った缶切り付きの軍用ナイフだが、日露戦争のころに陸軍で支給していたのだろう。柄は金属で、日本製らしく関の刻印がある。

五センチほどの刃を引っぱり出し、ざくざくと手紙の封を切った。

我知らず分別がましい顔になっていた。中の便箋を黙読していると、西風のひょろりとした長軀が躍るようにやってきた。

「湊君、こんなところにいたのか。ずいぶん探したよ、湊君。嗚呼、湊君」

五月蠅《うるさ》い。

なぜ人の名を俳句か川柳のように連呼するのか……。

「あんた、あれからどうしたんだ?」

春雄は、不機嫌を隠さずに問いかけた。

オリガ嬢の艶姿が脳裏に焼き付いて、昨夜は寝つきが悪くて閉口していたが、西風は腹立たしいほどにさっぱりした顔をしている。

「君を社宅まで送って、オリガの楽屋に戻ったのさ」

オートバイがあるとはいえ、じつにマメな男であった。満映と東五条までは、ほとんど新京の街を縦断するようなものである。

「少なくとも、そのときは誰にも撃たれなかったな。やはり、君が狙われたんだ。せいぜい気をつけることだね」

西風は、すんと鼻を鳴らし、目敏く春雄の手元に視線をむけた。

「おや、恋文を読んでいたのかね? これは邪魔をして悪かった。しかし、手紙に香水をつけるなんて、洒落たことをする女だね」

ポケットの中で、オリガ嬢の手紙につけられた香水が移ったのであろう。

「日本にいる妹からだ」

春雄は惚けた。

「日本の? 妹が?」

西風の眼が輝いた。

「ほう、美人かね？　可愛いのかね？　いや、可愛いはずだ。なにしろ君の妹だ」

「可愛いものか。ピストルを兄への餞別にする妹だ」

西風は眼を剝いて驚いた。

「それは、なんとも大陸的な妹君だね」

外見は撫子《なでしこ》だが、内面は騂馬《かんば》である。妹は、満洲に住みたいと執拗に訴えていた。満映の女優になって、ぜひ女馬賊の役をやりたいと鼻息も荒い。もちろん春雄は大反対だ。満洲国は謀略の火薬庫である。いずれソビエト軍が攻めてくるかもしれない。どうあっても両親に妹を諫《いさ》めてもらわなくてはならなかった。

「それで、おれを探していたって？」

春雄は話の矛先を逸らすことにした。

「そうとも！　そうだった。湊君、暇だろう？　暇なはずだ」

暇は有り余っている。

海軍の士官候補生であったときは、眼の前の実務だけで手一杯であった。政治や思想など、頭でっかちのお遊びだと莫迦にしていた。

こうも宙ぶらりんな立場だと、考える時間はいくらでもある。図書室で社会運動などの本に眼を通し、理想はなんぞやと頭をひねってもみた。

観念的な物事は苦手らしい。頭の構造が思索にむいていないのであろう。世界について考えようが、日本の家族に関して思案しようが、どうにも実感が伴わず、虚しく空回りするばかりであった。

「だから、僕を手伝いたまえ。甘粕さんにも許可はとってある」

「手伝う？　あんたの仕事をか？」

「第二スタディオで事件が起きたんだ」

「事件？」

「撮影中に、張燕《ちょうえん》という満洲人の女優が急死したのさ」

本物の事件だ。春雄は驚いていた。

「いつのことだ？」

「ついさっきだ」

「死因は？」

「阿片の過剰服用だよ。いい娘だったのに、じつに残念だ」

西風は哀しげにかぶりをふった。

「しかし、それは警察の仕事じゃないのか？」

阿片の過剰服用ならば、事件というより事故であろう。少年むけの冒険活劇ではあるまいし、ピストルを持った素人探偵など出る幕はない。

「殺した犯人はいないが、大量の阿片を彼女に渡した者がいる。専売品だけでは死に至るほど吸引できないからね」

「密売阿片か……」

阿片は退廃的な悪習である。一服すれば桃源郷の心持ちになれるというが、常習性の弊害があり、慣れるに従って効果が薄れるために必要量が増え、やがては身も心も荒《すさ》み、懐は潰れて破滅に至るからだ。

だが、中国人にとっては煙草のような嗜好品だ。日常に定着し、全面的に禁止することは難しかった。大連の満鉄本社も港湾で働く苦力を引き止めるために阿片の喫煙所を設置したほどであった。

禁止はできないが、これを放置するわけにもいかない。

そこで、統制の道が選ばれた。

阿片からは麻酔薬のモルヒネが作られ、医療にも役立てられている。その効用に着目した後藤新平の政策によって、日本の統治下にある台湾では阿片中毒患者が激減し、統制に成功しつつあるという。

満洲国で阿片政策を統制したのは、第一次近衛内閣のときに設立された日本の国家機関〈興亜院〉であった。

興亜院は、禁断症状に苦しむ〈中毒者への救済〉を名目として掲げた。吸煙許可証の発給とともに専売店と吸煙所を設置し、公認器具以外での使用を禁じた。不正器具が見つかれば摘発され、所持している阿片も残らず押収されるのだ。

当初の思惑はどうであれ、この政策は莫大な利益を生む結果となってしまい、いまでは満洲国の貴重な収入源になっているとも聞く。金の流れに人は群がるものだ。大規模な工場を必要としない阿片の製造は大量の密造業者を発生させ、地方では密輸や密売も大手をふってまかり通っているという。

「満映に割り当てられた分の阿片が横流しされているらしくて、僕も甘粕さんから頼まれて調査していたところだったのさ。とにかく、人手が足りなくて困っている。だから、暇な君が手伝ってくれると助かるんだけどね」

「手伝いはかまわないが……」

どうせやることはないのだ。

春雄にしても、満映の役に立つべきであろうし、そろそろ身体のほうが有意義な行動を欲していた頃合いでもあった。

新京に滞在して心身が締まらないのは、当座の目的を見失っているからであろう。

ならば、素人探偵も一興だ。

たびたびの子供扱いも癪《しゃく》に障るばかりだから、西風の裏を見事にかいて、あの尖った鼻を明かしてやろうという意気込みもないではなかった。

「なにをやればいいんだ?」

「とりあえず、死んだ女優が誰と付き合っていたか調べてみようじゃないか。事件の陰に男ありだよ」

†　†　†

満映の退社時刻に、ふたたび合流する運びになった。

場所は製作部の試写室だ。

左右をスタディオに挟まれ、裏手には大道具の作業室がある。二階は製作管理や脚本室があり、一階でフィルムの現像や編集ができるようになっていた。本館とも隔離されていて、密談には悪くなかった。

春雄が試写室に入ると、室内灯は消されていた。

映写機に照らされた銀幕だけが眩い。

西風は、中央の席でふんぞり返っていた。自宅のようにくつろぎ、長い手足を蜘蛛《くも》のように折り曲げて座り、呑気に映画を鑑賞している。

春雄は、西風の隣に腰を下ろした。

「湊君、どうだった?」

「たいして話は聞けなかった。みんな口が堅い」

春雄は、撮影所中をまわって、いろいろと聞き込んできたのだ。

中国人同士の結束は固く、春雄のような異邦人には警戒心が強い。阿片に関わって女優が死んだとあれば、なおさらのことだ。

「君も嫌われたものだね」

「嫌われてはいない。避けられてるだけだ」

春雄は退屈しのぎに中国語を学び直し、満洲人との交流を試みたこともあった。が、満洲人の社員は日本語の修得に熱心だが、その逆は稀だ。かえって、〈甘粕理事長の密偵〉という噂を助長するばかりなのだ。

実際は、今回の件では甘粕理事長の間接的な指示で動いているのだが――。

「で、あんたのほうは？　映画なんぞ観てる場合じゃないだろう」

西風は、呆れたように鼻を鳴らした。

「君ね、これはラッシュというものだよ。撮ったフィルムを仮繋ぎしたものだ。でも、この作品が完成することはない。件《くだん》の女優が亡くなったおかげで公開できなくなったからね。――ほら、あれが張燕さ」

春雄も改めて銀幕を観た。

役者の衣装からして、中国の古典を題材にした時代劇なのであろう。映画館では観たことのない映像だ。

満洲人の女優が含羞《はにか》んでいる。細面で綺麗な女だが、阿片中毒だと知っているせいか、どこか危うい均衡に支えられた美貌にも思えた。

張燕は二十歳になったばかりだという。

奉天の生まれで、実家は雑貨商を営んでいたが、満洲事変を境に商売運が傾いた。お嬢様育ちの張燕も働くことになり、出稼ぎ先の新京で創設されて間もない満映が女優を募集していると知って応募したらしい。

デビュー当初は、おっとりとした笑顔が観客の心を和ませ、性格のいいヒロインの友達という役柄が多かった。中国人の監督が増えてきたこともあり、その安定した演技を評価されて、初めての主演に抜擢されたのだ。

阿片に溺れた原因は、女優業に不安を持っていたとも、初主演の重みに神経が耐えられなかったとも噂されている。恋人の気配はあったが、露見すれば役を降ろされると考えたのか、男の名前を知っている者はいなかった。

「お蔵入りか。もったいない話だな」

春雄の本心だ。

日本人監督の作品にはない大陸の乾いた叙情が伝わってくる映像だ。構図や場面繋ぎは粗削りだが、それだけに表現への悦びが迸《ほとばし》り、情熱と希望が画面の隅々に隙間なく封じられているように思えた。

「まったくだ。いい映画だよ。でも、実物は、これほどの美人じゃない。映像の魔術というやつだね。なぜだと思う？」

「もったいぶるな」

「なら、教えてあげよう。撮影技師が、彼女に恋しているからさ」

「わかるのか？」

指摘されてみれば、主演女優への想いが込められているように見えなくもない。眼の輝き、口元の動きを克明に捉《とら》え、一瞬も逃さずフィルムに焼き付けようという執念すら感じさせる。

郊外で撮られた雄大な満洲の景色が霞むほどに——。

「わかるさ」

西風は大威張りで胸を張った。

「撮影技師が恋人だ。間違いない」

「名前は？」

「李恩平《りおんへい》。話したことはないが、僕は顔を知っているよ。三年前に上海からきた青年でね、撮影技師に昇格したばかりのはずだ」

春雄はその名前に聞き覚えがあった。

「その撮影技師だが、無断で休んでいるらしいぞ」

人事課で出社名簿の写しを借りて、話を聞けそうな中国人社員を片っ端からまわってみたが、李恩平だけは捕まらなかったのだ。

「そうか。素晴らしい成果だね。さっそく会いにいってみようじゃないか。もしかしたら、なにか知っているかもしれない」

「いまからか？」

退社の時間が迫っている。

「もちろんさ。きてくれるだろ？」

春雄としては、寮に戻ってゆっくり休みたいところだ。が、乗りかかった船である。しぶしぶながら付き合うことにした。

フィルムは終わり、室内灯がついた。

ふたりが試写室を出ていこうとしたとき、映写機を動かしていた中国人技師が西風に擦り寄って小声で話しかけているのを見かけた。

「――あの日本人には気をつけたほうがいい。甘粕さんの密偵だよ」

内緒話のつもりだろうが、春雄の耳にも届いている。

張燕の情報を集めるついでに、西風のことも聞きまわってきたのだ。それを怪しまれ、はやくも中国人社員のあいだで噂として流布されているらしい。

どうやら、春雄に密偵の才能はないようだ。

しかしながら――。

これほど怪しい人物だというのに、なぜ西風が中国人の信頼を得られているのか、どうあっても釈然としなかった。

† † †

春雄は、またもや側車の乗客となった。

西風のオートバイは、日本でも警察車輌として採用され、民間から〈赤バイ〉の名で親しまれているインディアン社の〈チーフ〉である。

エンジンの形式はV型二気筒で、排気量は一リットル。先進的なサイドバルブ機構を採用し、同じアメリカ製のハーレー社と世界最高速度を競って、これを打ち砕きつづけてきた。

技術力はあれど、インディアン社の経営手腕はお粗末らしく、一九二九年の世界大恐慌で倒産の危機に陥《おちい》ったが、日本にも生産拠点を作っていたハーレー社は恐慌の打撃を受けつつも急場を凌ぐことができたという。

それでも、日本の警察がインディアン社を選びつづけたのは、その卓抜した高性能のためであろう。非公式の記録ながら、一九二五年にフランスで二百五十四キロ／時を達成したというが、にわかには信じがたい話であった。

西風の〈チーフ〉は、〈赤バイ〉上がりの古兵である。日本でも外国の警察に従って

〈白バイ〉に塗り替えられたが、これは赤い塗装のままであった。

側車は新京の町工場で作らせたらしく、乗り心地は悪かった。荒れた路面からの突き上げがひどく、五分も乗っていれば尻が痛みを訴える。勢いよく辻を曲がれば、ふり落とされそうな恐怖に耐えなければならなかった。


李恩平の住居は、満映撮影所の社宅や寮ではない。日本橋通の南広場に近い住宅街で、中国料理店の二階に寝起きしているという。

路肩にオートバイを置き、春雄と西風は中国料理店を探した。土地勘のある西風がすぐに見つけた。夕映えに沈む一角だ。店内を通らなければ二階に上がれない構造になっている。ならば入るしかあるまい。

壁や床に油の染みついた店内へ踏み込むと、食事中の客が怪しむような視線をむけてきた。西風はともかく、春雄はひと目で日本人だと見抜かれたようだ。

店主らしき太った中年婦人が、威嚇《いかく》するようにこちらを睨んできた。

西風は微笑み、なぜかポケットから賽子《さいころ》をふたつ出した。指の間に挟み、近くの机に転がして見せる。春雄は首をかしげた。なにかの符牒《ふちょう》だったのだろう。賽子の出目を見た店主の顔から険が抜けた。

店の空気も一変した。

西風が流暢な早口で話しかけると、店主の中年婦人は機嫌よくうなずき、これも春雄には聞き取れないほどの早口でしゃべり散らした。店主は家主も兼ねているらしく、二階に上がる承諾を快く出してくれたようだ。

「李恩平は昨日から帰っていないようだ。夜に満洲人の女が訪ねてきて、がっかりした様子で帰ったらしい。張燕だろうね」

「出直すか？」

「部屋の中で待っていていいそうだ」

店主は、よほど西風が気に入ったらしい。春雄に対しては警戒の色を残しているが、西風にむける眼差しは遠方からはるばる訪ねてきた孫でも見るように優しかった。まさに天性の女誑しである。

ふたりは店の奥にある階段から二階へと上がった。

春雄は問うた。

「合い鍵は？」

撮影技師の部屋は、粗末な木戸で閉じられ、南京錠もかかっていた。さすがに押し破るわけにもいくまい。

「ないそうだ。勝手に開けよう」

映画の犯罪者がよくやるように針金でも使って開けるのかと思ったら、西風は南京錠を摑むと、ねじ切るようにむしりとった。真鍮《しんちゅう》製の錠は頑丈だが、金具をネジ止めした木戸の一部が脆くなっていたらしい。

風情のない力技に春雄は呆れたが、開いたことは開いたのだ。遠慮なく中で待たせてもらうことにした。

夕暮れだ。

部屋は裏路地に面していて、窓からの採光は期待できない。電気を点《つ》けなければ暗くて蹴つまずきそうだった。

しかし、見えなくともわかることはある。

異様な臭気が充満していて、春雄は顔をしかめた。胸焼けするほど甘ったるく、汗と漢方薬と香辛料をぶちまけたようだった。

昨日から帰宅していないことは本当なのだろう。戻っていたとすれば、真っ先に窓を開けて換気していたはずだ。そして、誰かが留守中に訪れたことも――。

「ひどいね。香水でもこぼしたのかな」

西風はぼやき、壁際を探って電灯のスイッチを入れた。

六畳ばかりの板の間が白々しく照らされた。右側に野戦病院で使うようなパイプ製のベッドが配置され、その上に垢で黒ずんだ毛布が雑に丸められている。窓際の脇には板きれを組み上げた机があり、簡便な本棚もしつらえられていた。

西風に訊いた。

「明るいと、かえって警戒するんじゃないか？」

「なに、僕たちは客だよ。真っ暗闇で待っているなんて、まるで刺客じゃないか。堂々としていればいいのさ」

「鍵を壊しておいて、堂々もなにもないだろう」

「どうせ壊れかけてた。気にすることはないさ」

春雄は窓を開け放った。

風がゆるやかに流れ込んできた。裏路地の饐《す》えた臭気も、この部屋にこもった強烈な匂いに比べれば清涼なものだった。

ふり返ると、西風がしゃがみ込んで床板を検分している。ガラス瓶でも落としたのか、あたりに破片が散らばっていた。

春雄の足元にも大きめの破片が落ちていた。金縁の赤ラベルがついている。拾い上げると、ロシアの文字が眼に入った。

「なんて読むんだろう？」

ラベルの文字も見ずに、西風が教えてくれた。

「クラッスナヤ・モスクワ――〈赤いモスクワ〉という意味だ」

匂いだけでわかったのだろう。

「ソビエト製の香水か」

部屋に染みついた生活の匂いと香水の原液によって、この異臭が生まれたのだ。

「うん、君の妹さんと同じ香水さ」

何気ない指摘に、春雄の顔がこわばった。幸い、西風はこちらを見ていない。慌てて本棚を調べるふりをした。

一冊を手にとってみる。表紙は色あせ、ページの端も擦り切れて、開いただけで分解しそうな有様であった。この本は図書館でも見かけたことがある。中国語に翻訳された革命理論書であった。

李恩平は共産主義者《コミュニスト》なのだろう。

「西風、あんた……革命運動をどう思う？」

機会があれば、誰かに訊いてみたかったことだ。このご時世では、慎重に相手を選んでしかるべき質問だが、西風ならば問題はなかろう。

「素敵な趣味だが、この満洲では勘弁してもらいたいな。関東軍という日本の番犬は煩《うるさ》いが、それでも匪賊に襲われる心配がなくなったところだしね。君は知らないだろうけど、それはもうひどいものだったよ」

「満洲国民としての意見か？」

「まあ、そんなところだね」

いまさらであった。

満映には、〈五族協和〉と〈王道楽土〉を掲げる協和会もいれば、元警官や軍人上がりの強面《こわもて》、大陸浪人、社会主義の活動家など、思想も民族も入り乱れたごった煮の様相を呈しているのだ。

だが、これくらいでは甘粕理事長の弱みにはならない。

甘粕理事長は、ただ怪しいという理由だけで捕縛された中国人の社員を憲兵隊に掛け合って解放させたこともある。共産主義を信奉する八路軍の工作員が満映に潜入していたとしても、眉ひとつ動かさないであろう。

「湊君、面白いものが見つかったよ」

西風は、ベッドの下から薄汚れた木箱を引っ張り出していた。その中から見つけたのか、黄金色に輝く実包を長い指でつまんでいる。

「七・六三ミリだ。モーゼル弾だね」

杉浦式と口径は近いが、真鍮《しんちゅう》製の胴体は太く、大時代的な機関を作動させるために火薬がたっぷり装填されていた。

「でも、ピストルは見あたらないな。護身用に持っていったのかな」

西風の推測に春雄は反駁した。

「大きな鞄でもなければ運べないだろう。服の下に隠すにしては、あまりにも嵩張《かさば》る。モーゼルは護身用にむかない」

「なら、馬賊映画の資料として手に入れたのかな」

そうかもしれない。

しかし、春雄の眼から懐疑的な色は消えなかった。昨夜、同じ弾に闇討ちされたばかりなのだ。

「お宝はモーゼル弾だけではないようだ。ほら、〈赤玉〉だ。この量だと、ひとりで使うには多い。満映から着服したものだろうね」

西風は金の延べ棒でも扱うような恭《うやうや》しさで、高級チョコレートでも入っていそうな包装の箱を床板に並べはじめた。〈赤玉〉とは正規品の阿片のことである。

「おや、これは印刷が粗雑だな」

箱をひとつ開け、西風は粘土状の阿片を爪の先で削り、鼻先で匂いを嗅いだ。

「ふん、〈粗悪な阿片《ドロッス》〉だ。箱だけ似せた密造品だな。どうやら、李は密輸と密売もやっていたようだね。正規品は横流しで、粗悪品を新京でさばいてたのかな。〈赤玉〉を〈ドロッス〉で嵩増ししてたのかもしれないけど」

「密造阿片なんて、どこで作ってるんだ？」

「簡単な機材があれば、どこでも作れるさ。新京に工場があっても僕は驚かない。阿片の莫大な収益で軍備を整えているのは、なにも関東軍だけじゃないということさ。妙なもんだ。阿片の流入を阻止できずに清朝は滅んだというのに、いまでは中国が阿片を世界中に輸出する一大産地になっているなんてね」

「張燕に阿片を渡していたのは、やっぱり李恩平だったんだな」

「そういうことだね。吸引器具もあるけど、認可品じゃないな。この部屋でも吸ってたんだろう。香水は阿片の匂いをごまかすためだったのかな？」

西風は、木箱に証拠品を戻すと、ひょろりとした長軀をベッドに横たえた。

「どちらにしろ、あとは捕まえるだけさ。それで幕引きだよ」

だが、そうはならなかった。

翌朝――。

撮影技師は、新京郊外で死体となって発見されたのだ。

† † †

彼等の血潮は地図を描き上げた。


オリガ嬢の甘い歌声であった。

詩は同じだが、先日とは曲調が異なっている。ゆったりとした旋律で、叙情性を濃厚にしたバラードの味付けがされていた。

そして、ナイトクラブの客席には、今夜も満鉄調査部の尾崎秀実がいた。関東軍特種演習の視察を終えて、明日には帰国するとのことだが、幾晩も来訪するとは、よほどロシア美女が気に入ったのであろう。

「……ロマンのないことだ」

西風は珍しく不機嫌であった。

遺憾ながら、春雄も同感だ。

夢を作る工場にしては、生々しい事件が多すぎる。

李恩平の遺体は、新京駅の北にある水源地に転がされていた。発見者は、発電所を見回っていた警備員である。

射殺死体だ。

警備員は泡を喰らって警察へ通報した。懐に所持していた吸煙許可証から、遺体の名は李恩平と判明。警察が満映に確認を要請すると、甘粕理事長は承諾し、李恩平と親しかった中国人の脚本家を警察にむかわせた。

そのとき、西風と春雄も検分役として同行していたのだ。

李恩平は、白皙《はくせき》の文学青年といった印象だった。口を利いたことはないが、春雄も撮影所で見かけた顔ではあった。

幾多の都市を、紅に染め——


腹部に二発。心臓に一発。

念入りに撃たれていた。

出血の具合から、腹を先に撃ったのだろう。李が倒れ、慎重に狙って胸元へとどめの一発を見舞った。銃弾は三十二口径。致命傷の他に特徴的な傷として、右手の親指の付け根がペンチで肉を挟んだように裂け、雑な手当てもされていた。

「おれたちを狙ったのは李恩平だったのかな?」

「かもしれないね」

西風の相づちは、大陸的な乾いた死生観に満ちていた。人は死ぬものだ。理由があろうがなかろうが、いつかは死ぬ。細かいことを考えてもしかたがない。誰もが今日を生き抜き、明日も生きるしかないのだ。

李は密売の露見を恐れ、西風が内偵中だと知って撃とうとしたのかもしれない。春雄は巻き添えにすぎない。射殺されたのは、密売組織が後腐れのないように始末したのか……。

「でも、なぜ水源地で? そして、誰が殺したんだ?」

推測ばかりで、すっきりしないことおびただしい。

「さあね」

西風は気のない返事をよこした。

「ただ人目につかないところを選んだのだろうさ。恨みで殺したのであれば、首を切られて、胴体とは別々に埋められているはずだ。死後の世界でも五体満足でいられないように辱《はずかし》めるんだ。だから、これは利害の絡んだ粛清だ。阿片に関係した殺しだ。三発の銃弾で、その意図もはっきりしている」

「どんな意図だ？」

「『自分を追うな。追えば、同じめに遭わせる』――さ」

彼等は、輝かしく死んで行ったが

「追うつもりはないのか？」

「僕の役目じゃないね。犯人を見つけるのは警察の仕事だよ。密輸や謀略なら、憲兵隊か特務機関の受け持ちだ。これだけ立派な組織があるんだから、どちらにしろ僕らに出番はないよ」

理屈はそうだが、春雄は釈然としない。

李恩平は、密売品に手を出すほど困窮していたのか？　そんなはずはない。満映では充分な給金が支払われている。博打《ばくち》に手を出して、借金に苦しんでいたという話も聞いていなかった。

遊ぶ金がほしかったのか？

それとも、社会主義を実現するための活動資金がほしかったのか？

——恋人を死に至らしめてまで？


俺達はいま、彼等に涙も注げないのだ。


「ことによると、張燕も殺されたのか……なにか事情があって、李恩平は恋人が邪魔になったとか……」

口にしてから、春雄も浅はかな推理だと思った。

「張燕が死んだのは事故さ。自殺ですらない」

西風が軽蔑の流し目を送ってきた。

「阿片というのはね、適切な食事をとっていれば、それだけで死に至ることはない。僕だって、ときどきは楽しんでいる。貧民街で多くの中毒者が死んでいるのは、栄養失調による衰弱死だよ」

「しかし、それでも……」

春雄は睨み返した。

「なぜ恋人に阿片を吸わせたんだ？　なぜ止めなかったんだ？　すでに衰弱してることくらいわかってたはずじゃないか」

大陸の薄暗い世界を知り尽くしている西風は、春雄ではとうていたどり着けないであろう真相を知っているのではないか……。

そう思えてならなかった。

先に眼を逸らしたのは西風のほうだ。

「……映画と同じで、阿片も夢の素だ。粗悪品でも求める者は絶えないさ」

春雄への答えにはなっていない。

　敵は、ずるく待ちかまへてゐるから
　敵は、ずるく待ちかまへてゐるから

西風は、繰り返し歌い上げるオリガ嬢を見つめていた。

「僕はね、張燕が好きだったよ。いい女優だった。まさに満映初期の名脇役さ」

満映の中国人たちは、李恩平と張燕の仲を知っていた。

警察を出たあと、春雄が脚本家に問いただしたのだ。脚本家は惚けたが、春雄は脅すように詰問した。無性に腹が立っていたからだ。人が死んだ。ふたりもだ。ひとりは野良犬のように撃ち殺されたのだ。

脚本家も、ついには諦めて口を割った。どうせ、当事者は死んでしまったのだ。張燕が阿片の量を増やしたのは、ここ半年のことだという。李恩平が他の女に心を移したことが原因であった。

李恩平は、よほど金のかかる女を見初めたらしい。撮影技師の給料だけでは足りなくなったのか、満映の倉庫から阿片を盗み、密輸品の売買に手を染めたのも、ほぼ同時期であったと考えられる。

張燕は嫉妬に狂った。恋人に泣いてすがったこともあったようだ。眠れない夜がつづき、嗜《たしな》み程度であった阿片の量が急増した。正規品の入手だけでは間に合わない。李恩平が扱う粗悪阿片にも手を出した。李恩平は、心移りした後ろめたさもあってか、求められるがままに与えていたらしい。

不思議なことに——。

張燕は、ますます美しくなった。

頬は削げ、顔はやつれてはいたが、その肌は阿片で磨かれたように白く輝いた。眼の縁に滲んだ隈《くま》さえ妙に艶《なま》めかしく、朱唇は蠱惑《こわく》的に色づいていた。

カメラ越しの姿は天女の如くであり、それを観た中国人監督は、彼女を初の主演女優に抜擢すると決めたのだ。

「僕も彼女の変化には気付いていたんだ。でも、止められなかった。止めるべきだったんだろう。しかしね、湊君。一日ごとに、そして一瞬ごとに開花していく女優を……いったい誰が止められるというんだい？」

一昨日の夜にも、張燕は李恩平のもとを訪れたらしい。

だが、男はいなかった。

待っても待っても、帰ってこなかった。

麻薬に大脳を侵された女優は惑乱を極め、いよいよ絶望したのかもしれない。砕け散った香水の瓶は、彼女の仕業であったのだろう。

翌日の撮影直前に、張燕は阿片チンキを飲み干した。もはや吸煙では効かず、ウォトカに浸出して服用するまでになっていたのだ。

阿片チンキは腸内で吸収されるため、常習性が強まることはあっても、廃人となることは稀だ。しかし、一度に大量の阿片を服用できてしまう。

それが問題であった。

恋人に捨てられて、身も心も衰弱していた女優の心臓は、急激な効能に耐えられずにその鼓動を止めてしまった。

敵は、ずるく待ちかまへて――

「だけど……うん、そうだね」

西風は、哀しい夢でも見るように目元を伏せた。

「たしかに、けじめはつけないとね。満映の夢を穢《けが》したんだ。その落とし前は、ちゃんとつけなければ……」

「どういうことだ?」

春雄の問いに、西風は答えなかった。

その代わり、意地の悪い笑顔で逆に質問してきた。

「ところで、昨夜はどうだった? いい女はいたかね?」

「あ、ああ……」

昨夜は李恩平が姿をあらわさず、いったん引き下がることにしたが、春雄は花街で女遊びをすると嘘をついて西風のオートバイで送ってもらうことを固辞していた。

そして、朝になって路面電車で寮へ帰り、着替えてから出社したのだ。

「湊君、今夜は早く寝ることだ。僕もそうするつもりだ」

「彼女に逢っていかないのか?」

歌は終わった。

尾崎秀実が立ち上がって盛んに拍手していた。

「うん、そうだね。明日はハルビンの店で歌うらしい。だから、今夜のところは、ゆっくり眠らせてあげたいんだ」

「そうか……」

春雄の胸に、甘く疼《うず》くような疚《やま》しさが嚙みついた。

今宵は西風の忠告に従うことにした。

朝まで寝床で煩悶《はんもん》し、まんじりともせずに長い夜を過ごそうとも――。

†　†　†

そして、翌日――。

不正規阿片の箱に着目し、朝から西風と新京中の印刷所を調べてまわった春雄は、一年ぶりに特別急行列車〈あじあ〉号の乗客となっていた。

目的地まで、およそ五時間ほどであった。

陽が落ちると、松花江《しょうかこう》から這い上がってきた霧が街を白く覆いはじめた。

ハルビンの夜である。

前世紀には鄙びた漁村のひとつにすぎなかったが、帝政ロシアの時代に東清鉄道が起工されるとロシア人と中国人のあいだで発展してきた街だ。

鉄道は五つ辻に分かれ、伊藤博文《いとうひろぶみ》が凶徒に射殺されたハルビン駅は〈あじあ〉号の終着駅であり、濱州線に乗り換えればシベリア鉄道にも接続し、モスクワを経由して遥かローマにまで繋がっている。

ハルビンは満洲随一の穀倉地帯であり、松花江の水運も握っている河港でもあった。日本における大阪のような商業都市だが、満洲国において、これほど鮮烈に西洋情緒を味わえる街はない。いわゆる西洋〈風〉ではなく、ほとんど体臭として染みついた生活や文化が街並みにあらわれ、〈東のモスクワ〉、〈東洋のパリ〉と称される華やかさを誇っているのだ。

石畳の上を、ぽくりぽくりと馬車がゆく。御者もロシア人だ。淡谷《あわや》のり子が歌う〈別れのブルース〉のレコードがどこからともなく聞こえてきた。

埠頭区の〈中国人街《キタイスカヤ》〉通りは、夜でも街灯やネオン管の看板で明るい。悪名高い魔窟〈大観園〉がある傅家甸《フジャディエン》とは異なり、観光客でも安全に夜のハルビンを満喫できる大繁華街であった。

その裏通りで、息を潜めて待っていた。

霧をうねらせて、小柄な男が姿をあらわした。灰色の背広が湿気を吸って重たげである。ソフト帽の下で、細い眼が忙しなく左右をうかがっている。本人は、ぬかりなく警戒しているつもりなのだろう。

こつり――。

石畳でステッキの先が音をたてる。

小柄な男は、ぎくりと立ち止まった。

この時点で彼女も逃げるべきであったのだ。

「素敵な夜ですな、ホツミヴィッチ」

暗闇から抜け出し、西風が日本語で声をかけた。

尾崎秀実は名前を呼ばれたことで、かえって安堵したようだ。コミンテルンの同志だと思ったのだろう。彫りが深い西風の顔立ちも生粋《きっすい》の日本人には見えず、警戒心をゆるめる役に立っていたはずだ。

「君は店の者かね？　迎えの者はいらないと伝えてあるはずだ。ぼくだって、この道の素人《しろうと》じゃないんだ。ところで、もう彼女は着いているのか？」

「彼女とは、オリガ・ポドレソフのことですね？」

尾崎の行き先は、ロシア美女の踊り子が粒ぞろいの〈ファンタージア〉と並んで有名な白系ロシア人の経営するキャバレーであった。

「なにをいまさら……」

尾崎は、話の流れに違和感を抱いたようだ。

「亡命するには素敵な夜ですが、このまま引き返して日本にお帰りになったほうがいいようですな。残念ながら、今夜モスクワ行の特別便は出ないのだから」

「君は……」

致命的な齟齬《そご》を悟り、尾崎の眼に恐懼《きょうく》が躍った。

西風は気怠《けだる》く微笑んだ。

「なに、名乗るほどの者ではありません。ソビエトもドイツ軍に押しまくられて、日本や満洲に手を出す余裕はない。だからこそ、日ソ中立条約を成立させねばならなかった。ドイツ戦に勝利したあとならともかく、いまの時期に日本を刺激する亡命者を認めるはずもないでしょう」

「そ、そんなはずは……」

尾崎は薄い唇をわななかせた。

どこから日本国内の秘匿《ひとく》情報を拾ってきたのか、〈あじあ〉号の三等車輛で西風から聞かされた話を信じるとすれば、尾崎秀実はソビエトの内通者であった。しかも、かなりの大物ということになる。

この時代の知識人は、多かれ少なかれ社会主義者の思想に影響を受けているものだ。尾崎もそれは隠していなかった。

ところが、コミンテルンに所属するとなれば話はちがってくる。国と国との利益が絡むからだ。当然ながら、露見すれば非合法な思想活動家として弾圧されることになる。

社会主義者の面倒なところはね、国に忠誠を誓っているわけではないところさ、と西風は教えてくれた。労働者による世界革命思想に共感し、ソビエトという国の手先ではなく、〈国境のない理想世界〉を熱望する〈国際主義者〉だと誇り高く自認しているのだ。

だから、どの国にもいる。どこに潜んでいるかも特定しにくい。国防的には、やっかい極まりない問題であった。

おまけに、情報源となるコミュニストは、必ずしも金を目的としない。誰でも自分の仕事や思想を認められるのが誇らしいものだ。同志であれば、買収するまでもない。スパイ組織の活動資金も節約できる利点があった。

尾崎もコミンテルンの思想に共感し、内閣に近い立場を利用して、日本の機密情報をソビエトへ流しつづけてきたのだ。

日本の内務省警保局も、遅ればせながらそれに気付いた。ドイツ新聞社の東京特派員リヒャルト・ゾルゲを尾崎の協力者と見做《みな》して内偵をすすめていたところ、尾崎も身のまわりに特高捜査員の気配を感じるようになり、危機を察してソビエトへ亡命する肚《はら》を固めていたのだろう。

しかし、それには手引きする者が必要であった。

「つまるところ、貴方は、もう用済みだ。ここで始末するために呼び出されたんだ」

西風の声は、ぞっとするほど冷ややかであった。

尾崎は育ちの良い顔を無残に歪ませた。

「ちがう！　彼女は〈永遠の女性〉だ……ぼくを裏切るなんて……」

たんっ！

銃声が霧を震わせた。

西風は棒立ちになった尾崎を石畳に引き倒した。

弾は外れたようだ。

春雄が潜んでいた暗がりからは、狙撃の発火炎が見えていた。キャバレーの裏口だ。木戸が十センチほど開き、その隙間から撃ってきたのだ。春雄も撃った。当たらなければいい、と痛切に願った。

二発撃った。一発は木戸にめり込んだ。もう一発が隙間へ飛び込んだ。手応えがあった。

「……どうして……誰が……」

尾崎は撃たれたことに衝撃を受けていた。西風を狙ったとしても、ふたりの距離は近すぎる。どちらに命中してもおかしくなかった。

「もちろん、かの歌姫さ」

西風は流行歌でも口ずさむようにつぶやき、滑らかな動作で立ち上がった。

キャバレーの裏木戸が、ゆっくりと開いた。

ふらり、と幽鬼のような美女が外に足を踏みだした。

オリガ・ポドレソフだ。

肌もあらわな舞台衣装をまとい、霧の世界へ躍り出そうとする妖精のようにも見えた。春雄の銃弾を受け、左腕から血を流している。

「可愛いお友達……貴方は味方にしておきたかったのにね」

亡命ロシア人を偽装したソビエトの女スパイは、夢見るような瞳で春雄を見つめた。

そして、西風に顔をむけた。恋人に甘える微笑みを作った。

「やあ、素敵な夜だね」

気障な台詞《せりふ》だが、優男の表情は悲痛に塗り込められていた。

「ねえ……私、まだ綺麗？」

「ああ、綺麗さ」

「私を愛してる？」

「君に恋してるよ」

西風は優雅なステップを踏みながら歌姫に歩み寄った。場違いにも、これからワルツに誘うかのようであった。

「君と僕は、きっと遥か太古に滅亡した民族の末裔なのだろう。だから、僕たちは少し似ている。だから、君を愛したのさ。君がスパイになった理由に興味はない。訊いたところで、どうせ嘘をつかれるだけだ。それでいいんだ。僕たちは同族だ。出逢ったときからわかっていたさ」

オリガ嬢は笑った。

無垢な童女の笑顔だ。歌姫は見苦しく許しを乞わなかった。逃がしてほしいと懇願するそぶりさえ見せなかった。

その右手には――ブローニングM一九一〇が握られていた。

銃口が持ち上がり、西風にむけられる。

外す距離ではない。

このまま撃たれるつもりなのか、と春雄は疑った。西風の眼は虚ろであった。が、ひょろりとした長軀が沈み込んだ。

仕込み刀が一閃《いっせん》した。

以前、春雄も見せてもらったことがある。会津兼定だというが、実戦で刃こぼれしたであろう刀身は磨《と》ぎに磨ぎを重ねて、細長い剃刀《かみそり》のようになっていた。しかし、その斬れ味は、銘刀にふさわしいものであった。

白乳色の世界に、赤い霧がしぶいた。

しばらく、誰もが声を失った。

「……君たちは、ぼくを売国奴と軽蔑するか？」

無様に這いつくばっていた尾崎が、身震いしながら立ち上がった。粋なソフト帽は頭から飛び失せ、高級仕立ての背広も泥まみれである。

「ぼくは単純な共産主義者ではない。国際主義者であり、日本民族主義者だ。ぼくは大日本帝国には叛《そむ》いたかもしれないけど、日本民族には叛かなかった。それだけは信じてもらいたい。ソビエトは平和的な政策をしなければならず、必ずやそうするはずだ。満洲事変以後、日本政府は徒《いたずら》に危険なる冒険にばく進してきた。軍部が政治的主導権を握らんとし、政治家は無能にして、この情勢を制御できない。日本は哀しむべき破綻の帰結しかない。その破綻から立ち上がるには、日本のプロレタリアートがソ連および支那のプロレタリアートとがっちり手を組み、資本主義の巨柱である英米を敵として、東亜諸国を抱擁して新秩序を……」

「国に叛いた。それだけで大罪なのさ。コミンテルンの理想を高らかに謳《うた》ったところで、ソビエトも野心あるひとつの国にすぎないのだからね」

　虚しい独白を西風が断ち切った。

「さあ、日本へ帰りなさい。亡命するには、貴方は少しばかり大物すぎるようだ。まだ帰る国がある。それだけでも、素晴らしいとは思わないかい？　その小さな手のひらからこぼれた夢の欠片は、ご自身で拾い集めるしかない」

「そうだな……うん……ぼくは、すべてを失うようだ」

　尾崎は、こくんとうなずいた。

「ああ、すべてか無だ。中途半端は厭《いや》だった。最高の結果を残せないのであれば、はじめからやらなければよいのだ。ぼくの父はね、こう教えてくれたよ。『人間は悟りきっては駄目だ。悟らぬがよし。人間は糞壺の中でうごめいているウジ虫と同じだ』と……」

よろけながら歩き出した。

その背中に、西風は問いを投げかけた。

「ところで、〈永遠の女性〉とは?」

「うん……ゲーテの〈ファウスト〉だよ、君……」

ロシアの歌姫と一世一代の恋をしていたつもりだったのだろう。日本に残した家族を捨てて、情熱的な人生に身を焦がそうとしたのだ。

夢に敗れた売国奴は、霧の中へと消えていった。

「あんた、はじめから尾崎氏がスパイだと知ってたんだな?」

「だから、そう教えたじゃないか」

「コミンテルンとは聞いていなかった」

春雄は、日本側のスパイだとばかり思っていたのだ。

「でも、なぜ憲兵に通報しなかったんだ?」

「なに、僕が知っているくらいだ。こちらから通報しなくても、憲兵本部は承知していたはずさ。ハルビン特務機関も知っていて、尾崎氏を泳がせていたはずだ。亡命したら亡命したで、殺されたら殺されたで、ソビエトと交渉する手札に使えると思ったのかな」

「どちらにしろ、尾崎氏は捕まるということか」

「たぶん、日本に戻ったときにね」

西風は、白刃をひとふりし、するりと鞘へ戻した。

「さあ、僕たちも逃げよう。銃声を聞きつけて、もうすぐ警察が駆けつけてくる」

「彼女をこのまま放置しておくのか？」

「――没法子《メイファーズ》（しかたない）さ。ハルビンの霧が彼女を慰めてくれるよ」

遺体をふり返りもせず、西風は長い足で歩き出した。

春雄も追いかけるしかない。

朝から働きづめで、さすがに足は重かった。

阿片の密造は器具さえ揃えば難しくないが、箱を偽造するために専用の印刷機まで持ち込むとは思えない。そこで新京中の印刷所を調べてまわった結果、印字のかすれ具合から北大路の小さな印刷所だと特定できたのだ。

北京から一旗揚げにやってきたという印刷所の主を問い詰めると、偽造と知りつつも小遣い稼ぎとして引き受けたのだと白状した。

紙の調達先は、満鉄の新京本部に頼んで調べてもらった。

ハルビンに店舗を持つロシア人が輸入業者として登録されていた。

登録名は——オリガ・ポドレソフの父親——とっくに亡くなっているはずの男だ。

ここまで真実が明らかになったとき、ハルビンにいこう、と西風が決断を下した。

満映では、ふたりの犠牲者が出た。ひとりは阿片に殺され、ひとりは凶弾に斃《たお》れた。最後に幕を下ろすのも、彼らの役回りなのであろう。

「密造阿片は、ハルビンにも流れていたんだろ？」

春雄は、沈黙に耐えられなくなって話しかけた。

「ああ、傅家甸の阿片窟にね」

西風は歩きながら答えた。

「あれこそ我らが大満洲帝国の秘めたる暗黒面というものだね。小説の〈紅楼夢〉に出てくる退廃的な歓楽地にちなんだ魔窟〈大観園〉——君も遊びにいきたいのかい？」

春雄はかぶりをふった。

「司令本部も把握していることだろ？　なぜ摘発しないんだ？」

いっそ焼き尽くせばいい、と過激な心持ちになっていた。

「あそこはね、中国人匪賊や敗残兵の吹き溜まりさ。摘発はいつでもできるけど、潰したところで満洲の山々に散らばって潜伏するだけだよ。一ヶ所にまとまっていれば、それだけ監視も楽なのさ」

ただ訊いてみただけだ。どうでもいいことであった。

夜風が吹き抜け、霧がうねった。

くくっ、と西風が喉を鳴らした。

「しかし、知らなかったよ。湊君、いい腕をしていたんだなあ。おかげで、僕は美女に撃たれそこねてしまったよ」

西風の声は、いつもの軽薄さをとり戻していた。

「これからも、君にはときどき仕事を手伝ってもらおう。いい相棒になってくれそうだ」

「え？　あ、ああ……」

春雄としては、なんと答えたものか——。

満鉄の新京本部を訪れたとき、春雄が着任してから滅多に寄りつきもしないことへの嫌みをさんざん聞かされ、ついでとばかりに大連の満鉄調査部から送られてきたばかりの新しい密命を渡されたのだ。

『西風を内偵せよ』——と。

† † †

満洲の夏は短い。

春や秋は、さらに短命だ。一年のうち半分は冬であった。

だから、十月でも充分に寒く、外套がなければ出歩く気にもなれない。

製作部の試写室に入ると、西風の姿を見つけた。

銀幕に映っているのは、『人馬平安』という満映初の喜劇映画だ。昨年に封切られ、春雄も映画館で観たことがあった。

酒好きで怠け者の馬車引きが、宝くじに当たって金持ちとなり、女房の内助で悪癖を改めて良き夫になるという筋立てだ。満映版〈ローレルとハーディ〉と称される劉恩甲と張書達のコンビが主演で好評を博していた。

――この世界が、これほど他愛もなければ、どれほど救われることか……。

西風の隣には先客がいた。

六十絡みの老紳士である。日本人のようだが、軍人にはない典雅な雰囲気を身につけていた。人柄の優しげな丸顔で、上品な髭を生やしている。協和服という満洲国協和会の公式服を着ていた。

老紳士は春雄に気付くと、西風に会釈をして立ち上がった。春雄にも慇懃《いんぎん》に頭を下げ、試写室から悠然とした足どりで去っていく。

春雄は、男が座っていた席に腰を下ろした。

「邪魔だったかな?」

「いや、もう用は済んだからね。お別れの挨拶にきただけさ。工藤《くどう》忠《ちゅう》という人だが、満洲を離れて日本へ戻ることになったそうだ」

「そうか……」

西風は交際範囲のひろい男である。いちいち考えを巡らせたところでしかたがない。この優男が、どこでなにを企もうが、自分には関係ないことだ。

「日本で尾崎氏が捕まったそうだ」

「うん、日本とアメリカの外交も決裂したようだし、もう潮時だろうね。可哀想だけど、日本を戦争の泥沼に引き込んだ張本人のひとりだ。リヒャルト・ゾルゲ氏も近いうちに逮捕されるだろうさ」

「尾崎氏は、本気で亡命する気だったと思うか？」

「さて……」

西風は銀幕に見入って微笑んでいた。

「彼は夢を見ていたのさ。ただし、君とは異なる夢だ。もちろん、僕の夢ともね。湊君、いいかい？　もし君が満洲にいる意味を求めるのであれば――夢を見にきた――そう思うことさ。君の夢でなくてもいい。誰かの夢でもいいのさ」

このとき、まだ春雄にはわからなかった。

満洲では内地に比べて時の流れが速いとはいえ、西風が気障な台詞に含ませたものを理解するには、あまりにも未熟すぎたのだ。

春雄の胸につかえていたのは、他のことであった。

尾崎にとって、国とはなんであったのか？

国々の思惑が戦乱の種であるとすれば、コミンテルンによる革命は世界中の国境をなくして最終的な平和をもたらすのだろうか……。

「世界中が共産主義になれば、平和になるのだろうか」

「いや、共産主義の国同士で、また戦争をはじめるだけさ」

おそらく、それは正しいのだろう。西風が指摘したように、ソビエトも国家の体裁をとっているかぎり、貪欲に国益を求める餓狼なのだろう。

すべての国民が安らかに生きられる。

思想としては、古かろうが新しかろうが、それで充分なのだ。まずは命の保証。次に餓えないことだ。生活の豊かさは、その先のことだ。ましてや、理想や夢を追い求めるなど、いまの世界情勢では贅沢でしかないのだろう。

春雄は、頬に視線を感じた。

ふり返ると、西風が片眉を器用に吊り上げ、珍妙な顔をむけていた。

「湊君、革命運動の主義者とはね、僕が思うにね、みずからのために戦いたいのだ。国家の命令ではなく、他の国に操られているとも思わずにね。国の身勝手でひどい目に遭えば、人は革命家になるものさ。戦争への恐怖でも革命家になる。近代的な理性によるもので、それは宿命的な流れだ。しかしながら、幻想だ。革命に成功すれば、今度は自分たちが体制側として、叛乱におびえ、過剰な弾圧を行使するようになる。誰だって、自分の意思で戦争をしたい。ただ、それだけのことなのだからね」

　春雄も珍妙な顔で見返した。

　西風から革命の講釈を受けるとは思ってもいなかったのだ。

「ともあれ、考えすぎないことさ。思想というのはね、宗教や阿片と似たところがある。そして恋と同じで、信じると目先が利かなくなるのさ」

　そして、にたりと厭らしく笑った。

「君は、オリガを抱いたんだろ？　〈赤いモスクワ〉だよ。君の妹さんの手紙から、あの香りがしたからね。あれはオリガが好きな香水だった」

　春雄は絶句し、赤面してうつむいた。耳が燃えそうなほど熱い。

　歌姫の手紙には、今夜きてほしいと書かれていた。春雄は、彼女の部屋に招かれた。寂しいからと寝床に誘い込まれたのだ。

「いいんだ。そういう哀しい女だ。だから、僕たちは出逢った。だから……そう、僕たちは殺し合わねばならなかった」

　西風の推察によれば、李恩平もオリガ嬢の誘惑を受けていたという。

　李恩平の部屋にぶちまけられた香水は、恋人の張燕が愛用していた清楚な鈴蘭の香水ではなかった。

あの部屋にもオリガ嬢は泊まったのであろうか。あるいは、オリガ嬢への贈り物として李が持っていた香水に気付き、張燕は怒り狂って香水の瓶をたたき割ったのだろう。

同じ夜――李恩平はオリガ嬢に命じられて、春雄たちを銃撃した。

李恩平は、オリガに唆《そそのか》されて満映割り当ての阿片を盗み、逆に密造阿片を満映に流す売人として操られていたのだ。

西風は、密造阿片を追って白系ロシア人のナイトクラブに目星をつけ、客として内偵していたときに、オリガ嬢と知り合ったという。恋人になったのは、籠絡《ろうらく》して情報を得るためなのか、それとも本気で恋していたのか……。

春雄には、まだ疑問が残っている。

西風は、なぜ尾崎がソビエトのスパイだと知っていたのか？

西風の背後にいるのは、いったい何者なのか……。

どちらにしろ、けしからぬ食わせものであった。

最初から、春雄を巻き込むつもりだったのだ。しかしながら、腸《はらわた》が腐るほど退屈な日常に、活劇という娯楽を提供されたことは間違いない。たとえ、それが見知らぬ国の絶望で彩られていたとしてもだ。

それにしても――。

李恩平は、春雄と西風のどちらを狙ったのか？

李恩平は近視で、あの暗さでは人と熊の区別もつくまい。

あるいは、オリガは尾崎を殺せと命じたのか？

答えは霧の彼方である。

その李恩平を射殺したのは、オリガなのであろう。ブローニングは三十二口径だ。他に犯人はいないのだ。

「恋愛こそ偽りの極みだ」

西風は笑うのだ。

「恋愛も革命も、どちらも虚構にすぎないのさ」

どこか哀しげな微笑みであった。


満洲は希望の国ではなかった。光だけではない。書き割りの世界ではない。そんな薄っぺらいものではなかった。

緑葉を照らす光もあれば、鬱蒼《うっそう》と茂る森林のような闇もある。人が住んでいるのだ。人がいるかぎり、そこには欲望が生まれる。熱くたぎる欲望が解き放たれる。冬は凍てつき、夏は燃えさかる。

赤く、赤く、赤く——曠野は染まっているのだ。

第三話　皇帝の護衛者

昭和十七年の秋であった。

建国十周年記念式典が、一週間に亘って開催される運びとなったことによって、首都新京は慌ただしくも祭事にふさわしい熱気を帯びていた。

天照大神《あまてらすおおみかみ》降臨を祈願する十三日の建国神廟臨時親告祭を皮切りに、十四日は建国忠霊廟臨時奉告会が、十五日には日満議定書締結十周年記念式典が執り行われ、そして十八日は満洲事変勃発十周年の式典であった。

最重要は十五日の式典である。

新京の盛儀に呼応して、帝都東京においても高松宮殿下の台臨《たいりん》を仰ぎ奉り、満洲建国十周年慶祝式典が執り行われるはずであった。

日米間の戦争が勃発した影響で、建国一周年ほど華々しい規模にはならないが、満洲国が宣戦布告したわけではないのだ。

北方の脅威であるソビエトも、ようやくドイツ軍の侵攻を食い止めたばかりである。しばらくは満洲へ侵略の眼をむける余力もないはずであった。

世界の主要国がこぞって参戦し、誰もが容赦なき鉄血の嵐に苦しんでいるというのに、この満洲国だけが――。

冗談のように無風の平和を享受しているのであった。

†　　†　　†

新京駅から大同大街を南へ二・五キロメートルも移動すれば、首都新京の〈臍《へそ》〉ともいえる大同広場に到着する。

西方には、いずれ満洲国の象徴ともなるべき帝宮の造営地が控え、満洲中央銀行総行、満洲電信電話会社、新京特別市公署、首都警察庁などの重要機関が円形状に区画整備された直径一キロメートルほどの敷地に配置されている。

長春大街、興安大路、建国路、民康大路と、幹線道路が放射状に延び、円形広場の直径が約三百メートルであった。その中央に公園が設けられ、さらに中心地点には満洲国の水準原点が設置されていた。

公園の一角に、満映の撮影隊が出張っている。

建国十周年を記念して、多田満男ことマキノ光雄を監修に据えた記録映画『五千万人の合唱』を撮影しているのだ。

一九三六年に開催されたベルリン・オリンピックを撮影した記録映画の傑作『民族の祭典』に感化されて企画されたものであった。

監督のレニ・リーフェンシュタール女史は、ナチス党大会を記録した『意志の勝利』によってアドルフ・ヒトラー総統の信頼を獲得すると、ナチス党の全面的な協力を受けて『民族の祭典』を製作した。一九三八年に公開されるや、各民族の鍛え抜かれた肉体が躍動する映像の数々は世界中で称賛を浴びることとなった。

国威発揚を目的としたプロパガンダ映画であっても、斬新な映像美や演出によって、芸術作品に昇華することもできる。

それが証明されたことで、満映の映画人も奮起した。

昭和十五年にアジアで初めて開催されるはずであった東京オリンピックが、世界情勢の悪化を受けて、ついに幻となったことへの鬱憤《うっぷん》晴らしもあったであろう。『五千万人の合唱』への意気込みは並々ならぬものであり、ドイツから寄贈された新型カメラ二機が惜しげもなく投入されていた。

春雄は、公園のベンチに腰かけて撮影隊を見守っていた。満映に派遣された満鉄弘報部の一員として、撮影の取材にきていたのだ。

名目は取材だが、その実体は暇潰しである。

満洲にきて三年目だ。

西風の便利屋を手伝いながら、満映社内では呑気な日々を送っている。便利屋の仕事は、だいたいは女絡み、金絡みでのいざこざである。

そこに夢はない。

世界が正義や善意に満ちていると信じられるほど世間知らずではなく、かといって自暴自棄になって目先の欲望を貪る小悪党にもなれない。中途半端な身の上であり、何年か歳を積み上げたところで、人はたいして成長しない。

これが人生だ。

ただ時代に押し流され、こうしてベンチにもたれかかって、ぼんやりと空を見上げることを楽しむのが関の山であった。

ときどきはスパイであることも思い出すが、満鉄調査部は西風の内偵を命じておきながら、とくに催促もしてこない。春雄にもたいして成果はなく、とりとめもなく書きなぐったメモを新京本部に届ける程度であった。

甘粕理事長への内偵は関東軍が依頼主であったが、西風の調査はどこの機関から頼まれたのか知らされていなかった。末端にすぎない小物のスパイには、伝える必要を認めていないということなのであろう。

満鉄調査部も、いまは春雄ごときにかまけている余裕はないはずだ。〈思想的前歴者〉で人員を補充したことによって、満鉄調査部は関東憲兵隊に目をつけられ、満洲国治安維持法違反の疑いで大量の検挙者を出してしまっていたのだ。

満鉄調査部は、中国戦線において日本軍が負けないにしても、最終的には勝てもしないという結論を出していた。中国大陸は広大で、ここを占領すれば降伏するという決定力に欠けているせいである。

しかし、軍部にとっては都合の悪い結論でしかない。対米戦もはじまったことで、厭戦《えんせん》気分の芽は小さなうちに摘んでおきたいはずだ。

そんな権力争闘など、春雄にとっては、どうでもいいことであった。

九月といえば秋の盛りだ。

陽射しはぬくいものの、日に日に冷たさを増していく風に対抗するため、春雄は背広の上からドイツ空軍の飛行ジャケットをはおっていた。黒染めの革製で、温かい上に動きやすく、とても重宝である。

満洲の秋は駆け足だ。

来月になれば気温計の目盛が零下へと突入し、道どころか河さえも凍りつく厳しい冬がやってくる。外出すれば、鼻だって凍るのだ。今のうちに清々しい秋の日和《ひより》を楽しむべきであった。

今日は十四日だ。

建国十周年記念式典の二日目であり、新京神社の宵宮でもあった。

路上で花電車や花バスが走り、神輿《みこし》が練り歩いている。

大祭は明日である。

昼は華やかな旗行列。夜になれば幻想的な提灯《ちょうちん》行列が見られ、中国の伝統舞踏である〈高脚踊り〉の群れも観光客の眼を楽しませてくれるであろう。

在満日本人には日本酒やビールが特別配給され、いやが上にもお祭り気分は高まっている中で、「親邦日本の聖戦に総力を上げて支援を！」という国防恤兵《じゅっぺい》献金の呼びかけ声が、戦時下のきな臭い風を紛れ込ませていた。

「おいこら、貴様ら！」

居丈高《いたけだか》な憲兵の声が、長閑なひとときを破った。

春雄は不機嫌に眉をひそめる。

眼をむけると、八人の憲兵が、黒色の長袍《チャンパオ》をまとった五人の漢人をとり囲んでいた。

漢人のひとりは白髪の老人だ。残りの四人はいずれも屈強で、その眼は烈しい憤りに燃えている。

険悪な空気であった。

新京に来訪してきた奉祝者は二万五千人といわれている。式典には日満支官民の代表者はもとより、盟邦各国の外国使臣も招かれていた。

破壊工作には申し分のない大舞台だ。惨事が起きれば、満洲国どころか、大日本帝国の威信にも傷がつくであろう。国民党、共産八路軍、ソビエト、アメリカなど敵に困ることはなく、厳重な警備体制を敷き、なにかと神経を尖らせているのも無理からぬことだが——。

けしからぬ、と春雄の眼に険の光が宿る。

満洲国警察だけでは手が足りず、憲兵隊も無理に駆り出されたのかもしれないが、目出度いハレの日に良民を威圧するとは言語道断である。

助太刀せねば日本男児の名がすたる。じつをいえば、このところは日本人であることを忘れがちであった。が、たまには思い出すのも悪くない。おれは日本男児だ。元海軍士官候補生であった。

しかし、いかった肩に手をかける者がいた。

「湊君、待ちたまえ」

やんわりと押さえられただけだ。それでも、立ち上がりかけて踏ん張りが利かない体勢であったため、すとんとベンチに尻が戻った。

春雄はふり返った。

背後に、いつのまにか軟派な笑顔がある。西風だ。気配もなく忍び寄る胡乱な男だ。油断も隙もあったものではなかった。

「邪魔をするな。あの人たちを助けてやろうというのだ」

「だから、君が助けるまでもないということさ。ほら、よく見てごらん。あの憲兵隊も手を出せないでいるじゃないか」

　春雄は、険悪な現場に改めて眼をむけた。

「まさか不逞《ふてい》な輩ではあるまいな？　名乗れ！　名乗らんか！」

　憲兵は盛んにわめきたてるが、小柄な老人は野犬に吠えられているほどにも感じていないようであった。しゃんと背筋が伸び、不思議な威厳を漂わせている老人だ。無言で見上げているだけで、かえって憲兵のほうが気圧されている。

　なるほど。ただ者ではない。

「あんた、あのご老人を知ってるのか？」

「霍殿閣《かくでんかく》――八極拳の達人だよ」

「八極拳？」

「中国武術の一流派さ。他の若者たちは、霍老師の門弟だろうね」

「強いのか？」

　中国拳法に関しては、拳闘のような当て身中心の格闘術としか春雄の知識にはなかった。早朝の公園では、よく太極拳の練習をしている満洲人を見かける。あれも拳法の一派らしいが、優雅すぎて体操の一種としか思えなかった。

「強いさ。近接戦に特化した凶猛随一の拳法だ。霍老師の師は李書文《りしょぶん》という高名な拳士でね、張作霖閣下に招かれて奉天軍を教練したこともある達人だ。〈神槍〉と怖れられ、あらゆる敵を一撃で倒したため、『二の打ちいらず、一つあれば事足りる』と謳われていたそうだよ。怖いよね」

たしかに怖そうだ。

「だったら、ひどい目に遭うのは憲兵隊ということか」

これは面白そうだ。春雄は、ようやく口元をほころばせた。ベンチの上でくつろぎ、見物を楽しむ気分になっていた。

西風も隣に座って、育ちすぎたネギのような足を目障りに組んだ。

「憲兵なんて、霍老師だけでも赤子のようにあしらうだろうね。なにしろ、溥儀皇帝に八極拳を教えた師であり、護衛官でもあったからねえ」

春雄は眼を剝いた。

「憲兵が皇帝の護衛官に絡んでるのか？　不敬ではないか」

「元護衛官さ。五年ほど前になるかな。霍老師と門弟たちは、奇しくもこの大同公園で関東軍の将校たちと乱闘になったんだ」

五年前であれば、春雄が知らなくとも当然だ。

「乱闘？　原因は？」

「さあ、霍老師は、もともと奉天派の許蘭洲将軍を補佐する副官で、張閣下の死後に招かれた李書文公に鍛えられたのち、宣統帝溥儀の武術師範に推薦された人だ。満洲国ができたときも、溥儀皇帝に随身《ずいじん》して新京にきたのさ」

溥儀皇帝にとっては、心を許せる臣下のひとりであったのかもしれない。

「だから、関東軍も溥儀皇帝に張り付いている霍老師が目障りで、排除を謀ったのかもしれないね。でも、詳しいことは僕も知らないよ。将校にしろ霍老師の門弟にしろ、どちらも血の気が余ってそうだからね」

「で、五年前はどちらが勝ったんだ？」

「日本軍の参謀がふたり負傷して、軍用犬が一頭蹴り殺されたはずだ。おかげで、霍老師は関東軍に睨まれて護衛官を免職され、門弟たちを引き連れて奉天で逼塞《ひっそく》することになったのさ」

「憲兵は、相手が霍老師と知って絡んでるのかな？」

「さて、どうだろうね」

西風は肩をすくめた。

「しかし、どうするのかな？　ねえ、どうするつもりだと思う？　霍老師にしても、こんなところで揉め事を起こしたくないだろうにさ。かといって、憲兵隊は憲兵隊で面子《メンツ》があるからね」

じつに楽しそうな口ぶりであった。

憲兵隊も本気で連行する気はなかったのであろう。怪しげな一団を見かけ、軽く脅しつけようと絡んでみたのかもしれない。相手が恐れ入って平身低頭すれば満足し、意気揚々と肩をそびやかせて次の獲物を物色するのだ。

だが、野犬だと侮《あなど》った相手は虎であった。こうなれば引くに引けない。さすがにピストルまでは抜かなかったが、憲兵たちは腰に携《たずさ》えた軍刀の柄を激しくたたいて威嚇した。

門弟たちも殺気立ち、いよいよ一触即発である。

「おや、霍老師は悪戯でもするつもりかな」

西風はつぶやき、愛用のステッキを胸元に抱いた。

老拳法家は奇妙な行動に出た。握手でもするように右手を差し出したのだ。しかし、その手は拳を握っている。

ずん、と小さな地震があった。大陸では珍しいことだ。

「なんと凄まじい震脚だ」

西風は感嘆の声を漏らした。

震脚とはなんだ、と春雄が訊こうとしたときだ。

小石のような老人の拳が、ちょん、と軍刀の鞘に触れたように見えた。

西風が、ステッキに仕込まれた刃を数センチほど抜く。秋の陽光を反射し、シワ深い老拳士の顔を一瞬だけ照らした。

すぅ、と老師は後ろに下がった。氷の上を滑るような動きだ。

そして、反射光の出所へ正確に眼をむけた。

西風は素知らぬ顔で刃を戻し、あらぬ方向へそっぽをむいていたが、春雄の背筋は本格的な冬を前にして凍えきった。

それほど鋭い眼光であった。

しかしながら、霍老師は踵を返し、四人の門弟を引き連れて立ち去った。

憲兵たちは追わなかった。追いたくても追えなかったのであろう。正面から立ちあっただけでも、貫禄の差は歴然としていたのだ。

やがて、狼狽で引きつった声が聞こえた。

「な、なんだ……！」

軍刀で威嚇しようとした憲兵だった。腰の鞘が真っ二つに割れ、あられもなく白刃を衆目にさらしていた。

春雄は訊いた。

「あれは霍老師の仕業なのか？」

「たぶんね」

拳の先で触れただけだ。

それだけのことで、持ち主の憲兵に悟られず鞘だけを割るとは、老人とは思えない神秘的な達人の技であった。

「でも、どうして新京に出てきたのかなあ。噂では、病を患《わずら》ったと聞いていたけど」

西風は小首をかしげていた。

よりによって、この時期にだ。憲兵をからかうためとは思えない。

「ずいぶんお元気そうに見えたが、病の身を押してまで首都へきたとすれば、溥儀皇帝の身を陰ながら守るために弟子を引き連れてきたんじゃないか？　だとすれば、忠臣の鑑《かがみ》というべきだろう」

「なるほどね。うん、たぶんそうだ。君は、ときどき鋭いとこを突くね」

褒めているとは思えない口調だ。

「まあ、関東軍への遺恨を晴らすためということもないだろうしなあ。ん？　いや、どうかな？　武術家という人たちは気性が激しいし、ずいぶん執念深いからなあ」

意趣返しの可能性もあるのか、と春雄は落ち着かなくなった。

老いた達人とは、どこか悟っているものだと思い込んでいたのだ。

ところで、と西風は話題を変えてきた。

「ここの撮影はいつまでやってるんだい？」

「今日のところは、大同広場の様子を撮っただけだ。本番は明日で、溥儀皇帝のパレードを撮るんだ。そろそろ撤収するはずだが……どうする？」

「ん？　どうする、とは？」

「せっかくのお祭りだ。どこかで呑むのはどうだ？」

珍しく、春雄のほうから誘いをかけた。

西風の仕事を手伝うようになってから、満映の中国人社員とも気軽に世間話を交わせるようになっていた。もはや異邦人でもあるまい。甘粕理事長は厳格な支配者ではあっても、理不尽な弾圧者ではないと満映中に浸透してきたせいもあった。

それでも、呑み仲間とまではいかない。

賑やかな祭りの最中に、寮に閉じこもっているのは莫迦らしかった。かといって、ひとりで見回るのも寂しかったのだ。

しかし、西風の反応は鈍いものだった。

「なんだ、もう撤収するのか。僕はもう少し見学したかったな。あれがドイツから寄贈されたという新型カメラなんだろ？　ちょっと近くで見てこよう」

西風は呪術で操られる死体のようにふらりと立ち上がると、春雄をベンチに残して撮影隊のほうへむかっていった。

大型の三脚に、ドイツ製の撮影機が据えられている。三十五ミリのフィルムをおさめた円盤状のケースがアメリカのギャング映画に出てくるマシンガンの大型弾倉のようで、春雄の眼には大げさで厳《いか》めしく映った。

西風の機械好きは知っていたが、撮影機材にも興味を持っているようだ。機関銃よりもスイッチやレバーが多い複雑怪奇なカメラを間近で眺め、ふむふむと感心し、おおうと驚嘆し、珍しがり、しまいにはドイツ人技師から指導を受けている日本人の撮影技師にあれこれ質問を浴びせはじめた。

摑み所のない男である。

春雄も、西風の正体は探ってみた。満鉄調査部の密命だけではなく、この奇妙な男に興味を覚えたからだ。二年も新京に住んでいれば自然と顔見知りは増え、労を厭《いと》わなければ調べられることも多かった。

西風は、甘粕理事長の直轄《ちょっかつ》ではない。満映の正式な社員ですらない。それはわかっていたことだが、満洲国で唯一の政治団体である協和会や国務院、果ては皇室で重臣と話している姿を見かけたという噂も耳にしていた。

神出鬼没にして変幻自在だ。大陸浪人や馬賊に詳しく、共産主義者の動向についても熟知している。満洲人を自称し、金や権力を求めて暗躍するふうでもなく、阿片に頼ることなく戯《たわ》けた夢を語れる男だ。

「ふん、ケチなドイツ人め」

よほど邪魔であったのか、ドイツ人の指導技師が怒りの形相で腕をふりまわし、西風は頰を膨らませて戻ってきた。

「あれは、きっとナチス党員にちがいないよ」

「同盟国から派遣されてきた客人だぞ」

とはいえ、春雄もドイツ人技師には好感を持っていなかった。

西風に劣らない長身で、筋骨は遥かに逞《たくま》しい。金髪碧眼で、顔立ちは映画に出てくる俳優のように整っている。が、どこか薄っぺらい男で、傲慢な目付きで東洋人を見下している態度を隠そうともしていなかった。

「しかし、あれは素晴らしいカメラだ。堪能したよ。やはり、機械はアメリカよりドイツだね。でも、よくわからない装置もついてたなあ。ドイツの技術者は優秀だけど、機能を求めすぎて、操作が複雑になるきらいがあるなあ」

犬のように追い払われたことなど忘れて、西風は上機嫌であった。

「では、湊君、いこうか」

「どこへ？」

「もちろん呑みにさ。僕と祭りを楽しみたかったんだろ？」

†　†　†

ふたりは満洲人街にきていた。

大同大街の東側だ。

都市計画では商業地域に区分されているが、街並みの歴史は古く、長春と呼ばれていたころの旧城内にあたる。

埃っぽい土地柄だ。

日本人街に比べれば、不衛生で猥雑な印象は強いものの、人そのものの生命力に満ちあふれ、賑わいでも負けていなかった。熱い汁物などを売り歩く屋台も多く、祭りともなればかき入れ時であろう。

とにかく看板が多彩である。

勝手気ままに重なりあって、どこが何屋かわからないほどだ。宿屋の店頭には竿頭《かんとう》に鯉を象《かたど》ったものが飾られ、工房には金色に彩った車輪の模型が掲げられ、満洲式の飾窓には馬鈴薯などの商品が山盛りになっている。

巨大な手のひらに瓢簞《ひょうたん》や時計や靴が載せられている。巨軀をくねらせ、咆哮《ほうこう》する龍が往来の人々を驚かすように飛びだしていた。正体不明の物体が、軒下から大仰にぶら下げられているが、店主もそれがなにかは知らない。

派手で、大げさで、人目を惹くことが大義なのだ。

「十年だよ、君！　この国は十年もったんだ。十年あれば、国の土台も固まってくる。これからだ。これからが本番なんだよ」

西風は、珍しく浮かれているようであった。

軽薄な男であることはまちがいない。が、浮かれているということは、いつも韜晦《とうかい》している本音の一端がそこに露出しているということだ。

――いや、どうなのだろう？

春雄は、串焼き屋の店先でひっくり返したビール箱に座って、高粱酒《コーリャン》を味わいながら思案してみた。果たして、どこまで本音でどこまでが韜晦なのか、自分には見極めがついているというのか……。

「ねえ、考えてみるといい。十年前に生まれた赤子が、もう十歳なんだ。素晴らしい。なんて感動的なんだ！」

やはり、あまり深い意味はないようだ。

結論が出たところで、春雄は串焼きの鶏肉を頬張った。

脂が甘く、肉はぷりりと歯ごたえがあって美味かった。

大陸に渡ってから、よく肉を食べるようになった。満洲の冬を耐え抜くには、肉と脂が必要なのだ。オンドルやバター入りの茶など、冬は冬で密やかな楽しみが控えている。公園の池が凍りつけば、人々はスケートに興じ――。

「ところで、妹君はいつ満洲にくるのかね？」

唐突に、とんでもないことを訊いてきた。

「妹はこない。そもそも、父も母も許さないだろう。おれだって反対だ」

「なぜかね？」

西風は不思議そうな顔をした。

「僕が思うにね、湊君の妹君は、この満洲の風土に合っているよ。日本よりもずいぶん自由に生きられるんじゃないかな」

半ば同意だが、口に出したくはなかった。

日本の軍人家庭に生れた子女が、そう自由に生きられるものではない。胆力と行動力が有り余った妹は、単独にて渡満せんと家出したところを、かろうじて横浜の港でとり押さえたと母からの手紙にはあったのだ。

「ふん、知ったようなことをほざくな。たとえ満洲にきたとしても、あんたに紹介するつもりはないよ」

「なんと冷たい男だ！　せめて名前だけでも教えてくれたまえ」

西風は大仰に嘆いた。

「美紀だ。あとは黙って呑め。おれの奢りなんだから」

誘ったのは春雄なのだ。奢るにやぶさかではない。

「ミキさんか。素敵な名だ。ああ、呑むともさ。そうだ。そういえば、このあいだの姑娘《クーニャン》はどうしたんだい？　せっかくのお祭りなんだからさ、ふたりで楽しめばいいんじゃないのかね？」

春雄の眉間にシワが生まれる。無言で高粱酒をあおった。

西風は半笑いになった。

「なんだ。もう捨てられたのか」

「……煩い」

捨てられたわけではない。性格に齟齬《そご》があっただけだ。

日本では硬派を通した春雄だが、満洲においては女と軽やかに交際するくらいの度量があるべきだという考えに至っていた。スパイが女を不得手にしてどうするか。けして一人暮らしが寂しくなったという女々しい理由ではなかった。

かといって、白粉《おしろい》臭い女は苦手だ。

最初の女は、満映の食堂で働いている満洲人だった。まだ二十代の寡婦《かふ》で、春雄の食べっぷりが気に入ったとむこうから誘いをかけてきたのだ。しかし、春雄が日本から追い出されて帰国する気もないことを伝えると、それっきり食堂で顔を合わせても口を利いてくれなくなった。

二人目は、日本人の女であった。銀行勤めで、流行の先端を追う装《よそお》いを好むお嬢さま育ちだった。何度か逢引《あいびき》をしたものの、三度目に至って女心のわからない野暮天と罵られて逃げられた。

三人目は、映画館で入場券を売っている満洲人の小娘であったが、春雄が甘粕理事長のもとで働いていると知ると顔を蒼《あお》ざめさせ、二度と逢ってくれなくなった。

四人目は、デパートで売り子をやっている女だった。見栄張りで、嘘つきで、幾人もの男と付き合っていることが発覚して、春雄のほうから別れたのだ。

春雄も男ぶりは悪くないはずだ。給料も人並みにもらって、それなりの甲斐性はある。なのに長続きしないのはどうしたことか。人の世は解せないことばかりであった。

「ああ、それは僕が悪かった。湊君は傷心《トゥイプチー》していて、誰かに慰めてもらいたかったのだね。いや、まったく気付かなかったよ。申し訳ない」

西風は、わざわざ日本式にお辞儀をした。茶化しているのは明白である。

「でも、そう気を落とすことはないよ。湊君は、とても可愛いのだから。きっと好いてくれる人もいるはずさ。なに、野暮は病気ではないのだ。いつかは治る。今度、僕がいい姑娘を紹介してあげよう」

「……いらんお世話だ」

春雄は、優男を横目で睨みつけた。

――どうだろう？

そろそろ一発くらい殴っていい頃合いかもしれない。口で勝てなければ拳にものをいわせるしかないのではないか？

しばし考えた末に、春雄は高粱酒を追加注文した。一時の激情で殴っては、粗暴のそしりを免れまい。少し間を置いて、やはり殴るべきだと確信できれば、そのときに思いつき拳をふるえばいいのだ。

「おや……」

西風が眉をひそめた。

風に乗って、乾いた銃声が聞こえたのだ。

しかも、一発だけではない。

西風と春雄は顔を見合わせた。

「派手な爆竹だね」

「いや、爆竹ではないだろう」

距離も近いようだ。

やがて、珍奇な集団がぞろぞろと退避してきた。芝居のような衣装をまとい、靴の底に長い木製の足をつけ、顔は真っ白に塗りたくっている連中だ。大旗を背負った者もいれば、手に楽器や鳥籠を提《さ》げた者もいた。

高足踊りの芸人たちである。

靴屋の満洲人が、なにが起きたのかと大声で怒鳴った。春雄も知りたいところだ。芸人も怒鳴り返した。宿屋が軒を連ねている界隈で、突如としてロシア人と警察隊の銃撃戦がはじまったのだという。

それを聞いて、西風が軽薄に口笛を吹いた。

「湊君といると、いつも物騒なことに出くわすねえ」

「ほざけよ。満洲の夜雀め」

「よすずめ？」

西風は眼を丸くした。

「夜の山道で鳴く怪しい雀だ。化け物の先遣りのことだ」

昔、四国出身の同期から、そんな民間伝承を聞いたことがあった。暗い夜道を歩いているると、チッ、チッ、チッ、と雀に似た鳴き声が、どこまでもついてくる。不吉の前触れであり、山の魔物に狙われている証なのだという。

「ほう、それは面白いたとえだね」

西風は鼻先で笑い、さらに底意地の悪い顔をした。

「で、どうする？」

「どうするって？」

「ピストルはあるかい？」

「持ってる。おい、まさか」

「ああ、いってみようじゃないか」

「悪趣味な男だ。それでは野次馬ではないか。見世物ではないんだぞ」

「なに、どちらが夜雀なのかたしかめにいくだけさ」

男として挑まれた気がして、春雄も引くことができなくなった。残りの酒を飲み干して、ふたりは銃撃戦の視察にむかった。

大通りと平行した西側の裏通りだ。それでも十メートルの道幅はある。銃声に脅えて人通りは絶えていた。満洲人の警官が、あちらこちらの物陰に隠れていた。屋台を盾にしてピストルを構えている警官もいる。彼等が見張っているのは、行商の中国人が泊まる宿であった。

「ふうん、ロシア人は籠城しているようだね。もっと派手にやってるかと思ったけど、すっかり膠着《こうちゃく》しているじゃないか」

西風はつまらなそうに感想を述べた。

そのとき、宿屋の二階から威嚇の発砲があった。警官たちは首をすくめる。吠えるような銃声は、馬牌《マーパイ》槍《チャン》の名称で親しまれたコルトの四十五口径だ。

「撃つな！　まだ待機だ！」

横倒しの一輪車を盾にした警官が指示を飛ばしていた。彼が班長なのか。眉が八の字で、口髭は薄く、田舎の駐在勤務が似合いそうな顔をしている。あたりにぶちまけられている魚は一輪車に載っていた売り物であろう。

裏にも警官を配置し、不逞《ふてい》の輩を逃がさないように包囲しているようだ。むかいの宿屋にも警官が潜り込んでいるようだが、小銃での狙撃を警戒してか籠城側は窓にシーツで目隠しをして、その隙間から撃っている。

「なぜ突撃しないんだろう？」

「さあ、訊いてみたらどうだい？」

西風の提案に、春雄はうなずいて近寄った。

班長の陣地だけあって、この角度ならば撃たれても当たりはすまいと思われる場所を選んでいた。ロシア人は小銃で武装しているわけではないのだ。厚めの板に隠れれば盾としては充分だ。

「おい、こら！　民間人は離れてろ！」

班長が警告を飛ばしてきた。

それに対して、春雄はぺこりと頭を下げる。

「満鉄弘報部の者です。なにが起きたんですか？」

謀略の国に住み着いて、春雄も多少は人が悪くなったのかもしれない。だが、とりたてて嘘はついていなかった。

班長は、満鉄と聞いて困った顔をした。今でこそ関東軍ほどの権勢はないが、それでも満鉄関係者とあれば無下にすることもできないのだ。

「この宿をソビエトの密偵がアジトにしていると通報があってな。包囲して踏み込んだまではよかったが、いきなりピストルで撃ってきおった。こちらに負傷者は出なかったが、奴らは人質をとって籠城しておる」

「相手は何人いるんです？」

「六人だ」

「おれもピストルを持ってます。もし手が足りなければ、応援がくるまで足止めくらいは手伝いますが」

「無用だ。素人は引っ込んでいなさい」

これでも元海兵だと主張しかけたとき、西風が不機嫌そうに舌打ちした。

「ヘマをしたものだね。せっかく僕が通報してやったのに……」

そのつぶやきは、春雄の耳にしか届かなかったようだ。

籠城側の二階で銃声が響いたからだ。

二発だ。

思わず班長は首をすくめたが、外の警官にむけられたものではなかった。銃弾の代わりに、金髪の男が窓を突き破って飛び出した。

目隠しの布が旗のようにひるがえった。

金髪男は頭から落下した。路上に叩きつけられて、それきり動かなくなった。うつ伏せに倒れている。背中に銃弾を受けた跡が見えた。

「くそっ！　人質が殺されたではないか！」

班長が怒声を放ったが、睨まれたところで春雄たちのせいではない。自棄になったのか、班長はピストルをふり上げて叫んだ。

「突撃だ！　踏み込め！」

しかし、正面突破は困難である。

裏を固めていた警官たちが突入したらしく、銃声と悲鳴が散発的に聞こえてきた。正面に配置された警官もじりじりと突撃の構えを見せたが、籠城側は二階にひとり残し、ときどき発砲して警官を寄せ付けなかった。

班長は、裏口の攻防を指揮するために駆け去った。

「おやおや、またもや君の出番はないようだな。なんとまあ、祭りの夜というのは、こうも剣呑《けんのん》な鬼神が集まるものかね」

西風は呆れ顔で嘆息した。

春雄には、いまいち呑み込めない。

「鬼神だと？　どういうことだ？」

西風の眼は宿の入口にむけられている。春雄も見て、驚いた。いつのまにか羽織袴姿の老人が正面にたたずんでいたのだ。

眼や耳が衰えて、銃撃戦の最中だとわかっていないのだ。どういうことか、まさに民間人が巻き込まれようとしているのに警官は動こうともしなかった。

「いかん！」

「湊君、待ちたまえ」

西風の制止など聞いていられない。

春雄はピストルを片手に飛び出していた。

服装からして日本人なのだろう。老人は雪駄《せった》履きで、白髪の頭に山高帽をかぶっていた。豊かな口髭をしごき、なんのつもりか凶漢が籠城している二階を見上げ、あっかんべーと舌を出した。

日本式の挑発が伝わったらしい。二階のロシア人は四十五口径の弾頭で応じた。春雄の背筋が冷えた。運よく弾は外れたようだ。

援護しなければならない。春雄は二階の窓にむけて二発撃った。真鍮の空薬莢《からやっきょう》が路上に飛ぶ。一発が当たったらしい。ロシア人は肩を押さえて身を隠した。

老人は、ちらと春雄を見て、軽く頭を下げてきた。

裏から突入した警官隊は宿屋を制圧しつつあるようだ。もはやこれまでと観念したのだろう。表口からコルトを構えたロシア人が飛び出してきた。ロシア正教の修道士がまとう黒衣姿であった。

ロシア人は、行く手に立ちはだかる老人を威嚇した。老人は棒立ちで動けない。危ない、と春雄はロシア人に銃口をむけたが、射線に小柄な老人が重なって引き金を絞ることができなかった。

黒衣のロシア人は体当たりを敢行した。熊のように大柄で、目方も老人の三倍はありそうだ。ぶち当たれば、ひとたまりもあるまい。

「ほぅれ、柳に風」

老人の長閑な声がした。

ロシア人の巨軀を受け、老人の身体がたわんだように見えた。が、木っ端のように吹き飛ばされはしなかった。ロシア人は小丘に乗り上げたボートのように跳ね上がる。巨軀が宙に浮き、背中から地面に叩きつけられた。

眼を疑うような光景だ。

次のロシア人が脱出してきた。ピストルの弾が切れたのか、天秤棒《てんびんぼう》をふりかざしている。仲間が倒されたのを見て、老人をただ者ではないと見破ったらしい。長い棒で老人に襲いかかった。

「うむ、豆腐に鎹《かすがい》――」

天秤棒は空を切った。

老人の腕がひょいと伸び、ロシア人の肩を摑んだ。さして力を入れたとも思えない。ロシア人は岩石でも乗せられたかのように膝を折った。老人の身体が浮き、そのまま押し下げる。ロシア人は鼻面から地面に激突した。

だが、ロシア人は頑丈《がんじょう》であった。ふたりとも頭をふりながら立ち上がり、老人を挟み撃ちにして襲いかかった。人質にするつもりなのかもしれない。万力のような手で老人の両肩を摑んだが、なぜかふたりとも動けなくなった。

老人は喉の奥で笑い、煩げに肩を揺すった。それだけで魔法のように屈強なふたりのロシア人は吹っ飛ばされてしまった。

そこへ警官たちが群がってロシア人を捕縛した。

「すごい技だな……」

春雄は、茫然と立ち尽くすばかりだ。驚きすぎて、すでに用無しとなったピストルを懐にしまうことも忘れている。

西風も一輪車の陣地から出てきた。

「だから、君の出番はないと教えてあげたじゃないか。あの人は植芝盛平《うえしばもりへい》先生だ。柔術の達人だよ。軍の関係者にも弟子が多く、四月の武道大会にも演武披露のために新京へきていたはずさ」

柔術など古臭く、当て身がある柔道にすぎないと春雄は考えていたが、極めればこれほどの強さを体得できるものらしい。

「そんなことより、人質にされていたのは我々の友人じゃないか？」

「え……」

金髪頭の友人など春雄にはいなかった。

二階から落下した人質は、警官が引き起こして安否を確認していた。すでに事切れているようだ。春雄も歩み寄って、遺体の顔をたしかめた。

春雄の目付きが悪くなる。

ドイツから派遣されてきたカメラ技師であった。

「知人かね？」

植芝翁が、穏やかな声音で訊いてきた。

思わず姿勢を正し、はい、と春雄は答えた。老人には敬意を払うものだ。ましてや、これほどの達人とあればなおさらだ。

「ドイツから満映に派遣されてきたカメラ技師です。たしか……ミュラー・フォン・ヘンケルとか……そんな名前でした」

カメラ技師が、なぜ人質にされたのか？　満映が宿所をとっているはずなのに、満洲人街でなにをしていたのか？

ドイツとソビエトは戦争の真っ最中だが、他国で見かけるなり殺し合うほどの無茶はしないはずだ。近代国家としては考えられない。

とはいえ、偶然の成り行きとは思えなかった。

金髪のドイツ人は、ただのカメラ技師ではなかったのかもしれない。そう考えたほうが自然であろう。工作員として満洲国に派遣され、ソビエト側の地下組織を探ろうとして捕まったか……。

ありうる話であった。

スパイだからといって、軽蔑に値するとは思わなかった。かといって、同情心も湧いてこなかった。スパイならば軍属であろう。西風が決めつけた通り、ナチ党員であったのかもしれない。でなければ金で雇われたのだ。

もしくは、春雄のように興味本位の暇潰しか……。

「ふむ、なるほどの」

植芝翁はうなずき、春雄と西風を交互に見やった。

「お若いの、この年寄りとお茶でもいかがかな？」

†　†　†

夕闇が迫る中、ふたたび串焼き屋へ舞い戻ることになった。

「植芝先生、素晴らしい技を見せていただき眼福でした」

春雄は賛辞を惜しまなかった。

「なに、君の援護射撃にも助けられた」

「いえ、とんでもない。しかしながら、二階からとはいえ、あの距離で撃ち下ろされて、よく弾が当たらなかったものですね」

「君ね、あれは避けたんだよ」

西風が口を挟んできた。

「まさか……」

春雄は驚いた。銃弾を避けるなど、とても人間業とは思えない。

植芝翁は、悪童のように破顔した。

「モンゴルでの銃撃戦で開眼《かいげん》したのだよ。敵の弾がな、光のツブテとなって飛んでくるのが見えた。それを避ければよいだけのこと」

虚言とは思えず、春雄は二の句が継げなかった。

「植芝先生は、明日の式典に招待されたのですか？」

西風は本題を促《うなが》すために訊いたようだ。

「うむ、招待というか……まあ、工藤君に頼まれたのでな。不逞の輩どもが邪魔せぬように陰ながら見守る約束をしたのだ」

「工藤さんが？　ああ、いい人だ。あの人は、本当に……」

西風は眼を細めて微笑んだ。

植芝翁も保証するようにうなずいた。

「そう。あれこそ真の忠臣というものだ」

春雄も思いだしていた。西風に訊いた。

「工藤さんとは、工藤忠さんのことだな？」

昨年、満映の映写室で見かけた老紳士であった。

「湊君、よく覚えていたね。そう。元満洲国侍衛長にして、溥儀皇帝の側近であった人だ。工藤さんはね、清朝復辟《ふくへき》派だったのさ。溥儀皇帝の軍勢で北京に攻め込み、旧清朝の巨大な版図《はんと》を復活させるなんて夢物語を関東軍が許すはずもないのにね。おかげで、彼は煙たがられて侍衛長を退任することになった」

西風は、植芝翁に顔をむけた。

「しかし、植芝先生が警護の一端を担っているということは……もしや、あのとき大同公園にいたのでは？」

植芝翁は、にんまりと笑った。口元は笑っているが、その眼は笑っていない。霍老師と同じく、見た者の背筋に冷気が貼り付くような笑顔であった。

「憲兵どもめ、ずいぶん脅えておったわい」

「やはり、貴方の指図でしたか」

「なんのことだ？」

「こちらのご老人が指示して、憲兵を霍老師にけしかけたのさ」

「いざとなれば、わしが出て対処するつもりであったが……そうか、あの八極拳士が、かの高名な霍殿閣であったか。わしが建国大学の武道顧問になったときには、もう新京を離れておったからの」

「戦えば、どちらが勝ちますか？」

無邪気に西風が訊いた。

さらりと植芝翁は答える。

「勝つも負けるも、合気の道には意味なきこと」

「合気の道？」

春雄の問いに、植芝翁は双眸を光らせた。

「わしが開祖となる新時代の流派じゃ。合気道とは言霊《ことだま》の妙用なり。アメノムラクモクキサムハラ竜王大神を守護神とする道よ。お若いの、とくと聞くがよい。宇宙と人体は同じものであってな、これを知らねば合気はわからぬ。なぜなら、合気は宇宙すべての働きによって――」

「植芝先生」

と遠慮がちに声をかけたのは、銃撃戦で指揮をとっていた警官隊の班長であった。

「ああ、わかったかね」

植芝翁は立ち上がり、少し離れたところで警官の報告を受けた。戻ってくると、好々爺《こうこうや》のような笑顔を咲かせていた。眼も笑っている。

「あんた、満鉄から満映へ出向したらしいの。若いのに苦労しておるようじゃな。甘粕君にはよろしく伝えてくれ」

「おれのことを？　なぜ？」

「いや、申し訳ないの。どちらかといえば、そちらの西風君が気になったのでな、ついでに君のことも調べさせたのだ」

　西風は苦笑を滲ませていた。

「あの警官は、保安隊ですね」

「うむ、よくぞ見破った」

「満洲国警察ではないのか？」

「湊君、保安隊というのは満洲国の秘密警察さ。特別偵諜班とも呼ばれていて、警察の一部局に偽装して他国のスパイを取り締まっているんだ」

「詳しいのう。さすがは溥儀皇帝の密偵じゃな」

「密偵……」

　春雄はつぶやいた。が、それほどの驚きはなく、意外とすら思わなかった。すとん、と腑《ふ》に落ちるものがあっただけだ。

「西風君、あんたがロシア人のアジトを通報してくれたのかね？」

「ええ、ハルビン特務機関の知人が教えてくれたのでね。満洲国の良民として、当然の義務を果たしたまでのことですよ」

そういう魂胆か、と春雄は得心した。

大同公園で会ったときには、すでに通報を済ませていたのだ。春雄をダシに使って、その成果を確認したかったのだろう。呑みに誘ったのは春雄だが、場所を満洲人街と決めたのは西風であった。

西風とハルビン特務機関の組み合わせも、春雄が首をかしげるほどではない。敵ではないのだ。互いに利用すべき間柄であった。ただし、ハルビン特務機関としては、直に通報しては他の特務機関の縄張りを荒らすことになる。だから、西風を通すことにした。

どうせ、そんなところであろう。

「西風という名で、ちと思いだした。顔はそれほどではないが、どこか雰囲気が似ておる。——東風という男に覚えはないかな?」

「僕の父です」

「おお、まだ息災かね」

植芝翁は懐かしげに眼を細めた。

「いえ、死にました」

「そうか……わしが東風と出逢ったのは、満蒙の地に宗教国家を建設せんと野心を燃やした出口王仁三郎《でぐちおにさぶろう》殿の護衛として、大陸に随伴《ずいばん》したときであった。張作霖配下の馬賊が率いる〈西北自治軍〉と共にモンゴルへ潜入したのだ。そのとき、窮地を救ってもらった縁があっての……」

かぶりをふって、植芝翁は吐息を漏らした。

「調べさせたのは悪く思わんでくれ。日本からも過激派が渡満してきたらしいので警戒しておったのだ。いや、怪しい若者たちではないと知って安心した。こちらの勘定は払っておくから、ゆっくりと祭りの夜を楽しまれるとよい」

植芝翁は保安隊の男を連れて、満洲人街から歩み去った。

「あんた、溥儀皇帝の密偵だったのか?」

春雄の問いに、西風は微笑んだ。

西風は、春雄が内偵していることなど、はなから承知していたのだろう。

「うん、君は信用できる男だよ、湊君。だから、詳しく教えたところで問題はないと思っている。でも、外で話すようなことじゃないね。第一、風情がない。もしよければ、僕の部屋へ招待しよう」

そこで話そうではないか——と。

胡乱な優男は、夢見る少年の眼をしていた。

開いた口がふさがらなかった。

† † †

西風のねぐらは、満映撮影所の内部にあったのだ。

撮影所の裏にバイクを停め、堂々と合い鍵を使ってスタディオの小口を開けると、撮影中のセットに我が物顔で入っていった。さすがに電灯のスイッチはつけるのを憚って、西風はカンテラで足元を照らしていたが、複雑に入り組んだセットの中を迷うことなく歩いていく。

祭りの最中であり、スタディオ撮影も休止されていた。記録映画の撮影班だけが、今夜も本館の会議室で打ち合わせを重ねているはずだ。

宮殿、洞窟、海賊船など、夜のセットは不気味だが、奇妙な安らぎにも満ちている。どこかで味わったことがある感覚だ、と春雄は記憶を探る。

思いだした。墓場の雰囲気と似ているのだ。

夢の王国は眠りについていた。監督の怒号も、脚本家の苦悩も、女優の憂鬱も、それこそが虚構の出来事である。照明を浴び、新品のフィルムをおさめたカメラがまわりはじめるまで、すべてが偽りの死を貪《むさぼ》っているのだ。

西風は、足場として組まれた鉄パイプの梯子《はしご》を鼠のようにするすると上がり、春雄も遅れまいとついていく。狭い踊り場にたどり着いた。かなり屋根に近づいているはずだ。カンテラに照らされて、木戸と真鍮の把手が闇に浮かび上がった。

西風は、木戸を開いた。

意外としっかりした造りだ。

そこが西風の部屋であった。社宅にも寮にも住んでいないことはわかっていたが、まさかスタディオに巣を作っているとは予想もしていなかった。

「ようこそ、僕の城へ」

カンテラが吹き消され、電灯がつけられた。あきらかに設計段階では存在していない空間で、壁も柱も鉄筋やコンクリが剝き出しだ。そのくせ、電気や水道が通り、簡単な煮炊きができる設備まで整っていた。

下からの熱気を、天井扇が回転して拡散させている。

さらに春雄が驚かされたのは、大小の撮影カメラや映写機などが室内を占拠していて足の踏み場もないことだ。骨董品のように古い機材ばかりだったが、すべて西風が自費で蒐《しゅう》集《しゅう》したものだという。

「湊君、そこのあたりにソファがあるはずだ。フィルムは僕の宝物だから、扱いは丁寧に頼むよ。では、頑張って発掘してくれ。そのあいだにトルコ式のコーヒーを淹《い》れてあげよう」

西風は床板であぐらをかき、すり鉢でコーヒー豆を砕きはじめた。豆が細かくなるにつれて、芳醇な香りが室内にひろがっていく。

春雄も落ち着きたかったが、橋頭堡《きょうとうほ》は自力で築かなければならないようだ。ソファを占領しているフィルム缶の山を床へ移す作業にとりかかった。

八ミリや十六ミリのフィルムだ。缶には赤錆が浮いている。規格がバラバラだから、均衡を保ちながら床に積み上げるのに苦心したが、なんとか空間を確保して腰を降ろすことに成功した。

西風に眼を戻すと、ガソリン燃料の携帯コンロを引っ張り出していた。アメリカ軍のＧＩストーブだ。満洲では珍しい代物だが、南方戦線の鹵獲品《ろかくひん》なのかもしれない。空気を圧縮するポンプをいじり、燃料レバーをひねっている。圧縮された空気によって燃料が噴出し、マッチを擦って点火した。

レバーで火力を調整し、手鍋に砕いたコーヒー豆と砂糖と水を入れてＧＩストーブにかけた。柄の長いスプーンでかきまわし、泡立つとストーブから下ろす。それを何度か繰り返していた。

「この淹れ方は、母から教わったのだ」

陶器のカップをふたつ出現させ、煮出したコーヒー汁を注いだ。ひとつは春雄に渡され、コーヒーの粉が沈むまで待つように注意された。

そして、西風は語りはじめたのだ。

「僕の祖父はね、維新戦争で賊軍となったアイヅの国の軍人だった。でも、アイヅは滅んだ。戦って滅んでしまった。誇り高い祖父は仇敵が支配する日本で暮らすことに耐えられず、欧州列強の侵略で動揺する清朝が支配する大陸へ渡った。まあ、大陸浪人の元祖だよね。長年鍛練した武術を活かして商隊の護衛に雇われたり、南方の黒旗軍に交ざってフランス軍と戦ったりしたらしいよ」

話を聞きながら、春雄はトルコ式のコーヒーをすすった。舌が火傷《やけど》するほど熱く、砂糖の甘味が濃厚なコクを引き立てていた。

「祖母は漢人の商家の娘だった。戦塵に倦《う》んで上海に流れてきた祖父と出逢って、僕の父を産み落とした。大陸的な浪漫だよね。そのあと、日本と清国の戦争がはじまってしまった。祖国を捨てて二十五年も経っていたのに、まだ祖父は亡国の恨みを忘れられなかったんだねえ。左宝貴《さほうき》将軍が率いる清国軍に身を投じて、平壌城で日本軍と戦って亡くなったと聞いているよ」

西風の祖母は、日本人の夫を持ったことで周囲から憎まれ、幼い息子を連れて上海を去った。遠戚を頼って満洲の地で小作として働いた。生活は楽ではなかったが、それでも平和に暮らしていたという。

ところが、義和団の乱をきっかけにロシア軍が侵攻してきた。またもや親子は安住の地を失うことになった。

蓄えもなく、苦しい逃避行となった。

商隊の下働きとして拾われて、ようやくモンゴルまでたどり着くと、祖母は旅の労苦がたたって亡くなった。西風の父は、まだ十歳になったばかりであったが、モンゴル人の遊牧民に迎えられ、のちにトルコ系の女を娶《めと》って西風を産ませた。

西風の父は、武人の血を受け継いでいたらしい。清朝の滅亡によってモンゴルの平原も騒乱に巻き込まれ、馬賊となって漢人やソビエトの軍隊を襲撃した。日本人の父が遺した会津兼定をふりかざし、神出鬼没にして獰猛な突風の如き戦いぶりによって〈東風《トンプー》〉と呼ばれて怖れられていたらしい。

その後、奉天派の軍閥に身を寄せていたらしいが、張作霖の爆死後は日本軍と誼みを通じた。満洲国誕生の翌年、反満抗日の勢力を掃討せんと関東軍が熱河省《ねっか》へ攻め込んだときには、〈東風〉も五十余名の手下を率いて出撃したらしい。

そして、彼らを匪賊と誤認した日本軍の砲弾を浴びて戦死してしまった。

若き西風も、その現場を目撃していたのだ。

肉体は四散し、原形を留めなかったらしい。頭蓋骨まで粉々であった。会津兼定だけが唯一の遺品となった。

父親の死後、西風は馬賊を解散した。もはや馬賊の時代ではないと察していた。そもそも群れるのは好みではない。しばらく単独で大陸中を放浪したという。母親は、とうに流行《はや》り病で亡くしている。天涯孤独の身となっていた。

「でも、すぐに飽きたよ。どうやら放浪の血だけは受け継がなかったらしいね。だから、どこかに落ち着きたかった。しかし、僕の国はどこだ？　帰るべき国なんて、どこにもなかったのさ」

その真実に気付いて、西風は三日ほど茫然としたらしい。

「……いつだって、砂や岩肌が僕の寝床だったんだ。物心ついたときにはそうだった。誰が敵で味方なのか、明日はどこへ流れていくのか、そんなことは気にしたこともない。みんなそうだった。誰もが、ただ生きるために生きていたんだ。国だの民族だの、どうでもいい。生まれて、いつか死ぬ。風は吹き、砂塵は流されていって……」

この饒舌な男が、ぽつりぽつりと語るのだ。声は抑揚を欠き、感情も乏しい。眼は茫洋と焦点をむすばない。なぜだろう。その半生は波乱に富み、大陸病に罹《かか》った日本の若者たちが聞けば血を湧かせるものだというのに――。

だが、波乱の人生とは？　数奇な運命とは？

災禍の時代に生きる中国人にとっては、よくある身の上にすぎない。日常的で、ありふれていて、どこにでも転がっている普通の物語なのだ。

話にひと区切りがつき――。

西風は残りのコーヒーを飲み干すと、ひょろりと立ち上がってカップを片づけはじめた。春雄のカップも回収していく。これだけ渾沌《こんとん》とした部屋に住んでいて、じつに小まめな男であった。

「湊君、もう少し呑もうか」

しゃべっているうちに酒が欲しくなったようだ。春雄も同感であった。ワインがボトルで運ばれてきた。グラスはなかったのか、所帯じみた茶碗を渡され、赤い液体がなみなみと注がれた。

「せっかくだ。君に、いいものを見せてあげよう。そして、聴かせてあげよう。これはパノラムといって、映画付きのジュークボックスさ。サウンディーズ社の最新式で、ずいぶん大枚をはたいたし、入手するのに苦労したよ」

西風は、グラスを片手に機材の隙間を器用にすり抜け、埃除けの薄布をかけた本棚のような物に近寄った。埃除けを外すと、風変わりなジュークボックスが出現した。下はスピーカーで、上半分に四角い磨《すり》ガラスがはめ込まれている。

西風の長い指が、ジュークボックスに外国の硬貨を投入した。すると、磨ガラスにアメリカ人の楽団が映って春雄を驚かせた。

フィルムと映写機が内蔵され、裏から磨ガラスに投映しているのだろう。なるほど。映画付きのジュークボックスであった。

映像の楽団がジャズの演奏をはじめる。

「……あれは、どこだったかな」

軽快なジャズに聞き惚れ、西風はうっとりと眼を閉じた。

「父が戦死して、放浪していたときのことだ。どこかの田舎だよ。ある村で、満映の上映隊がきていたんだ。いやあ、驚いたよ。最後まで見入ってしまった。サイレントのね。うん、『ベン・ハー』だったな。アメリカ映画だったな。そして、魅入《みい》られてしまった。だって、あんなに面白い娯楽があるなんて、僕の人生では考えたこともなかったからね」

話のつづきがはじまったらしい。

「僕は、満洲国を自分の国にしようと決めた。日本が作った国だ。国家として歪《いびつ》な誕生かもしれないけど、そんな例はいくらでもある。その先のことが大事なんだ。どうすれば、これが満洲人の国になる？　本当に皇帝は必要なのか？　そういうことをひとつずつ考えていったのさ」

「あんた、溥儀皇帝に忠誠を誓ってたんじゃないのか？」

「え？　まさか」

春雄の問いに、西風は心外な顔をした。

「あのね、君ね、満洲国が近代国家の体裁を保てているのは、日本と関東軍のおかげだ。溥儀皇帝に軍権なんて与えたら、万里の長城を越えて北京へ攻め込むに決まってる。満洲国の皇帝だけでは飽き足らないのだ。清朝復辟……清朝の正統な後継者として、中国全土の皇帝に戻りたいのさ」

日本の歴史でたとえるとすれば、織田信長の軍事力を後ろ盾にして、衰退した将軍家の権威復興を願った足利義昭のようなものだろうか……。

「溥儀皇帝は、建国神廟を建てて、日本の神を勧請《かんじょう》した。太陽の女神をね。でも、それでは駄目なんだ。大陸には大陸の神がいるのさ。信仰によって民をまとめるなら、そのほうがいい。集団に必要な最低限の倫理も担保されるしね。しかし、その信仰も時代遅れに……いや、ちがうかな。社会主義だって、理論がわからない民にとっては新興の宗教にすぎないからね。なら、どうする？　僕は、それを考えてきた。だから、映画なんだ。夢による国造りさ」

初めて、西風の理想を聞かせてもらった。

その魂の根源に触れた気がした。

なんと破天荒《はてんこう》で、なんて楽天的で――。

どうしようもないほど稚気に満ち、大陸浪人よりも純朴で、思わず赤面してしまうような浪漫にあふれていた。

「赤軍やナチ党から逃げてきたユダヤ難民と手を組んでもいいさ。ハルビンでは世界ユダヤ人会議が開かれてるし、彼等の資金力は魅力的だ。『五族協和』は、正確には五族だけじゃない。ユダヤ人を入れても問題はないはずだ。前にも話したね？　ロシアの迫害でアメリカへ逃げたユダヤ人移民は、ハリウッドという映画の王国を作った。〈ユニバーサル〉社のカール・レムリ、〈二十世紀フォックス〉社のウィリアム・フォックス、〈ＭＧＭ〉社のルイス・Ｂ・メイヤー、〈ワーナー・ブラザーズ〉社のワーナー四兄弟……〈ハリウッド・タイクーン〉さ。僕は繰り返そう。何度でも繰り返すさ。この満洲でも彼等と同じことができないと誰に断言できるんだい？」

夢を語るとき、西風の言葉に鮮烈な生気が宿る。不思議な男だ。

ようこそ夢の帝国へ――。

満映は、満洲の縮図であり、未来図でもある。かつて、そう西風は語った。この満映が破綻すれば、満洲帝国も破綻してしまう、と。ふざけていると聞き流していたが、あれは西風の本心であったのだ。

満映の映画は絵空事だ。いや、だからこそ愛しい。どこにもない国で、絵空事の紳士淑女たちが愛を語り、歌い、踊る……。

西風は、日本人ではない。漢人でも満洲人でもなかった。満洲国は、国籍法を制定できず、満洲人という国籍はない。

法的に国民がいないのだ。

ゆえに、偽りの国で偽りの恋をして、そして、偽りの人生を楽しんでいる。満洲国を愛し、ここでしか生きられないと思い定めている。

甘粕理事長も、この男の正体は知っているのだろう。なにもかも知っていて、好きにやらせているのだろう。

おそらく、満鉄調査部も承知していたはずだ。

植芝翁と保安隊も知っていた。ならば、憲兵や関東軍が把握していないわけがない。知らなかったのは、港の空を舞う信天翁と春雄くらいである。

だが、わからなかった。満鉄調査部は、なぜ西風が溥儀皇帝の密偵だと春雄には教えてくれなかったのか？　末端のスパイであれ、それくらいのことは教えておいたほうが、なにかと動きやすかったはずなのだ。

ものを考えるには、脳内にアルコールがまわりすぎていた。

「なあ……」

「なにかね？」

「甘粕理事長は、本当に人を殺したんだろうか？」

「なにをいまさら」

西風は、呆れた声で答えた。いつも寝床として使っているらしいハンモックに怠惰《たいだ》な長身を横たえている。

「大義のためとあれば、殺すかもしれない。あるいは、殺さないかもしれない。でも、君は善悪を問うてるわけではないのだろう？　ならば、どちらでもいいことさ。人は夢の中で生きる。他に生きることはできないのさ」

画家を志したヒトラーが独裁者への道を駆け上がったように、芸術の素養に恵まれなかった元憲兵は映画という総合芸術をこよなく愛した。

それだけのことなのだろうか？

きっと、そうなのだろう。

嗚呼、もはや正気ではいられない。

人生は乱痴気騒ぎだ。

かくして、本格的な酒宴となった。備蓄は豊富だ。高粱酒、日本酒、ブランデー、ウイスキーなど、ふたりは片っ端から胃に放り込んだ。

話題は流浪し、流転し、変転した。

やがて日米の戦況談義にも及んだ。

昨年の開戦で、日本軍は真珠湾の奇襲に成功し、南方各地を次々と占領して快進撃をつづけた。マレー半島上陸、イギリス東洋艦隊撃滅、香港攻略。今年の二月にはシンガポールも陥落させている。

国中が華々しい戦果に沸騰した。アメリカとの戦争も優勢に推移していると国民は信じ、早期終結もあるのではないかという楽観論さえ流布された。

満洲の国境では、ようやくドイツへの反抗を開始したソビエト軍が陣地を構築しているというが、日本軍は山下《やました》中将や阿南《あなみ》中将など第一級の指揮官を投入して、万全の迎撃体制を敷いている。

虎の子の四十一センチ榴弾砲や、戦艦大和の四十六センチ砲を射程で凌駕《りょうが》する二十四センチ列車砲までソビエト国境に照準を合わせて据えているという。

ところが、中国軍との戦線は泥沼から抜け出せず、六月にミッドウェー島で日本の海軍は大敗を喫していた。

三月には、オーストラリア南東のチャーチル島沖で日本の病院船がイギリス機の爆撃で沈められ、アメリカの潜水艦が近海に出没しているという噂も聞こえていた。

四月に、空母から飛び立ったと思《おぼ》しきアメリカの爆撃機が東京を空襲し、その効果は限定的にすぎなかったものの、どこか首の後ろに冷たい風が差し込むのを感じた国民もいただろう。

ソロモン群島の南隅に位置するガダルカナル島には、すでにアメリカ軍が上陸したらしいという情報まで西風は入手していた。

春雄は祈らずにいられない。

日本がアメリカとの戦争に勝てないとしても、たとえ屈辱的な譲歩を強いられたとしても、なんとか和平さえむすべれば……。

しかし、日本は満洲国の自立を認めるだろうか？　それとも朝鮮のように併合の道を歩むのか？　はやくから植民地として経営されていた台湾への処遇が、その良き道しるべになるのだろうか？

すべては、戦争の帰趨《きすう》次第であった。

すっかり痛飲し、春雄もご機嫌になっていた。

「よろしい！　おれもひと肌脱ごうじゃないか。満州国を日本から独立させるのだ。なんと壮大で痛快な夢だ！」

満鉄も満映もスパイもくそくらえだ。

おれはなぜ戦地にいない？

なぜ江田島の同期と肩を並べて戦っていない？

おれの居場所はどこに？　おれの戦場は？

「いや、湊君――君は君の夢を見なくてはいけないよ。この夢は、そのうち醒《さ》める。君は、自分の国に戻らなくてはならない。……でも、そうだな。君の国で、君が見られる夢が尽きたとき、そのときは、また僕のところへくるといい」

帰るべき国などない。

いまさら妹と顔を合わせたくはなかった。

「ところで、君、本当に妹がいるのかい？」

妙なことをほざく男だ。

「……それは大陸式の侮辱なのか？」

「ああ、申し訳ない。たしかに、どちらでもいいことだ」

酔っているせいもあろうが——。

改めて問われてみると、はじめから自分に妹などいなかったのではないかという気さえしてくるから不思議だ。記憶は時間とともに薄れるものだ。もしかしたら、距離にも影響を受けるのだろうか。

日本を離れて、たった三年だ。それなのに、妹の顔さえおぼろげであった。

なに、悪いことではない。

春雄は、すべてを忘れるために大陸へ渡ってきたのだ。

「そう、その眼だよ。君は、この夢幻の国で生きる資格がある。そして、去らなければならない義務がある。いつか——そのときになったら——」

酔いすぎた。

春雄は、いつしか眠りに落ちていた。

夢の中で、哀切なハモニカの音色を聞いた。西風が奏でているのだろうか。モンゴルの民謡のようであった。

だだっ広い草原に、ただ風が吹いていた。

†　†　†

——世界に新秩序を打ち立てんと！

日本軍が戦い抜き、産声も高らかに満洲帝国が誕生してから、はやくも十年を経た。かしこくも皇帝陛下の御臨を仰ぎ奉り、新京南嶺の広場において、建国十周年を祝う式典が、いと厳《おごそ》かに執り行われる。

逞しき建設のうちに王道の光溢れ、
　五族協和の喜びは全満に満ち——

楽土の名に相応しく、帝徳行府に集う日満支官民代表はもとより、盟邦各国の外国使臣、いずれも粛然たるうちに歓喜自らみなぎる。

肉を削ぎ、
　骨を削り——

今日の楽土建設に粉骨砕身した建国の重臣！　張国務総理は感激に打ち震えつつ！　御座御前に参進し！　恭《うやうや》しく建国十周年を寿《ことほ》ぎ奉る！

かしこくも皇帝陛下には、御声も朗々とありがたき勅語を下し給う。

やがて、

千数百羽の鳩は放たれ、

国造りの固め、いよいよ固きを全世界へ誇らかに示すが如く、満洲帝国の国軍飛行隊が天空に舞えば、折から十の文字を描いて式場上空にこれに和す。

――と。

春雄が満映撮影所で見かけたニュース映画の草稿によれば、これが日満議定書締結十周年記念式典における大まかな流れであった。

† † †

溥儀皇帝を乗せた御料車は、大同広場を通りかかった。

黒色と小豆色の複調二色で塗装されたアメリカ製のパッカードだ。日本では『宮様か株屋の乗るもの』と羨望される最高級車であった。

記念式典の会場にむけてパレードを挙行しているのだ。

群衆が通りに押し寄せ、盛んに五色の満洲国旗をふっている。五行思想によって、青は東方、紅は南方、白は西方、黒は北方、黄は中央を表し、中央行政をもって四方を統御するという意匠であった。

御料車の前方を、同色のパッカードが先導し、さらに六台でまわりを囲んでいる。テロリストの襲撃を警戒しての陣形であった。

先導車は後部の窓ガラスが外されていた。ドイツの最新型カメラが積み込まれ、溥儀皇帝の御料車を前方からレンズで狙うためだ。『五千万人の合唱』に斬新な映像を添えるには、どうしてもこの構図が必要だと撮影技師が強硬に主張したらしい。

そして、なぜか春雄もパレードの中に交ざっていた。

記録映画の取材をするのであれば、ぜひ君も同行するべきだよ、と西風が運転するインディアンの側車に乗せられてしまったのだ。

インディアンは先導車の斜め後ろに張り付き、ふり返れば畏れ多くも皇帝の御料車を拝謁できるという特等席であった。

しかし、春雄は取材どころではなかった。昨夜の深酒によって、二日酔いの深刻な頭を抱えているからだ。一晩中、蛸壺《たこつぼ》で爆撃でも受けた気分で、半ば死人と化した顔色であった。

厳粛なパレードだけに、西風の運転も大人しいものであった。が、V型二気筒エンジンの力強い振動が、春雄の内臓を執拗に揺すりつづける。胃の腑が暴れ、ぐっ、と酸っぱい液体が喉元にせり上がってきた。

——いかん。吐いては不敬だ。

気合いで耐え切った。

それでも、安心とは程遠かった。すでに何度も波状攻撃にさらされている。そのたびに、春雄は脂汗を流しながら嘔吐《おうと》の衝動と戦った。

撃退しても撃退しても、敵の戦意は衰えることを知らず、喉の関門を突破しようと執拗に攻め立ててくる。もはや限界である。戦線は崩壊する。オートバイを停めてくれと情けなく懇願しかけたとき——。

ぼんっ！

花火の音が聞こえた。祭りなのだ。不思議なことはない。

だが、距離が近かった。

春雄は視界の隅で、観衆の中から上がる白煙を捉えていた。

「伏せろ！」

西風が叫ぶまでもなく、春雄の胃は限界を突破した。頭を伏せ、側車の中で嘔吐物をまき散らした。かえって、それが幸いした。

ほぼ同時に着弾し、爆音が春雄の鼓膜をどやしつけた。至近弾である。爆発音。白煙。

群衆の中で花火を打ち上げる莫迦はいない。吐きながら、わずかに思考を回復した頭が、擲弾筒《てきだんとう》の可能性を閃《ひらめ》かせた。

小型の迫撃砲で、直径五十ミリの擲弾を発射し、射程距離は六百メートルを超える。手榴弾も発射できるが、八九式榴弾であれば九九式手榴弾の三倍の破壊力だ。二五四ミリの発射筒に支柱と台座を組み上げても、全長は六百ミリ程度。分解すれば、凶悪な破壊兵器には見えないだろう。

野戦でも有効だが、テロリストには最高の武器であった。

神経をかきむしるブレーキ音が交差した。

インディアンも身悶えしながら急停止する。

緊急事態を受けて、春雄の胃は奇跡的に沈静化していた。唾を吐いて、口腔の胃液を飛ばす。状況の素早い把握に努めた。

やはり、擲弾筒だ。

先導車の真後ろで炸裂したらしい。エンヂンに被害はないはずだが、運転手が負傷したのか、先導車は停車したまま動かなかった。

御料車も路上で立ち往生だ。警護の車に囲まれていたことが仇となって、前後にも左右にも退避できないのだ。

それが敵の狙いであったのだろう。

「吶喊《とっかん》！」

高らかに蛮声を放ち、群衆を押しのけて襲撃者が突撃してきた。襷掛けの壮士服。頭にはちまきを締め、ふりかざした日本刀が秋の陽射しに煌めく。手口からして、右翼の過激派かと思っていたが、眩暈《めまい》がするほどの時代錯誤ぶりだった。

この際どい時勢に、なにを目的としているのか。いや、なんでもいい。考え事は後回しだ。捜査は警察の役目である。今は主義思想に拘《かか》わらず、いたずらに昏迷を深めようと謀る大馬鹿者どもに鉄槌《てっつい》を浴びせねばならなかった。

「湊君、皇帝はご無事か？」

春雄は奇跡的に無傷だったが、西風はそうではなかったようだ。

「あんた……」

西風は目元を手で覆っていた。頬に血を垂らし、指の間からも滴《したた》らせている。

「眼に破片を喰らった。でも、死ぬことはないさ。それより──」

「わかった。おれに任せろ」

春雄はピストルを抜いたが、ここで発砲すれば群衆に当たるかもしれない。

「刀を借りる」

「ああ、使ってくれ」

西風の仕込み杖は、側車の後ろに縛りつけられている。ほどいている暇などなく、柄を摑んで細身の刃を引き抜いた。

警護の車からは、衛兵が飛び出して果敢に迎撃していた。春雄と同じ理由でか、軍刀を抜いて立ち向かっている。襲撃者どもは十人以上を数えた。左右から挟み撃ちにされ、御料車を護る衛兵は劣勢に陥っていた。

春雄も助太刀した。御料車に近づく壮士服に斬りかかった。壮士服も春雄に気付き、蛮声を放って白刃を横殴りにふった。春雄は刀で受けた。きんっ、と甲高い音とともに刀身が半ばあたりで折れ飛んだ。なんと脆《もろ》い。

春雄の肝が冷えた。

道場の剣術稽古とはちがうのだ。実戦では絶対に刀身と刀身をぶつけてはならぬと戦地帰りの道場師範に助言を受けていたことを思いだした。が、すでに遅しだ。

壮士服は目尻を吊り上げて斬りかかってきた。後ろに下がり、短くなった刀を投げつける。顔に命中した。壮士服は無闇に刀をふりまわす。春雄は身を低くして突進した。白刃をかいくぐり、体当たりをかます。壮士服は吹っ飛んだ。

別の壮士服が、仲間を助けようと春雄にむかってきた。なす術もなし。が、その横面を棒の先がしたたかに突くのが見えた。突かれた壮士服は、ぐるりと首を勢いよくまわし、気を失って丸太のように転がった。

援軍は、黒色の長袍をまとった漢人であった。驚く春雄を見て、にやりと笑うと次の獲物を求めて天秤棒の先を旋回させた。

昨日、大同広場で憲兵と揉めていた霍殿閣の門弟たちである。彼等は天秤棒を槍の如く操って襲撃者を打ち倒している。

霍老師の姿もあった。ふたりの壮士を相手にしているが、鋭利な日本刀を怖れる風もなく、ひらりひらりひらりと風に舞う蝶のように避けつづけている。大柄の壮士たちが縦に並んだときを見計らって、霍老師は拳を突き出して踏み込む。激しい音が鳴り響き、春雄は足の裏に振動を感じた。

瞬きをした。

眼を開けたときには、霍老師は跳躍を終えている。眼にも止まらない素早さだ。老人の小さな拳は、先頭の壮士にめり込んでいた。大きな身体がくの字に折れ曲がった。口から吐き出したのは鮮血であろうか。トラックに撥《は》ねられたように、背後の壮士を道連れにして吹き飛んでいった。

そのころには、群衆も逃げ散って道幅に余裕が生れていた。皇帝の御料車は先導車の横を通り抜け、警護の車とともに全速で走り去った。

最悪の窮地を脱したのだ。

敵の残党は八極拳士たちに任せ、春雄は西風の元へと駆け寄った。

「皇帝は無事に逃げた」

「霍老師が助けてくれたようだね。震脚でわかったよ」

西風は、この騒ぎの中でもインディアンに跨《また》ったままだった。風除けとして首に巻いていたスカーフを目隠しのように巻いて血止めにしていた。眼は見えなくとも、耳で助っ人の登場を知ったようであった。

「どうやら、憲兵への遺恨を晴らすためじゃなくて、溥儀皇帝を見守るためだったらしいな。ところで、震脚とはなんだ？」

「老師が踏み込んだとき、地鳴りのように震えただろ？　あれさ。功夫――つまり、長年の鍛錬の賜物だね。怖いよね」

たしかに、肌が粟立《あわだ》つほどの強さであった。

「しかし、ひどいことになったな」

春雄は、童顔をしかめて先導車の惨状を見た。

「湊君、新型カメラは無事かい？」

「莫迦、それどころじゃないだろう。あんた、病院で手当てをしないと、眼が使い物にならなくなってもしらんぞ」

「病院にはいくさ。その前に、カメラの安否だけは確認しないとね。おちおち治療も受けられないじゃないか」

呆れた男だ。

大事な刀を折ってしまった後ろめたさも手伝って、春雄は負傷者の確認ついでにカメラの状態もたしかめることにした。通報を受けて救急車が到着するまで、他にできることもない。

撮影技師は、飛び込んだ破片をまともに浴びて絶命していた。後部ガラスを外したことが被害を大きくしたのであろう。

撮影班は、もうひとり乗っていた。後部座席で苦しそうに呻いていたので、春雄が手伝って車から降ろしてやった。運のいいことに、打ち身だけで外傷はないようだ。

運が悪かったのは運転手であった。ハンドルに突っ伏し、後頭部に破片が深々と突き刺さっている。即死だったのだろう。爆発の衝撃で、偶然にも足がブレーキを踏み切ったのだ。

さて、新型カメラの運命は――。

「どうだ？　どうだった？」

西風が報告をせかした。

「駄目だな。レンズが粉々で、他にもいろいろと壊れている。なにしろ至近距離で直撃だったからな。修理できたとしても、満洲国や日本の職人では無理だろう。ドイツの製造会社に送らないと――」

春雄の眼が険しく細められ、無残に砕けたレンズの奥を凝視した。細い金属の筒先が覗いている。間近で観察すると、筒の内側に精巧な旋条まで刻まれていた。撮影に必要とは思えない凶悪な機能だ。

「なんだい？　どうしたんだ？」

「これは本当にカメラなのか？」

「どういうことだ？」

　春雄は答えず、さらに詳しく調べてみた。レンズを固定していた枠はハネ上げ式になっている。どこかに作動させるレバーがあるはずだ。機構を辿ると、そのレバーは撮影者が左手で操作できるところにあった。試しに引いてみる。かしゃっ、と小気味いい音を立てて枠がハネ上がった。

　こうすればレンズが邪魔になることはない。

　だが、なんの邪魔に？

　次に金属の筒を調べてみた。カメラ本来の機能と両立させるため、斜め下に固定されている。カメラの下部を探ると、二センチほど飛び出た金属の棒があった。どうやら前後に動くようだ。

　筒先の方向に人がいないことをたしかめてから、春雄は金属棒を引いた。

「なあ、湊君、いったい――」

　ばすっ、と発射音が響いた。

車内に硝煙がたちこめる。

「カメラに銃身が仕込まれている。これは狙撃用の暗殺カメラだ」

こんなものが、ずっと皇帝にむけられていたのだ。ぞっとする他なかった。

銃身の細さから考えると、発射された銃弾は二十二口径だ。豆鉄砲だが、命中した場所によっては致命傷となり得る。

弾頭にナイフで切れ込みを入れておけば、さらに人体への破壊力は増す。一九〇七年のハーグ会議で禁止されたダムダム弾と同じ原理だが、国際条約などテロリストには関係のないことだ。

「……どういうことだ？」

西風は珍妙な顔をしていた。

銃器とカメラが、にわかに頭の中で結びつかなかったのだろう。西風にとって、映画は神聖なる夢の素であり、国家の弘報戦略はともあれ、薄汚い謀略の道具にしていいものではなかったのだ。

しかし、しぶしぶ真相を認識して表情を険しく引き締めた。

「湊君、新型カメラはこれだけなのか？」

「いや、もう一台ある」

「どこに？」

鋭く問いただされ、春雄の背筋に冷気が忍び込んだ。

「記念式典会場だ」

「いかん！　会場へ急ごう！」

「オートバイでか？　あんた、その眼で運転はできるのか？」

「痛むが、たぶん眼球は傷ついていないよ。眼の上を切っただけだろう」

「しかし……」

「君ね、あっちの警備体制は鼠《ねずみ》一匹入れないほどだよ。関東軍も威信がかかってるからね。僕がいなければ、会場に入ることすらできない。だから、さあ、いこう。カメラを乗せていた車は、まだ走れるんだろ？」

「運転手が死んでるんだ」

「君は運転できないのか？」

「不思議そうに訊くな。できないよ」

車の運転は特殊技能である。ただハンドルをまわし、アクセルを踏めばいいというものではない。変速機の操作も車種ごとに異なり、安定してエンジンに燃料を送る気化器の調整など素人には困難を極めた。

西風は呆れたような吐息を漏らした。

「君ね、満洲で生きていくなら、車の運転くらい覚えるべきだよ。しかたない。なら、どこかで車を借りて――」

「お若いの、なにかお困りかね？」

嗄《しゃが》れた中国語にふり返ると、霍老師が背後に立っていた。

「ふん、怪我をしたのか。擲弾ごとき躱《かわ》せぬとは情けない。昨日もずいぶん洒落た挨拶をしてくれたな――〈東風〉の小せがれよ」

「これは霍老師……ご無沙汰しております」

西風は、声のほうへ恭しく挨拶した。

考えてみれば、西風と霍老師が旧知であってもおかしいことはないのだ。皇帝の側近とも付き合いのある男である。〈あじあ〉号で見せた体術からして、八極拳の基礎くらいは齧《かじ》っていたのかもしれない。

霍老師は、歯を剝いて笑った。

「陛下に追いつきたいのか？　ならば、わしのに乗せてやろう」

† † †

大同大街を荷馬車が疾走していた。

道行く人々は、誰もが驚いたようにふり返る。無理もない。荷馬車とは、荷台からハミ出るほど積んだ売り物をゆるゆると運ぶものだ。これではアメリカの西部劇で先住民の襲撃を受ける幌馬車であった。

　この荷馬車は、溥儀皇帝のパレードを追いかけるため、近郊の農家から借り上げたものだという。手綱を操っているのは霍老師の門弟だ。春雄と西風は、霍老師とともに荷台で上下左右に揺さぶられていた。

　不思議なことに、春雄の二日酔いはぴたりと治っている。荒々しく駆ける荷馬車の振動で、ふたたび内臓が動揺しかけるも、これから成し遂げなければならないことへの緊張感がはるかに上回っていた。

　春雄は、自分なりの推測を口にしてみた。

「殺されたドイツ人の派遣技師は、溥儀皇帝の暗殺を命じられていたんだろうな。たぶん、満映の撮影技師も抱き込んで……まあ、人質でもとって脅したのか、莫大な報償で買収したのかはしらないが……」

　どちらにしても、それをたしかめる術はない。

　生き残った満映の撮影班は、この謀略を知らないのだろう。春雄がカメラを調べていても狼狽した様子は見られなかった。

　なるほどね、と西風はうなずく。

「うん、そうだろうね。ドイツは日本と同盟をむすぶまで、国民党に軍事顧問などを送り込んで支援をおこなっていた。なにしろ清朝の時代からのお得意様だからね。でも、ソビエトと全面戦争をはじめたヒトラーのおかげで、ドイツの軍需産業は国民党という大きな顧客を失うことになった。——となれば、これは日本とドイツを離反させるために仕組まれた反ヒトラー派の謀略なのかなあ。まったく、僕は間抜けだよ。その可能性には、ちっとも気付いてなかった」

西風は悔しそうに舌打ちした。

「湊君、もう一台のカメラを担当した撮影技師はどんな男だ？」

「春先に入社してきた日本人だ。岸なんとか……下の名前は忘れたが、内地の映画会社で労働組合を作って大々的にやっていたと威張ってた奴だ」

「例によって、憲兵に目をつけられて満洲へ逃げてきた、と。黙っていれば怪しまれないのに、虚栄心の塊のような小者だね。尾崎秀実のようにソビエトと繋がっていたのかな。そうかあ。あのナチ野郎が満洲人街でソビエトの密偵と接触していたのは、満映の共産主義を暗殺役に引き込むためだったのかもしれないね」

ナチスの撮影技師——ミュラー・フォン・ヘンケルは、密会の現場に踏み込まれて、人質になったふりをしなくてはならなかった。その揚げ句に、口封じで殺された。推測でしかないが、そんなところなのだろう。

「さあて、間に合ってくれればいいけど……」

軽口を叩きながらも、西風は焦燥に身を焼かれているはずだ。血糊で塞がった眼で天を仰いだ。まだ流血が止まっていないのか、スカーフは真っ赤に染まって壮絶な有様になっている。こうも激しく揺すられては、傷口が塞がる暇もない。

「その岸なんとかは、いつ狙撃すると思う?」

「もっとも効果的なのは、溥儀皇帝の勅語が下されるときだろう」

「なんとしてでも阻止しなくてはね。湊君、会場に入ってからは、君が頼りだよ。ところで、僕の刀はどこにいったんだい?」

「すまん。折れてしまった」

「ああ、没法子《メイファーズ》。しかたのないことさ」

奇妙なことに、西風は明るい笑みを口元に浮かべていた。

「形あるものは、いつか壊れるものだ」

「しかし、大事な形見を……」

「いいんだ。折ってくれて、君に礼をいいたいほどだよ。あの刀がなくなったことで、いよいよ僕を縛りつける過去がなくなった。とても晴れ晴れとした気分さ。あれはね、けっこう手入れが面倒なんだよ」

けひっ、と喉を突かれたような声が聞こえた。

それは霍老師の笑い声であった。

「西風《シャープー》よ、勇猛な馬賊の小せがれよ、まことに腹立たしくも悔しいことながら、わしにできるのは、おまえたちを会場に届けるところまでだ。日本軍に放逐された身では中にまでは入れんからな」

「お任せください、霍老師」

霍老師の眼は、春雄にもむけられた。

「日本人の小僧《シャオハイツ》、皇帝陛下を頼んだぞ」

「満洲に生きる者の義務として、この身命《しんみょう》を賭しても必ず」

春雄が中国語で答えると、霍老師は鼻を鳴らした。

「義務か。日本人は妙なことに命を懸ける」

春雄は小首をかしげた。

「では、貴方たちが命を懸けるのは？」

「仁と義」

霍老師の黄味がかった双眸に、穏やかな光が小さく灯った。隠棲先の奉天で病を得ていたという噂は本当なのだろう。

「そして、厳勇だ」

くすんだ死の匂いが、その枯れた矮軀《わいく》から漂った。

大同大街を左に折れ、四人を乗せた荷馬車は至聖大街を東へひた走った。

†　†　†

記念式典の会場は、南嶺地区にあった。

かつては帝宮の候補地として確保されていたが、帝宮建設の本命が杏花村と定まってからは、文教地区として新京医学大学や国立大学が建設され、広大な敷地を活かして動植物園なども整備されていた。

至聖大街の東端にある国立総合運動場には、華々しく掲げられた五色旗と国章がへんぽんとひるがえっている。

満洲帝国の国章は橙《だいだい》色の〈蘭花紋〉だ。満洲国皇室の花として選ばれたフジバカマを図案化したものであり、日本国皇室の花である菊との釣り合いをとりつつ、なおかつ見栄えを重視した意匠であった。

おおみ光
あめつちに満ち　帝徳は高く尊し
とよさかの萬寿ことほぎ
あまつ御わざ　仰ぎ奉らん

君が代につづき、満洲国の国歌が斉唱されていた。

溥儀皇帝の勅語まで、まだ猶予は残っている。

だが、門柱を抜ける前にひと悶着が起きた。

「なぜ入れないんだ？　いま話したように事は急を要するのだ」

西風は勢い込んで迫ったが、警護兵の班長は冷淡にかぶりをふるばかりだ。顔が厳つく、黒豆のような眼をした男であった。

「駄目だ駄目だ。名簿にない者を式典会場へ通すわけにはいかん。溥儀皇帝のお命が狙われているだと？　そのようなことをさせんために、我らが警護についておるのだ。しかも、暗殺カメラだあ？　貴様ら、活劇映画の観すぎではないのか？」

「ならば、溥儀皇帝の側近を誰か呼んでくれまいか。甘粕理事長でもいい」

甘粕と聞いて、警護兵は怯《ひる》んだ様子を見せたものの、栄《は》えある関東軍の誇りを思い出したのか、かえって意固地になってしまったようだ。

「冗談ではない。皇帝の姻戚だのなんだのと偽って、式典の会場に潜り込もうとする不埒《ふらち》な輩が後を絶たんのだ。いちいち相手なんぞできるか。おい、貴様はなんだ？　まさか皇帝の義理の弟君ではないだろうな？」

表立った身分のない西風は、この嘲弄《ちょうろう》に黙るしかなかった。

ここは春雄が埒を明けねばなるまい。

「では、関係者ならいいのか？　おれは満鉄の社員だ。社員証も持っている。満映が製作している記念式典記録映画の取材担当者なんだ」

しかし、警護兵は胡乱そうな顔をするばかりだ。

「取材だと？　なぜ遅れて到着したのだ？　怪我人や中国人まで引き連れて、いよいよもって怪しいではないか。ともかく、駄目なものは駄目だ。どうしてもというなら、式典が終わるまで待っていろ」

「それでは遅いのだ！」

西風が珍しく激昂《げっこう》していた。

「西風よ、わしらが手伝おうかね」

霍老師が声をかけた。その眼は嗤《わら》っている。

強行突破すべし、と暗に提案しているのだ。

西風も、しかたがないと考えたようだ。小さくうなずく。霍老師と門弟ならば、警護兵の五人や十人を蹴散らすことはわけもない。

春雄も肚を据えた。

皇帝の危機とあれば、あとでなんとでも言い訳は立つ。処罰するというのであれば甘んじて受ける覚悟も決めていた。

警護兵たちは、さすがに不穏な空気を察したようだ。軍刀の柄に手をかけ、腰のピストルを抜こうとする者もいた。

そのとき、救いの神があらわれた。

「おお、騒がしいのう。何事かね？」

「こ、これは、植芝先生！」

警護兵一同は、直立不動で敬礼した。

植芝盛平の顔は、軍の関係者なら誰でも知っている。

「植芝先生、いいところに――」

春雄が声をかけると、植芝翁は片手を上げて制止してきた。こちらのほうには一瞥《いちべつ》すらくれようともしない。

霍老師と植芝翁が――。

互いに鋭い眼光で刺し合っていた。

――いったい、なにが起きようとしているのか……。

ふたりの達人は、ゆるやかに両手を持ち上げる。右手をやや前へ、左手をやや後ろへ引き下げた。奇しくも似たような構えとなった。

植芝翁が先に動いた。

すす、と半歩だけ。

霍老師も前へ踏み出した。

同じく半歩――。

こんなときに、こんなところで、達人同士の対決が実現してしまうというのか？　真相は不明ながら、関東軍による霍老師の追放劇は、建国大学の武道顧問となった植芝翁が一因であったと噂では耳にしていた。

この場にいた者たちは、固唾《かたず》を呑んで見守るしかなかった。

翁は掌である。手のひらを対峙する相手にむけていた。

老師は柔らかく握り込んでいる。

掌と拳が接近し、つと触れた。

達人の気と気が衝突したのだろうか。春雄は、光が放たれた錯覚に襲われ、思わず眼を閉じてしまった。が、すぐに開く。声にならない驚きの声を漏らした。ふたりの達人は堅く握手を交わしていたのだ。

「お頼みする」

「承《うけたまわ》った」

言葉を介さず、信頼の絆を交すための儀式なのだろうか。春雄が聞いたこともない武人同士の奇習なのか。この危急のときに、そんなことはあとでやってもらいたかった。面倒な老人たちだ。

植芝翁は、警護兵の班長に命じた。

「彼らを入れてあげなさい。この植芝が責任を持とう」

「……はっ！」

警護兵の敬礼に見送られて、ようやく会場に入ることができた。

「なにやら胸騒ぎがしての。足のむくままにやってきたら、おまえさんたちが兵どもと揉めておった。さて、なにがあったのかね？」

植芝翁には、西風が歩きながら手短に説明した。

西風は眼が見えていないというのに、足元の段差につまずくことすらなかった。春雄の左肩に手を乗せ、そこからの動きを通して、まわりの情報を正確に拾っているのだ。中国拳法の〈聴勁《ちょうけい》〉という技だという。

「ほう、小銃を仕込んだカメラとな。まわりくどいというか、ドイツ人も面妖な発明をするものよ。しかし、たしかに厄介じゃ。まったく、この会場に何台のカメラが持ち込まれているとと思っておるのだ？」

階段状の観戦席には、白衣姿の女性合唱隊が整列していた。会場の全景をおさめるためか数台のカメラが設置されている。

運動場には来賓席が整然と並べられ、中華民国南京国民政府の汪兆銘《おうちょうめい》主席をはじめとして大勢の来賓が座っていた。ドイツから派遣されたナチスの軍服姿もある。彼らは会場の北に設《しつら》えられた雅《みやび》な殿舎に眼をむけていた。

殿舎の中央には、御簾《みす》に隠れて溥儀皇帝が鎮座している。これは内裏《だいり》の正殿であり、運動場を南庭に見立てているのだろう。

カメラは殿舎の前にもあった。壇上を映すのに絶好の位置だ。殿舎の両端にも足場が組まれ、左右に二台ずつカメラが割り振られていた。

調べて調べられない数ではない。

だが、猶予は残り少なかった。

国歌斉唱の次に、満洲国の張景恵《ちょうけいけい》総理による祝辞がはじまっていた。

溥儀皇帝の勅語は、そのあとである。

「最新式のドイツ製だ。見ればわかるはずだ」

「いや、おれにはわからん」

「わしにもわからんよ」

機械好きの西風ならともかく、素人に見分けがつくものではない。

春雄の左肩に痛みがはしった。焦りのためか西風の手に力がこもっている。苛立ったように西風はかぶりをふった。

「遠いところにあるカメラは除外しよう。それほどの射程距離はないはずだ。壇上の近くから狙っているどれかのはずだ。しかし、真っ正面も除外だ。注目されすぎて、かえってしくじりやすい」

妥当な推論だと春雄も認めた。

ならば、殿舎の右側か左側か？

「湊君、狙撃手が右利きとして、どちらが狙いやすい？　時間がない。勘でかまわないから答えてくれ。そちらに賭けよう」

「向って右だ」

外から壇上を狙うには、そのほうが狙いやすい。春雄にとっては、そうだというだけで、正しいという確信はなかった。

「小僧、正解のようじゃ」

「え？」

「右の足場の、ほれ、二台あるカメラの手前のほうから剣呑《けんのん》な気が漏れておる。あれは刺客じゃ。あの殺気が視《み》えんのか？」

常人に視えるはずがない。

だが、達人の言葉に疑いの余地はなかった。

三人は駆けだした。運動場を反時計まわりに移動する。張景恵総理による祝辞は終わった。いよいよ次は溥儀皇帝だ。

撮影隊の動きも慌ただしくなる。足場の上に二台のカメラが設置され、手前のカメラは、たしかに大同大街で破壊されたカメラと似ているようだ。撮影技師は、緊張を隠せない手でカメラ本体をいじっている。あれはレンズの枠をハネ上げるレバーだ。狙いを定めているようだった。

西風が小声で叫んだ。

「湊君、撃て！」

「こんなところでか？」

とっさにピストルを抜いたものの、春雄は躊躇《ちゅうちょ》した。

「僕が責任をとる。頼む」

神聖な式典会場で走っている春雄たちを怪しんでいたのだろう。武器まで出したことで、殿舎の側面を警備していた兵たちがこちらにすっ飛んできた。植芝翁もいるが、釈明する前に皇帝が撃たれかねなかった。

「よし、肩を貸せ」

西風の肩でピストルと手元を固定した。それでも、まだ二十メートルはある。小型ピストルで狙う距離ではなかった。

「植芝先生、敵の弾が光のツブテとなって視えるとおっしゃいましたね？」

「いかにも」

「ならば、おれの放つ光のツブテも？」

植芝翁は、その意図を正確にくみ取ったようだ。

「ほう、面白いことを考える小僧じゃのう」

撃つときに、人は殺気を放つのだろう。それが光のツブテとして視えるのであれば、春雄の殺気も達人にはわかるはずであった。

「ここはどうです？」

「やや上に外れておる」

「こうですか？」

「下げすぎじゃ。右にも少し外れた」

「これでは？」

「――そこじゃ」

春雄は引き金を絞った。

溥儀皇帝が登壇する。

三十二口径の銃声は賓客たちの拍手にかき消された。

初弾は撮影技師の腰を撃ち抜いた。びくりと震えた。しかし、それでも暗殺カメラの引き金を絞ろうとしたようだ。

二発目を撃った。

次弾は右肺を背中から貫いた。暗殺者はのけ反った。両膝をつき、万歳をした蛙のような格好で、後ろへ倒れていく。足場から落下した。

植芝翁は、殺到する警備兵にむけて手をふっていた。こちらは問題ない。負傷した撮影技師を運び出せと指示しているのだ。即死ではなかったようだ。運がよければ生きて病院へ運ばれることだろう。

どちらにしろ、彼を待っているのは極刑であったが……。

「ありがとう、湊君」

見えていないはずが、西風には成功がわかったらしい。

「今回は、君に助けられたよ。本当にありがとう」

春雄は、驚いて眼を見開いた。

西風から、これほど率直に感謝されるとは思っていなかったのだ。照れ臭くなって指で鼻の下をこすると、硝煙の匂いが鼻孔に入ってきた。

「なるほど。〈夜雀〉ではなく〈昼雀〉だったようだね」

「なんだって？」

「満洲にとって、君は幸運の先遣りということだよ」

そんな妖怪は内地にもいない。

春雄としては、呆れた顔をするしかなかった。

†　†　†

関東軍の車を拝借して、西風は病院へと運ばれていった。

門柱の前で植芝翁と並んで見送りながら――ドイツ人技師の一件は満鉄調査部に報告するべきだろうか――と春雄は首をひねっていた。

もし甘粕理事長が、溥儀皇帝の暗殺をドイツと密約で交わしていたとすれば、格好の攻撃材料になるはずだ。この荒ぶったご時世だ。事実でなくとも疑惑だけでもいい。カメラ型の狙撃銃が立派な物証となる。

あとは満映に内部告発者がいれば……と、そこまで考えをめぐらせたとき、この場合は春雄しか適任者がいないことに思い当たった。

――冗談ではない！

結局、報告はしないと決めた。

密約の証拠など見つけられる気もしない。春雄は素人スパイなのだ。関東軍は警備態勢に穴があったなどとは認めず、事件の隠匿《いんとく》に邁進《まいしん》するはずだ。満鉄調査部も、そんな与太じみた報告などに耳を傾ける暇はなかろう。

「君たちには、わしからも深く感謝しよう。おかげで、満洲での義理を果たすことができた。これで心置きなく国事から手を引くことができる。内地に戻ったら、畑でも耕すさ。そもそも……わしは百姓じゃものな」

植芝翁は、〈合気〉の原理で戦争の帰趨《きすう》を見通していたのかもしれない。

後日譚になるが――。

霍殿閣は、この年に奉天で病没した。

関東軍を恨んでの憤死とも伝わるが、その後の溥儀皇帝の運命を見ることなく世を去ったことは、あるいは幸せであったのだろう。

享年五十六であった。

† † †

溥儀皇帝の勅語が下されると、建国十周年の慶祝歌が斉唱された。

つづいて建国歌も奉唱される。

「大日本帝国！　天皇陛下！　万歳！」

「万歳！　万歳！」

「満洲国！　皇帝陛下！　万歳！　万歳！　万歳！」

「万歳！　万歳！　万歳！」

高射砲部隊による祝砲が轟く。

千数百羽の鳩が国立総合運動場に放たれ、十字編隊の国軍飛行隊が蒼天を舞った。

満洲建国十周年慶祝式典は、こうして恙《つつが》なく終了したのだ。

ただし――。

満映が総力を挙げて撮影に尽力した『五千万人の合唱』は、なぜか完成することなく、ついに陽の目を見ることはなかった。

第四話　夢の瓦礫《がれき》

湊春雄は二十六歳になった。

昭和十九年の秋である。

くたびれた身体を引きずって、洪熙《こうき》街に帰陣した。新京にきて五度目の秋だ。大陸の乾いた空気は夜になると急速に温度を失い、いつ雪が舞い降りてもおかしくないほどに冷えきっている。

もうすぐだ。

オンドルで温まった部屋が待っている。

ミルク入りの熱い茶をすすり、屋台で買ってきた中国お焼き《チエンピン》を頬張りたい。風呂どころか、着替えも億劫《おっくう》である。明日は休日だ。このまま寝床に倒れて、昼までぐっすり惰眠を貪るつもりだった。

半年ほど、このような激務がつづいている。

昨年も満鉄調査部が大規模な摘発を受けた。満洲国治安維持法によって四十名が起訴され、〈調査部〉は〈調査局〉に改編されて新京へ移転している。満鉄調査部は、実質的に活動停止を余儀なくされてしまったのだ。

これで密偵ごっこは終わりだった。

最後まで、春雄は役立たずの素人スパイであった。大連の先にひろがる海原を通して、密命という細い糸でかろうじて繋がっていた日本への帰属意識がぷつりと絶たれてしまった。そんな頼りない気分であった。

春雄の立場は、いよいよ曖昧《あいまい》なものになった。満鉄調査部の密命によって、満鉄弘報部からの出向となっていたはずだ。いまさら戻ったところで、関東軍が送り込んだ密偵として逆に疑われるだけである。

出向していたことが、かえって幸いしたのだ。

甘粕理事長の厚意によって、春雄は満映の〈不定職〉として引き取られた。いわゆる嘱託のことである。〈不定職〉の社員は主に東京支社で活動し、新京で姿を見かけたことがないことから、甘粕理事長の私設諜報機関ではないかと噂されていた。

満鉄はこのときになって、ようやく春雄の存在を思い出したらしい。猫の手であろうが、犬の骨であろうが、とにかく役立つ者を探しているうちに、名簿の片隅に載っていた春雄の名を発見したのであろう。

今年の三月だ。

満鉄の映画製作所は満映に吸収されることが決定した。

春雄は、満映が引き受けた元満鉄社員たちの世話役を仰せつかり、大連と新京を忙しく往復しなくてはならなかった。ただ人員が引っ越すだけではない。借金があれば整理させ、女関係でこじれていれば仲介した。

なんのことはない。

西風のように便利屋として酷使されただけである。

それも、一段落が着いたところだ。

大連の満鉄本社では、あの土佐犬の如きしかめっ面の肥満男を一度も見かけなかった。くたびれた四十絡みの壮年ながら、どこか気骨のありそうな人であったから、真っ先に左遷させられてしまったのであろう。

目先の仕事に忙殺されるのも、悪いことばかりではなかった。日本軍の戦局は、満洲国にも暗い影を落としていたからだ。

状況の悪化は、満鉄調査部で働いていた者たちから口々に聞かされていた。聞きたくなくとも、どうしても耳に入ってしまう。

二年前のミッドウェー海戦において、日本軍は多くの空母を失いながらもアメリカ軍と壮絶な殴り合いをつづけていたが、ついに打ち負けてガダルカナル島から蹴り出され、太平洋の各地では撤退や玉砕が相次いでいるという。

昨年の四月に、山本五十六《やまもといそろく》司令長官を乗せた一式陸攻が、ブーゲンビル島上空でアメリカ機の襲撃を受け、あえなく戦死を遂げた。それを聞かされたとき、元海兵の春雄は衝撃で三日ほど喉が飯を受けつけなかった。

欧州の戦線では、同盟国ドイツも塗炭《とたん》の苦しみを味わっていた。ソビエト軍の猛攻によって開戦前の国境線にまで押し戻されたばかりか、イギリス軍とアメリカ軍にアフリカから追い払われ、北フランスのノルマンディー沿岸に連合軍の上陸を許してしまい、敗戦に次ぐ敗戦を、撤退に次ぐ撤退を重ねているという。

同盟の一角を担っていたイタリアは、すでに昨年の九月には降伏し、首都ローマを連合軍に占領されていた。

日本軍は劣勢に陥った太平洋での戦線を縮小し、絶対防衛圏を設定した。連合国が国民党軍を援助する補給ルートを潰さんとインパール作戦を敢行したものの、これは無残な失敗に終わっていた。

六月に北九州が空襲を受けた。

七月にはアメリカの爆撃機が鞍山《あんざん》の製鉄所を襲って満洲の国民を恐怖に陥れた。

帝都の空を敵機が脅かすことになるのも時間の問題であろう。

日本は乾坤一擲《けんこんいってき》の大作戦を遂行した。広大な中国大陸を打通して内陸部の連合国軍航空基地を占領し、なおかつ中国国民党勢力を叩くために陸軍が建軍以来最大の戦力を投入したのだ。

大陸打通作戦は、いまのところ順調に推移しているというが——。

この数年、春雄には多くの悲報がもたらされた。かつて江田島で厳しい訓練を耐え抜き、肩を抱いて笑い合った同期たちが次々と戦死している。ある豪傑はグラマンとの死闘で蒼天に散り、ある英俊は敵潜水艦の魚雷を喰らって乗艦と運命を共にし、部隊ごと全滅の憂き目に遭った朋友もいた。

幻の帝国にいるせいか、奇妙なほどに実感が薄かった。哀しくはあった。あの連中と、もう会うことができないのだ。

それ以上に、口惜しさで腸《はらわた》がねじ切れそうであった。仲間のため、家族のため、おれは戦うこともできないのか。激情は行き場を失っていた。この国には怒りを爆発させるべき相手がいない。朋友の死に涙をこぼす資格もなく、哀しむことさえ戦地で散った英霊たちへの侮辱となろう。

泥沼のような気鬱に襲われる日々だ。眠れない夜も増えていた。酒に逃げることは元海兵の誇りが許さなかった。手足を粉砕機にかけるが如く働き尽くすことで、かろうじて心の均衡を保っていられた。

この春先のことだ。新聞を読むことさえ苦痛で、日本語の悲報から逃げるように満映の寮を出ていた。

下宿先は洪熙街で見つけた。大家は満洲人の中年夫婦で、二十年前から商《あきな》いをしている漢方屋の二階を貸してくれたのだ。

人柄のいい夫婦だった。憲兵隊や特務機関の息がかかっていないことは確認済みで、社会思想の匂いも皆無であった。

樽《たる》体型の女房は世話好きで、いつも朗《ほが》らかな笑顔を絶やさない。どじょう髭《ひげ》を生やした旦那は陰気で無口だが、これも親切な男で、なにかにつけて残念だった残念だったと、さして残念そうでもなく繰り返す奇妙な口癖があった。

寒気に身を震わせながら、ようやく下宿の前までたどり着いた春雄は、漢方屋の前を通りかかった。脇の階段口から二階に上がるためだ。

春雄の姿を見かけて、家主の女房が表に出てきた。

そして、妙なことを口走った。

曰《いわ》く、人生は悪いことばかりではない。素晴らしい出逢いも待っているはずだ。だから、自棄になってはいけない。いい若いものが退廃的な道に迷い込むのは好ましくない。などなど……。

春雄には、なんのことやら見当もつかない。疲労がはなはだしく、うんともすんとも頭がまわっていなかった。薄っぺらい笑顔を浮かべ、ひらひらと手をふりながら階段を登っていった。

自分の部屋の前で足を止めた。

木戸の隙間から光が漏れている。

泥棒ではあるまい。客がきているのだ。

西風だろうか、と真っ先に疑った。

春雄のどこが気に入ったのか、大連で出逢ったときから馴れ馴れしかった。満洲国の密偵だ。新京でもなにかとまとわりついてきた。ときには謀略に巻き込まれ、ときには春雄が暇を持て余して西風に協力することもあった。

奇妙な腐れ縁ではあったが、春雄が多忙になってからは、ほとんど顔を合わせる機会もなくなっている。

こんな時間になんの用事があるというのか。非常識な来訪者である。大家の忠告も胸に引っかかっていた。どうせろくなことではあるまい。西風であれば、とっとと追い払って寝てしまおう。

ともあれ、戸を開けて入るしかなかった。

「あ……」

春雄の口から間の抜けた声が漏れた。

中で待っていたのは、西風ではなかった。上品な外套をまとった青年だ。室内だというのにパナマ帽を目深にかぶっている。

掃除をする暇もなく、部屋は散らかり放題で足の踏み場もない。座る場所としては万年床くらいだが、うっかり腰を下ろしたら病気になると思ったのか、青年は所在なげに立ち尽くしていた。

春雄の帰宅に安堵したのだろう。

ふり返って、青年は魅惑的な微笑みをむけてきた。

なるほど、と春雄は納得した。

白皙《はくせき》で、頬は柔らかく膨らみ、唇が艶めかしく色づいている。その瞳は挑むようであり、誘っているかのようでもあった。

男の春雄でも、胸の奥が妖しくざわめくほどの美貌だ。大家の不可解な言動は、若い春雄が女に惚れられないことを苦にして、男の恋人を作ったか、男娼でも招いたのかと疑ったせいだったのだ。

「夜分にお邪魔して、申し訳ありません」

耳朶を甘噛みするような美声であった。

「湊さまですね？　西風のお兄さまに、ここを訪れるようにと伝えられて……勝手ながら、部屋の中で待たせていただきました」

さして驚きはしなかった。青年のかぶっているパナマ帽は西風の愛用品であったからだ。

外套もそうだろう。春雄を華奢《きゃしゃ》にしたような体格で、外套の袖口を幾重にもまくり、裾は床と触れそうになっていた。

ただし、青年と西風に血の繋がりは感じられなかった。弟がいるとも聞いていない。となれば、馬賊時代の義兄弟なのか――。

本当に驚愕したのは、次の瞬間であった。

美青年がパナマ帽をとったのだ。

優美にうねる黒髪が解放された。

春雄の口は、ぱっくりとバカ貝のように開いた。

「あ、あなたは……」

まず眼を疑った。

次に己の理性を疑った。

知人ではないが、よく知っている顔であった。莫迦な。誰でも知っているはずだ。満洲どころか、大陸規模の有名人であった。

「李香蘭《リシャンラン》……！」

満映の大女優は、困ったように微笑んだ。

十八の歳に『蜜月快車』で銀幕デビューを果たした李香蘭は、そのエキゾチックな美貌と甘い歌声で満映の大看板にのし上がり、日本でも作品が公開されるやたちまち絶大な人気を博した。

そればかりではなく、中華電影股份有限公司、中華聯合製片股份有限公司、満映の三社合作となった『萬世流芳』では、阿片戦争で奮闘した英雄である林則徐の弟子の恋人役で主演し、中国人の観客からも熱狂的に受け入れられていた。

まさにアジアの大スターである。

華やかな美貌だけではなく、馥郁《ふくいく》たる色香をふりまきながらも清楚な風情も併せ持つという希有な女優であった。

そのとき、戸の前に突っ立っている春雄を後ろから突き飛ばした者がいた。新手の来客が、ずかずかと粗雑な足どりで踏み込んできたのだ。

「やあ、ヨコちゃん!」

弾むような朗声であった。

闖入《ちんにゅう》者は陸軍服の麗人であった。凜然《りんぜん》としながらも、どこか退廃的な色香を滲ませた不思議な魅力の女性であった。

春雄は混乱し、李香蘭の瞳が輝いた。

「おにいちゃん!」

「ヨコちゃん!」

長らく離れ離れになり、ようやく再会を果たした恋人同士のように、ふたりの美女はひしと固く抱き合った。

この部屋で、いったいなにが起きているというのか……。

そして、浮かれた優男まで登場した。

「やあ、湊君！　なんとも素敵な夜だねえ。そして、素敵な再会シーンが撮れたよ」

春雄は、阿呆面のままふり返った。

西風が小型カメラを構え、人の悪い笑みを大陸的に浮かべていた。カメラは八ミリ・フィルムを使うスイス製のボレックスである。擲弾を浴びて失明した左眼は斜にかけたスカーフで隠しているから、右眼でレンズ越しに春雄を見ていた。

「李香蘭とは、もう挨拶は済んでいるね？　あとで紹介してあげるけど、あの男装の麗人はね、かの〈東洋のマタ・ハリ〉だよ」

春雄は息を吞んだ。

短い時間に、何度驚かされるのか……。

麗人の本名は愛新覚羅顯玗《けんし》という。

元清朝皇族の第十代粛親王善耆《ぜんき》の第十四王女であり、満蒙独立運動で名を馳せた川島浪速の養女として日本で教育を受け、日本名は川島芳子《かわしまよしこ》を名乗っていた。

気性が激しいのか、十七歳でピストル自殺に失敗している。その後は、女を捨てると決意文書にしたためて断髪し、男装を好むようになった。日本の新聞は〈男装の麗人〉と呼び、大いに世間を騒がせた。

自殺未遂の二年後に、蒙古族の満州国軍人カンジュルジャップと結婚したものの三年で破局した。上海に渡って日本軍の女スパイとして諜報活動に従事し、第一次上海事変を勃発させた張本人だとも噂されている。

熱河作戦では、安国軍総司令として三千の兵を指揮したことで、日本や満洲国の新聞は〈東洋のマタ・ハリ〉〈満洲のジャンヌ・ダルク〉と持て囃《はや》し、彼女をモデルにした小説『男装の麗人』まで大ヒットしている。

春雄は、頭がくらくらしてきた。〈東洋のマタ・ハリ〉と〈アジアの大女優〉が、満映の嘱託にすぎない春雄の部屋で抱き合っているのだ。

元凶と思われる西風は、呑気にカメラを覗きつづけていた。

「ところで、湊君、さっき漢方屋の阿姨《アーイー》にね、まるで化け物でも見るような眼をされたんだけど……君、なにかしたのかね？」

あんたのせいだ、と春雄は罵りたかった。

が、婦人たちを前に、そんな不作法はできない。

「あんた、どういうつもりだ？」

春雄は、喉から切実な問いを絞り出した。

西風の隻眼《せきがん》は異様な光を帯びていた。

「ああ、これから映画を作るのさ。もちろん監督は僕だ。そして、君は撮影助手さ。なんて名誉なんだろうね！」

なにひとつ、春雄には理解できなかった。

† † †

春雄と西風。

それから、李香蘭と川島芳子だ。

奇妙な組み合わせの四人組は、西風が借り出したシボレーに乗ってひっそり移動し、野盗のように満映の撮影所へと忍び込んだ。

第四スタディオは死を思わせる静寂に支配され、伽藍堂《がらんどう》のように冷え冷えとした空間がひろがっていた。大規模なセットは解体され、新しく作る材料は不足している。これも戦局の悪化による影響であった。

最盛期には、夜を徹しての撮影に励み、夢の欠片をフィルムに焼き付けんと異様な執念を眼に灯した夢工房の住人たちは、どこへ消えてしまったのか……。

日本の内地ほどではないが、物資の窮乏に苦しめられ、撮影フィルムや現像薬品の充分な確保さえ困難になっている。

思想統制も厳しくなるばかりで、保安矯正法と思想矯正法が公布されてから、中国人の監督や脚本家たちが特高の手で無益に投獄されている。甘粕理事長も釈放に奔走したが、すべての者を助けられたわけではなかった。

日本人社員も徴兵にとられていた。次々と前線へ送られた。人手は足りなくなり、数年前に比べて映画の製作数は激減している。

李香蘭主演の『私の鶯』も時勢と合わないと判断されて、お蔵入りになっていた。満洲ミュージカル映画ともいうべき野心作で、李香蘭はロシア人の交響楽団員に拾われた可憐な娘を演じていたのだ。

そして、この幻のミュージカル映画が、彼女にとっては満映最後の作品になった。

満映は、満洲の未来図である。

もはや夢を創れなくなった国に、なんの未来があるというのか?

「うん、そうか……キミは女優を……」

「ええ、甘粕理事長にお願いして辞めてきたの」

暗闇の中で、ささやき声が交されている。

西風に頼まれて、春雄は照明のスイッチを探り当てた。どうせ外に漏れるほどの明るさはない。スイッチを入れた。

男装麗人とチャイナドレスの美女が、ぱっと光の中にあらわれた。背後の瀟洒《しょうしゃ》な宮殿は使い回しの古いセットである。その出窓で親密に肩を寄せ合い、まるで恋人のように手をとりあっている。

春雄は、軽い胸焼けを覚えた。

李香蘭のファンとして嫉妬しているのか、急いで胃におさめた中国お焼きが消化不良を起しているのか、自分でも判然としない。

「ヨコちゃん、よく頑張ったね。お疲れさんだ」

「おにいちゃん……」

偽りの月が、数奇な運命のふたりを照らしていた。

川島芳子の胸元に頬を押しつけ、李香蘭の瞳に宝石のような涙が盛り上がる。

彼女が日本人だということは、満映内部では知られていたことだ。日本名は山口淑子《やまぐちよしこ》という。奉天北煙台の生まれで、両親はともに日本人であった。

李香蘭という名も、芸名や偽名ではない。彼女の父が瀋陽銀行総裁の李際春《リジィチュン》と親しくなり、義理の娘分となって李姓の中国名を得たのだという。家族ぐるみの縁を深めるために、中国ではよくある旧習であった。

父は満鉄で中国語を教えており、李香蘭こと山口淑子も幼少のころから中国語には親しんでいた。加えて、美貌と歌唱力に恵まれた美少女を、看板女優を渇望していた満映が放っておくはずがなかった。

ところが、二十四歳にしてアジア映画界に君臨した李香蘭は、中国人の観客を騙しつづけることに繊細な心が耐えられなくなり、女優を辞めると告げるために新京へやってきた。

甘粕理事長も、日本人と中国人の板挟みになった苦しみを理解し、快《こころよ》く契約を破棄してくれたという。

春雄は衝撃を受けていた。

李香蘭という絶世の女優が消滅してしまうのだ。

誰もが愛した夢の女が……。

「でもね、ヨコちゃん、中国人を騙していたことがそれほど苦しいのなら、日本人を裏切ることは苦しくないのかい？」

「おにいちゃん、そんな意地悪を……」

「あはは、ごめん。でも、ボクは羨《うらや》ましかったのさ」

「羨ましい？」

「キミは銀幕の中でどんな役にもなれるじゃないか。キミが望みさえすればね。そして、あっさり女優を辞めることもできた。キミが望んだからだ。誰もがキミの幸せを願っているからさ」

「そんな……」

「でも、ボクは中国人として生まれながら、中国人にとっては淫婦であり、裏切り者の漢奸さ。日本軍にとっては、軍服を着せたお飾りの人形にすぎない。ああ！　家あれども帰り得ず。涙あれども語り得ず。いまさら降りたくても舞台からは降りられない。討つも討たるるも同じ同胞。はっ、ざまあないのさ」

「ちがう！　おにいちゃんは、そんなんじゃない！　そんなんじゃ……」

李香蘭は幼女のように泣きじゃくった。

「ああ、ごめんよ。うん、そうだね。わかった。ボクが悪かったさ。けして、キミを哀しませたかったわけじゃないんだ。わかってくれるね？　だから、泣かないで……ボクの大切なヨコちゃん……」

春雄は、舞台の裏手からそっと離れた。

そして、セットの正面に陣取って、あれこれと構図を工夫しながら熱心にカメラを覗き込んでいる西風の背後にまわった。

「おい、川島嬢とは、どんな知り合いなんだ？」

「うん？　ああ、芳子ちゃんとは、熱河作戦が終わってからの知己さ。満洲国のために働くにあたって、なんとしても溥儀皇帝への伝手《つて》がほしくてね。新京で僕から接触したんだ。ほら、見ての通り、僕は好男子だからね。武器の扱いに慣れているし、馬賊の情報網も使える。だから、必ず満洲国の役に立つと自分で売り込んだのさ」

西風はカメラを覗き込んだまま、春雄に眼をむけようともしなかった。

「そうそう。東京にも芳子ちゃんのお供でいったことがあるよ。むこうで溥儀皇帝や側近の工藤さんに紹介してもらったんだ」

日本の事情によく通じているとは思っていたが、訪日経験があることは春雄も初めて聞かされたことだ。満洲国で西風が本格的に暗躍をはじめたのは、それからなのだろう。

構図が決まったらしく、西風はカメラをまわした。駆動力はゼンマイだ。数秒だけカタカタと規則正しい音が鳴った。

「よし、いい絵が撮れた。そのはずだ。現像が楽しみだな」

ひとりでご満悦の様子だ。

川島芳子は、しばらく日本を中心に活動していたが、それにも飽いたのか四年後には日本軍占領下の天津で料亭〈東興楼《とうこうろう》〉の女将になっていたという。

そこで、川島芳子は李香蘭と出逢ったのだ。

「すぐ仲良しになったらしいね。とにかく目立つふたりだし、突出した存在というのは、どこか心に孤独を抱えるものさ。他人には華やかな外見しか眼に入らないからね。名前もヨシコとヨシコだ。親近感もわくだろうね。でも、満映のお偉いさんに睨まれて、いまは疎遠になっているのさ」

睨まれた原因は、川島芳子の行状に起因していた。

上海駐在武官の少佐、新東洋主義者の相場師、右翼団体の総裁など、恋多き女として数々の浮き名を流した〈東洋のマタ・ハリ〉は、奔放で素行が悪く、国内外の講演で日本の中国政策を非難して命を狙われたこともあったという。

「だから、満映は大女優の李香蘭に悪い噂がつくのを怖れたし、芳子ちゃんも悪くふるまうことで李香蘭を突き放す芝居をした。『李香蘭にピアノや家を買ってやったのに、スターになったら見向きもしなくなった。ボクが満映に入れてやったのに、あの恩知らずめ』なんてね。虚言だよ。真実の欠片だって含まれてないさ。――おや、もうフィルムが切れてしまった」

西風はカメラから顔を上げると、ちらと春雄を見た。軽く驚きの表情を浮かべ、にやりと皮肉っぽく口元を歪めた。

「おや、彼女たちに同情してるようだね？　でも、それは日本人的な湿度の高い感傷だ。時代に流された結果にしろ、彼女たちが手に入れた運命だ。素晴らしいよね。虚構の神が、ふたりを選んだのだ。僕は羨ましいと切実に思うけどね」

勝手な御託を並べる男だ。

春雄は顔をそむけ、こっそり鼻をすすった。瞼は熱いが、これは涙の前兆ではない。たとえ涙が流れるにしても、それは生理的なものにすぎない。太陽を直視して、くしゃみが出るのと同じであった。

他人が勝手に共感していいものではなかった。

しかし、と春雄は疑問を口にした。

「おれの下宿先で待ち合わせしなくたって、はじめから撮影所にいけば余計な手間がかからなかったんじゃないか？」

あのね、君ね、と西風は例の呆れ顔になった。

「僕はね、彼女たちに頼まれたのさ。満洲を去る前に、ふたりで会って話したいってね。これは秘密の逢瀬なのさ。だいたい、昼間にあのふたりを満映に連れ込んだらどうなると思う？　大騒ぎになるじゃないか？」

たしかに訊くまでもないことだ。

「つまり、万事あんたが手引きしたのか？」

「むろんだとも」

李香蘭は、満映撮影所で甘粕理事長と面談したのち、ヤマトホテルに泊まると見せかけて春雄の下宿に西風が案内したのだ。外套とパナマ帽は、正体が露見しないための変装だったのだろう。

川島芳子も自由に出歩けるわけではなかったはずだ。それでも、監視で張り付いている憲兵を出し抜いて、新京駅に到着したところで西風の車が拾ったのだ。こちらは変装の必要はない。この戦時下に軍服姿はありふれている。

「まだわからん。なぜおれを巻き込んだ？」

事情はわかったが、極秘の逢瀬とあれば、協力者の選択には慎重を期すべきだ。それほど西風に信頼されていたのだろうか。面映《おもは》ゆい気もするが、なんとなく釈然としなかった。

「湊君を驚かしたかったんだ」

「……なんだと？」

「湊君を驚かしたかったんだ」

西風は繰り返した。

「満映の再編成で忙しくて、僕と遊んでくれなかったからね。忙しいのは悪くないさ。うん、会社に頼られてるってことだからね。あの可愛い湊君が、ずいぶん立派になったものだよ。もう一人前だね。でもね、僕のことなんて、すっかり忘れてしまったんじゃないかと寂しく思ってね。有名人でも紹介して、この僕が今でも素晴らしい友人だと思い出してもらおうと考えたわけだよ。ね？　驚いただろ？」

得意げな笑顔であった。

真面目に答えるにも莫迦らしく、春雄は話題を変えた。

「あんた、映画を作るとかいったな？　本気なのか？」

「そうとも！　僕は映画監督になるのさ！」

「その歳で満映の養成学校に入るつもりか？」

「そんな面倒なことはしないさ。人に教わるのは苦手だ。僕は、いつだって我流を通してきたんだよ。カメラは持っている。主演女優もいる。ふたりもだ。これで映画を作らなければ、それこそ愚かしいじゃないか」

春雄は宮殿のセットを見た。あのふたりを使うつもりなのか。出演料だけで、西風の懐は底が破れてしまうだろう。

「まさか、ではない。まさに、だ」

西風は力説をはじめた。

「芳子ちゃんとは古い付き合いだけど、今回の一件で無償奉仕をするほど僕もお人好しじゃない。それなりに危険を犯すわけだからね。だから、見返りとして、撮らせてもらうことにしたんだ。撮影期間は今夜と明日だ。素敵な取引だと思わないかい？　もちろん声は録らないよ。そもそも同時録音なんて無理だ。そんな技術も機材もない。人手だって湊君しかいないしね」

春雄が手伝うことは決定事項らしい。

暇なのか。西風は暇だったのだ。

関東軍の統制は厳しさを増す一方で、溥儀皇帝もがんじがらめである。西風は皇室に近寄ることさえ難しくなり、活躍の余地が大幅に制限されていた。必然的に暇を持て余し、いよいよ映画の世界にのめり込んでいたらしい。

他にもきっかけの心当たりはある。

春雄が多忙になる前には、よく試写会で暇を潰していた。社員教育の一環として、日本では公開を許可されない外国映画も観ることができたからだ。

よく西風とも顔を合わせる機会があった。

その日は、日本初の漫画映画『桃太郎の海鷲』を試写していた。日本海軍がハワイを奇襲した真珠湾攻撃を題材に、桃太郎を隊長とする機動部隊が鬼ヶ島へ――という海軍省企画による子供むけの国策映画であった。

春雄は、大いに感動していた。写真ではなく、漫画絵が動いていることも楽しく、物語も簡明で面白かったが、日本にこのような作品が製作できたという事実に昂ぶりを感じていた。

しかし、その興奮も次に上映された作品で粉砕された。アメリカのディズニー社が製作した漫画映画『ファンタジア』を観てしまったのだ。

壮麗な音楽が鳴り、驚くべき大自然がうねり、愛らしく誇張された人物は生き生きと躍動した。フィルムに命が吹き込まれたかのようだった。しかも、総天然色である。度肝を抜かれてしまった。人の想像力というものは、ここまで突き詰められるものなのか。総毛立つ思いであった。

アメリカという国の底力に震撼《しんかん》した。これを作った国と戦っているのだ。勝てるはずがない。彼我の圧倒的な戦力差に打ちのめされなかったのは、おそらく日満を見渡しても西風だけであっただろう。

西風は、そのとき眼を輝かせて熱弁をふるった。

湊君、これだよ。漫画映画だ。根気と器用さは日本人の十八番《おはこ》じゃないか。今は勝てなくても、必ず日本の漫画映画が欧米諸国を席巻する時代がくる。これだよ。漫画映画で日本は勝てるじゃないか――。

なんと楽天的な！　なんて能天気な男なのか！

春雄は、このとき初めて西風という男に敗北感を抱いた。

その日からだろう。

西風は、機材を蒐集《しゅうしゅう》するだけでは物足りなくなり、なんとか自分で映画を製作したくなったらしいのだ。

任務の合間をぬって満映社員に質問をぶつけてまわり、映画の技術書をかき集め、あれやこれやと暗躍していたことを春雄は知っている。

人手はなんとかなろう。セットは満映のものをこっそり借りればいい。たいして資金はないが、工夫でなんとかしてみせる。裏付けのある自信ではない。あるのは無謀な夢と野心だけであった。

撮影や編集には、まとまった時間が必要だ。それが、たっぷりと暇を得たことで、もはや西風を止められる要因はなくなってしまった。

この男は、まだ夢を見ようというのか？

愚か者の夢を？

ならば、手伝ってやらねばならなかった。それが道理だ。西風の夢をわかっているのは、もしかしたら自分だけなのかもしれないのだから……。

† † †

夜明け前に叩き起こされた。

春雄は寝起きで脂の浮いた顔を洗うことすら許されず、特高顔負けの荒っぽさでシボレーの助手席に押し込まれたのだ。

「さあ、忙しくなるぞ。どんどん撮っていこう」

西風は大張り切りである。アクセルを踏み込み、シボレーも元気に走りだす。過熱で焼き付く心配がなく、寒さで冷却液が凍らない秋は、車のエンジンにとっても快適な季節であった。

「おはようございます、湊さま。せっかくのお休みだというのにお世話をおかけいたしますが、本日も何卒よろしくお願いいたします」

後部座席の李香蘭は申し訳なさそうに微笑みをくれたが、川島芳子は彼女の華奢な肩にもたれて眠りこけている。

「あ、いえ……こちらこそ……」

春雄は、へどもどと頭を下げるしかなかった。

好対照の美女ふたりは、西風の隠れ家で一泊したらしい。機密のため、春雄も知らされていないところだ。

北京への出立《しゅったつ》は夕方ごろだという。

シボレーは西南の郊外にむかうと思いきや、西風は寛平大路へ右にハンドルを切り、線路をまたいで康徳大路を北上した。

着いた先は興安広場だ。

からりと晴れた秋空の下、さっそく撮影がはじまった。

なおも寝足りないのか、むずかる川島嬢を後部座席から引っ張り出し、西風は湖のほとりで女優たちがおしゃべりに興じている場面を撮った。さらに公園内の森林でふたりが歩くところもフィルムにおさめる。

西風は満映所有の三十五ミリ機を拝借しようと企んでいたようだが、本体が大きく、そして重く、かつ操作も複雑で目立つために諦めたようだ。やむなく自前の十六ミリ機と八ミリ機を動員してきた。

ひとつの場面を撮り終えると、また次の場所へシボレーで移動していく。行政から許可を得ての撮影ではない。車の陰で隠れ、人通りが消えたときを見計らって李香蘭は外套を脱いでチャイナドレスになった。

隠れんぼみたいだね、と川島嬢とクスクス笑っていた。

西風は監督ごっこを満喫していた。

脚本の用意はなく、筋立てどころか台詞すらもない。その場その場で西風が思いついたことを手当たり次第に演じさせるだけだ。場面番号の記録もせず、勝手気ままにフィルムをまわすだけであった。

「なに、美形がふたりもそろっていれば、勝手に物語は出来上がるのさ。あとは好きにフィルムを繋ぐだけだ。簡単なものだよ」

まさしく話にもならない有様だ。

西風は十六ミリ機を抱えて女優のまわりを旋回したり、李香蘭と川島嬢をボートに乗せて橋の上から俯瞰《ふかん》で撮ってみたり、ゼンマイでフィルムがまわっている八ミリ機を放り投げたりもした。

はしゃぎすぎである。

一方で、春雄は馬車馬のように働かされた。白紙を張った板で女優にあたる光を調整し、邪魔な通行人がこないか見張りに立ち、しきりに喉の渇きを訴える川島嬢のために飲み物を買いに行かされた。

凜々しい軍服姿の川島嬢は、貴人らしく気まぐれで、なにかと飽きっぽく、子供のように落ち着きがなかった。ついさっき機嫌よく笑っていたかと思うと、少し眼を離した隙に不機嫌の権化となっている。

太陽が高くなると、さらに落ち着きをなくしていった。ふらりと車に引きこもったので、なにをしているのかと覗きにいくと、川島嬢はズボンを降ろし、自ら注射器で太腿の内側に注射していた。

武骨な軍服の裾から覗く太腿の生白さが鮮烈で、途方もなく淫靡《いんび》でもあった。春雄は赤面して逃げるしかなかった。

西風にこっそり訊ねると、川島嬢は日本軍を批判したせいで凶漢に襲われて負傷したことがあり、鎮痛薬として市販のフスカミンを常用しているのだという。阿片吸煙の習慣も持っているようで、その併用は感心できたものではなさそうだ。

車から出てくると、川島嬢は持ち前の快活さを取り戻していた。瞳は虚《うつ》ろで焦点が彷徨《さまよ》っていたが、紅を塗っていないのに艶やかな唇には微笑みさえ浮かべ、自信と余裕に満ちた態度であった。

「キミ、湊とかいったか？　ヨコちゃんのためにアイスクリンを買ってきてくれ。中国人の屋台は駄目だぜ。ヨコちゃんがお腹をこわすといけない。それから、ビールと焼き鳥もだ。ボクは肝が好きなんだ。そっちは中国人の屋台で買うんだよ」

映画撮影の助手とは、そういうものらしい。女優に演技してもらうとは、こういうことらしい。専制君主に仕える下僕の如くである。春雄の役目は使い走りである。小間使いである。丁稚《でっち》である。

春雄が使い走りから戻ると、川島嬢は八ミリ機のレンズを李香蘭の豊かな尻にくっつけんばかりに接近させ、恥ずかしがって逃げる大女優を嬉々として追いまわしているところであった。

その狼藉《ろうぜき》を止めるどころか、

「斬新だ！　斬新だ！」

と西風は大喜びである。

春雄はうんざりはしたが、なぜか不快ではなかった。いいじゃないか。ふたりにとって、これは夢の共演なのだ。

日本名を名乗る亡清国王女。

中国名を名乗る日本人女優。

好むと好まないとにかかわらず、偽りを演じなければならなかった運命のふたりだ。周囲の事情で引き離されたが、本当は会いたくてしかたがなかったのだろう。その交感の機微は、彼女たちにしかわからないことであった。

春雄にも余禄がないわけではなかった。通行人として、女優たちの後方を歩かされたのだ。照れ臭かったが、足下が浮くほど嬉しくもあった。なにしろ、あの李香蘭と同じフィルムに映っているのだ！

秋の日は短い。

急ぎ足で過ぎていく。

アカシヤの並木道を背景に、麗人と美女が手をつないで歩き去っていく場面を撮り終えると、すでに午後も半ばが消化されていた。

列車の出発時刻が気になったのか、西風は市街地へとシボレーを走らせて、新京駅に近い児玉公園で最後の場面を撮ることにした。

日露戦役で活躍した児玉源太郎大将にちなんだ公園だ。冬には凍った池で楽しむスケートが風物詩で、帝都住民の憩《いこ》いの場として親しまれている。児玉大将の馬上像もあったが、昨今の金属供出によって撤去されていた。

近隣には、関東軍と憲兵隊の司令部がそろい踏みだ。春雄は気が気ではなかったが、西風も川島嬢も堂々たる態度で公園に乗り込んだ。

李香蘭は、やはり希代の名女優であった。

市街地だけあって、戦時下でも人通りは多い。公園での散歩を楽しむ家族連れなどに見られたが、李香蘭がいると大騒ぎする者はひとりもいなかった。

チャイナドレスは中国語で〈旗袍《チーパオ》〉という。原形は満洲人の民族服だが、辛亥《しんがい》革命後に上海租界から流入した西洋文化の影響を受け、モダンに発達した新型〈旗袍〉が流行したことで、現在の完成形になったらしい。

日本人の娘たちも競って受け入れ、近代的なお洒落を好むモダンガールは満洲ではこぞってチャイナドレスをまとうのだ。

だから、それだけで目立つことはなかった。

李香蘭は、満洲人のお嬢様を演じていた。純粋だがお転婆で、陸軍の恋人を兄のように慕っている姑娘そのものだ。そればかりではなく、川島嬢をさりげなく自分の演技で包み込み、一切の不自然を感じさせなかったのだ。

昨年、儚《はかな》く命を絶ってしまった妹と姿が重なった。

『お兄さま、お兄さま、美紀はもう堪えられません。私は生きてはいけない女なのです。もう日本にはいられないのです。どこにも居場所はないのです。大陸で散ることさえ許されないのであれば――』

これが春雄に宛てられた遺書であった。

家出に失敗してから、妹は自室に引きこもるようになっていたらしい。お転婆で、活発で、煩いほどにおしゃべりであった妹しか思い出せない春雄には信じられない変わりようだ。時勢の悪化を肌で感じていたのか、日に日に気を鬱屈させ、家族の誰とも口を利かず、もう何年も笑顔を見ていないと母からの手紙には書いてあった。

ある日、お手伝いさんが部屋へ食事を運んでいくと、妹は血溜まりの中で事切れていた。小刀で手首をかっ切っていたのだ。その死に顔は苦しんだ様子もなく、うっすらと安らかな笑みさえ浮かべていたという。

たしかに、満洲は命のごみ捨て場ではない。

心を死なせたまま彷徨《さまよ》う土地ではなかった。

しかし、あれほど満洲に恋い焦がれていたのだ。許してやればよかった。妹を連れ出してやればよかった。いっしょに暮らしてやればよかった。日本から解き放って、この赤き曠野を好きなだけ駆けさせてやれば——。

『さようなら。さようなら。さようなら……』

春雄の目頭が熱く疼いた。痛いほどだ。

嚙みしめた奥歯も軋む。悔恨や懺悔《ざんげ》など、生き残った側の傲慢である。なにを祈ったところで、いまさら時は戻らないのだ。

公園に、気持ちのいい秋風が吹き抜けた。

「湊君、そこの暗幕をカメラにかぶせてくれ。フィルムの交換だ。できるだけ光を入れないようにしてくれよ」

「よしきた」

このころになると、春雄も撮影に慣れてきている。

暗幕をかぶせ、できるだけ隙間なく光を遮断していく。交換時に光を浴びるとフィルムが感光して真っ黒になってしまうからだ。暗室でやればいいのだが、そんな贅沢はいっていられない。

西風は暗幕の中に諸手を突っ込み、鼻歌交じりにフィルムを交換していた。自前のカメラだけに、眼で見なくとも手が構造を覚えているのだ。

「しかし、よくこれだけのフィルムが手に入ったもんだな」

映画用フィルムさえ統制されているご時世なのだ。

「ああ、非可燃性のフィルムは駄目だったよ」

「なら、セルロイドか？」

セルロイドのフィルムは映写機の熱で炎上することがあるため、現在ではすべて非可燃性に切り替わっているはずだった。満洲は空気が乾いている。野外の上映会で火事を出せば、大惨事になりかねなかった。

「うん、倉庫の片隅で眠っていたのを拝借してきたんだ。大豆を原料にしたフィルムも開発中らしいけど、さすがにねえ……」

時は尽きようとしていた。

陽射しも弱々しくなり、次に撮る場面が最後になるだろう。

撮影は大変だったが、春雄も映画作りを楽しんでいた。

たしかに胸が躍る体験だ。一瞬を切り取り、永遠に閉じこめるのだ。これが面白くないはずがなかった。

映ったものが真実とはかぎらない。そこもよかった。同じ映像を使ったとしても、編集によっては真逆の意味を持たせることもできる。

作品の中では、監督こそが神であった。

映画とは会社組織によって製作されるもので、個人的な零細活動で作れるとは想像したこともなかった。西風が、それは間違いだと教えてくれた。その気になれば、誰でも手が届く。誰だって、世界を丸ごと創造できる。それが映画だ。

とはいえ、今回は監督もカメラも素人である。

すでに駄作となることは必定《ひつじょう》だ。しかも、公開できない映像ばかりだ。けして完成することがない幻の駄作であった。

西風も、それはわかっているはずだ。

だからこそ、この映画は物悲しくも切ない傑作となりえる。

だからこそ、これは満洲の夢そのものであった。

そこには青春がきらきらしく駆け巡っている。眩《まばゆ》いほど、涙ぐみたくなるほどに、それは懐かしい光景ばかりであろう。

現実ではない。映像の中でしかない。しかし、本物だ。人の心の真の色彩がフィルムには封じられているのだ。何度でも、何度でも、銀幕の中で蘇る。永遠に、いつまでも、色褪せることなく——。

　鳥は力いっぱい唄うわ
　花は好きに咲き誇るの
　　とても愉快ね

李香蘭の歌声だった。
はっと春雄はふり返り、西風が慌ててカメラをまわしはじめた。

　小鳥はどうして唄うの？
　花はなぜ咲くのかしら？
　　とても奇妙ね

上海で大人気の歌姫であり、可憐にして愛くるしい天才女優の周璇《チョウシュアン》が歌って大成功を収めた『瘋狂《ふうきょう》世界』という歌だ。
邦訳は――世界は狂っている――。

　恋や愛って、なんなの？

もう唄うことも　咲くことさえ許されない
　世界は狂っている
　私にはいらないの
　世界は狂って――

橋の上で、李香蘭と川島嬢は見つめ合っていた。

「ねえ、おにいちゃん、わたしは女優を辞めても李香蘭を辞めることはできないわ。だって、李香蘭も本当の名前だもの。李香蘭として、歌っていくことになるわ。これからも、ずっと、現実のような幻覚のような世界からは抜けられないのね」

「君の幻覚は君だけのものさ」

川島嬢は、哀しげにかぶりをふった。

「だけどね、ヨコちゃん、キミは狂ってはいけないよ。たとえ世界が狂っていようとも、美しい声でさえずるカナリアを殺す者はいないさ。そう、キミではないんだ」

録音できないことが惜しいほど、それは春雄の胸を締めつける台詞であった。

「――いつか狂い死にするのは、ボクの役どころなんだからね」

†　　†　　†

新京駅のプラットフォームは朱に染まっていた。

強烈な西日が差し込んでいるのだ。

春雄と西風は、北京へと出立するふたりを見送りにきていた。

「西風クン、とても世話になったな」

「なんの、芳子ちゃん。こちらこそだ。素晴らしい美女たちが出演してくれたおかげで、とても素敵な映画が作れそうだよ」

「さて、そっちは保証の限りではないね。ボクなんて、女優に毛の生えたようなものさ」

西風と川島嬢は握手を交し、皮肉っぽい笑顔をむけあっていた。それが習性になっているのか、本音を口にすることが照れ臭いのか、常に冗談めかした体を装うあたり、ふたりは兄妹のように似通っている。

李香蘭は、春雄に優雅なお辞儀をしてくれた。

「湊さまにもお世話になりました」

「い、いえ……貴女たちにお会いできて光栄でした」

春雄は、つい海軍式の敬礼をとった。

「湊クン、ボクからも礼を述べさせてもらおう。キミにはずいぶん迷惑をかけたようだ。親切で、我慢強く、たいした男前だと感心する。もっとはやく出逢っていれば、キミのような可愛い男とも付き合ってみたかったたな」

困惑する春雄を見て、川島嬢は艶めかしく唇を舐めた。

「ふふ、そう警戒することはないよ。ボクは恥知らずなのかもしれないが、恩知らずではないし、言葉を惜しむほど吝嗇《ケチ》ではないつもりだ。懐の中は寂しいかぎりだけどね。それでも、これくらいのお礼はできるさ」

川島嬢は顔を寄せると、驚く春雄の頬に軽く接吻をした。

柔らかく、どこか切ない感触であった。

まあ、と李香蘭は瞳を見開く。春雄は硬直してしまった。

あははっ、と川島嬢は笑った。

「キミは初心《うぶ》だね。とても西風の友人とは思えないよ」

西風は呆れたようにかぶりをふる。

「あのね、湊君は、まだ女の子と付き合ったことがないのだ。君に接吻されるなんて、身体に毒を注がれたようなものじゃないか」

「ははっ、それは悪いことをした」

「おにいちゃんったら……」

李香蘭まで鈴を転がすような声で笑っていた。

結局は、春雄が嬲《なぶ》られただけのことである。

ちらりと腕時計を見て、西風が提案した。

「出発時刻まで、まだ少しある。記念撮影といかないか？」

「ああ、いいとも」

川島嬢は快諾し、李香蘭は困ったように小首をかしげながらも首肯《しゅこう》した。

「一枚だけでしたら」

「よし、一発で決めようじゃないか」

堅牢《けんろう》な三脚を立て、西風はドイツ製のライカ二型を設置した。小型軽量ながら、連動距離計を備えた高性能機である。

「レンズは……うん、ベス単を使おうか」

「ベス単とはなんだ？」

手持ちぶさたで、つい春雄は訊いてみた。

「ベスト・ポケット・コダックから単玉レンズを外して、フードを除いたものだよ。軟焦点で、面白い画質になる。絵画主義というやつさ」

「本当か？」

説明されたところで、春雄にはぴんとこなかった。

「君ね、あのね、満鉄弘報部が出している『満洲グラフ』を見たことがないのか？　あいかわらず芸術に暗い男だ」

「ふん……」

春雄はそっぽをむくと、すぐにカメラの設置は完了した。

「湊君、いっしょに写りたまえ」

「あんたは？」

「僕も写るさ。僕のライカだからね」

「誰がシャッターを押すんだ？」

「だいじょうぶ。こんなこともあろうかと、僕が行きつけの時計屋に作らせた自動シャッターを持ってきてるんだ」

ライカを見ると、シャッターのボタンに真鍮製の奇妙な部品が装着されていた。小さなゼンマイで一定の時間を稼ぐ仕組みなのだろう。西風は部品を押すと、急ぐことなく長い足でこちらにむかってきた。

李香蘭と川島嬢を挟み、春雄と西風は両端に立った。

「うん、シャッターが降りたようだ。上手く作動してくれた」

出発を告げる汽笛が鳴った。

それが合図だったのか――。

ハンチング帽をかぶった男が柱の陰から飛び出してきた。手に抜き身の短刀が光っている。正面から夕陽を浴びて、全身を禍々《まがまが》しいほど真っ赤に染めていた。

先に西風が動いていた。

「これを使え！」

川島嬢が腰のサーベルを投げると、西風はふり返りもせず後ろ手で受けた。

春雄は出遅れたが、カメラの三脚を持ち上げて武器にしようとした。

西風がハンチング帽の男とすれ違った。

サーベルが夕陽を受けて閃く。

短刀が落ちる。手首がついたままだ。ハンチング帽の男は、斬り落とされた腕を抱え込み、絶叫を上げてプラットフォームを転げまわった。

危機は脱したようだ。

春雄は、三脚を置いてふり返った。逆光だ。眩しくて眼を細める。人影が——何者かが駆けてくる。ぞわりと肌が粟立った。

「いかん！」

警告を発したが、言葉で凶行を止めることはできない。

刺客は、もうひとりいたのだ。

挟み撃ちだ。

川島嬢も軍人である。背後から迫る殺気には気付いていたようだ。春雄が叫んだときには、背中に李香蘭をかばっていた。莫迦な。ここは舞台ではない。無様でも一目散に逃げるべきであった。

だが、短刀を構えた凶漢は蹴つまずいたように倒れた。前のめりになって、顔から固い床に激突した。そのまま動かなくなった。

なにが起きたのか。春雄と西風は駆け寄った。

川島嬢は、にっと笑った。右手を高々と突き上げ、玩具のようなピストルを見せつける。二連発のデリンジャーだ。手のひらにすっぽりと隠れる護身用の小型ピストルを隠し持っていたのだった。

「さらばだ！」

川島芳子は、李香蘭の手をひいて飛び乗った。

列車は出発した。

プラットフォームには、春雄と西風が残された。警察が到着するまで、待っているようにと指示されたのだ。

手首を斬り落とされた刺客は、駅の警備員にとり押さえられ、病院へと搬送されているはずだ。あの出血で、はたして助かるかどうか……。

「湊君、どちらを狙ったと思う？」

西風が、射殺された刺客へ顎をしゃくった。

「川島嬢だろう。彼女は関東軍にも国民党にも狙われている」

「李香蘭かもしれないよ。中国人のくせに日本の映画に出ていたと憎む者は多い」

春雄は、しゃがみ込んで刺客の顔をたしかめた。

「朝鮮人のように見えるが……関東軍の命令だろうか？」

「あるいは、国民党に買収されたのかもしれないさ」

春雄には、どちらでもよかった。

どこが黒幕だろうと興味はない。

敵も味方も、戦乱という大きな幕が降ろされるまで、それぞれ必死になって与えられた役を演じているだけなのだ。


十一月七日――。

尾崎秀実が共産主義者のスパイとして処刑された。

春雄には、とくに感慨もなかった。

† † †

昭和二十年になった。

フィリピン沖海戦の敗北によって日本海軍は著しく戦闘能力を喪失し、三月には硫黄島《いおうとう》を死守していた日本軍が玉砕した。

日本の帝都は、雲霞《うんか》の如く押し寄せるアメリカ爆撃機の大空襲によって焼き払われ、百万人以上の死傷者を出したという。これを皮切りに、列島の各都市は空襲にさらされることになった。

四月。沖縄に攻め寄せたアメリカ軍を迎え撃ち、日本軍が二ヶ月半以上にもわたって激戦を繰り広げているあいだに、ヒトラー総統は自決し、同盟国のドイツは首都ベルリンを占領されて降伏していた。

史上最大の戦艦と高らかに謳い、主砲の四十六センチ三連装砲塔の三基を誇った大和は、沖縄突入の途上でアメリカ機の雷撃を受けて沈没した。

六月には、沖縄の日本軍も玉砕して果てた。

農作物が豊かな満洲でも、食糧難の日本へ多くが輸出されるようになり、日に日に食料の入手が困難になっていた。

強硬な金属供出などによって、すでに満洲の民の心は政府から離れていた。物質統制による歪みが露呈していたのだ。

国民国家の思想など、押しつけたところで根付くはずもない。近代国家の政策など、不合理な欲望の塊を抱えて生きる人間にとっては地獄の掟でしかない。満洲国総理の張景恵が叱咤《しった》したところで、どうにもなるはずがなかった。

戦争で勝つには、徹底した合理化の結晶を必要とする。

長期にわたる軍事計画を慎重に練り上げ、すべてに最大限の効率化を求めた末に、人も資源も等しく扱われるのだ。

ひとりでも多くの兵を、一発でも多くの弾を、一日でも戦地で生き延びるための食料を。その総力を溶かし合い、最後まで立っていたほうが勝者となる。

快適な空間に立て籠もり、鼻歌交じりに人を殺戮《さつりく》できる新しい戦争の時代が到来するまで、この無限の煉獄《れんごく》はつづくのだ。

満洲も戦禍に巻き込まれていた。

工業地帯や軍基地は、アメリカ軍の長距離爆撃機から幾度も攻撃を受けている。満洲国飛行隊が旧式の戦闘機で迎撃に揚がったところで戦果は知れていた。日本軍への不満と不信が積み重なり、日本敗北の予感によって、ソビエトとの国境付近では満洲国軍の兵士による叛乱事件が相次いでいるという。

国家存亡の危機に、溥儀皇帝は仏教に深く傾倒していた。宮廷内で読経《どきょうざんまい》三昧の日々だという。もっとも、満洲の民は皇帝など崇《あが》めていない。実権を持たない名ばかりの皇帝であればなおさらであった。

不思議なことに、これほど事態が切迫しているというのに、新京から逃げ出す日本人は思いのほかに少なかった。

映画は終わったが、なかなか終劇の二文字が映し出されず、席を立つ時期を失ってしまった観客のようなものかもしれない。

内地では連日の空襲だ。食料の供給にも不安がある。もしかしたら、満洲にいたほうがましなのかもしれない。この期に及んで、そう考えているのか。しかし、正解など誰にもわからなくなっているのだ。

八月八日に、巨大な災厄が押し寄せてきた。

ドイツに打ち勝ったソビエトが対日宣戦布告を発し、ついに不可侵条約を破って満洲国の領土へと雪崩《なだ》れ込んできたのだ。南方戦線に戦力の大半を割いた関東軍に抗う術はないだろう。

満映から招集がかかっても、春雄は下宿から動けなかった。心が萎え、身体が重い。起き上がる気力もなく、寝床で眠りつづけた。

八月十五日——。

春雄は日本の敗戦を知らされた。

満洲を支配していた魔法が破れ、どろりと過酷な現実が流れ込んできた。

突如として、学友の死が現実のものとして胸を締め付けた。床にうずくまり、激しく嘔吐していた。食べていないのだから、たいして吐くものもない。黄色く粘ついた胃液が糸を引いて滴るばかりだった。

無理に無理を重ねて膨らませた幻想の風船だ。上り調子のときは、それでもよかった。関東軍が威張っていようが憲兵や警官がのさばっていようが、食べて寝て暮らせれば誰も気にはしない。

だが、日本は負けた。倒された。敗因はなんでもいい。同じだ。負けたのだ。

茫然自失で寝込んだままの春雄へ、西風からの手紙が届いた。戸を執拗に叩かれ、芋虫のように寝床から這い出ると、すでに来訪者の姿はなく、木戸の下に手垢で汚れた封書が差し込まれていた。

差出人の名を見て、あれほど苦しかった呼吸が通常に戻った。あの男はどうするのだろうか。この国は、あの男の夢そのものであったのだ。

あれから、西風は映画の編集にすべての情熱を傾けていた。なんと喜劇映画を作ろうとしていたのだ。あの社交好きの男が、ずっと部屋に閉じこもって、阿片の煙にまみれながら作業に没頭していたと聞いている。

震える手で封を切った。

西風の手紙に眼を通した。

即座に下宿から出る覚悟を決めた。もう戻ることはあるまい。最小限の荷物をまとめ、あとは残していくことにした。

階段を降りると、漢方屋の主人が店先の桶に座って煙をくゆらせていた。春雄が別れの挨拶をしても、眼が虚ろで反応はなかった。阿片が見せる夢で、天に魂を遊ばせているのだろう。

先月、心臓の病で女房が亡くなってから、この有様であった。残された旦那は哀しみを通り越して虚無に至っていた。

残念だった、残念だったねえ、と独り言を繰り返していた。

漢方屋の主人と眼があった。

歯の抜けた顔で笑っていた。

「残念だったねえ……あと少しだったねえ……残念だったねえ」

嘲笑っているのか、慰めているのか、春雄には判別できなかった。

帝都は奇妙な静寂に満ちている。

満洲人たちも日本の敗戦を知り、息を潜めて天下の転がる先を見定めようとしていた。

日本人は仮初《かりそ》めの間借り人にすぎなかったのだ。速やかに退去しなくてはならない。間もなく次の店子《たなこ》がやってくるのだから——。

春雄は、満映撮影所へ足をむけた。

† † †

「……おや、湊君ですか」

本館二階の理事長室を訪れると、甘粕理事長は軽く眉を吊り上げた。丸い眼鏡の奥から静謐《せいひつ》な眼差しが春雄を真っすぐに見据える。

愛新覚羅溥儀を極秘裏に満洲まで護送し、他にも中国大陸を股にかけて数々の謀略にかかわった男だ。満洲の支配者である関東軍にも臆することなく、その強権ぶりを怖れられて魔王と呼ばれた男だ。

虚無と諦観に彩られた舞台で踊りつづけ、その半生をかけて芸術を愛したほどには、ついに芸術からは愛されなかった男であった。

心労の色は隠せないが、謹厳に引き締まった顔に動揺はなかった。きれいに髭をあたり、五十四歳にしてなお壮年の力強さを維持している肉体をシワひとつない協和服で包み込んでいた。

「しばらく見ないうちに、ずいぶんやつれましたね」

「はい、このところ病に臥《ふ》せっていました。満映からの招集に応じることができず、まことに申し訳ありませんでした」

「それはいけません。逃げるにも体力がいります。社内にまだ食料は残っているはずだ。少しでも食べて回復しなさい」

満映撮影所には、まだ多くの社員は残っていたが、社員の家族は先に朝鮮へと疎開させる指示を出したという。逃げる者は逃げ、残る者は残ったのだ。

「理事長、日本は負けたのですね」

「そうです。無条件降伏を受け入れました。広島と長崎にアメリカが新型爆弾を投下し、広島だけでも死傷十三万余と聞いています。たった二つの爆弾によって、二つの都市が壊滅しました。降伏もやむを得ないでしょう」

「死傷十三万余……」

途方もない数字であった。恐ろしい威力を秘めた新兵器が、想像もできないほどの災厄を日本にもたらしたのであろう。

かぶりをふって、衝撃を頭から追い払った。

「満映の社員たちは、ここで籠城するつもりなのですか？　自決用に青酸カリを配るとの噂も聞いていますが」

社内のスタディオには、フィルム缶が山のように積み上げられていた。ソビエト軍が新京に攻め込んできたら、撮影所に籠城して大量のフィルムに火をかけ、華々しく自決する腹積もりであったという。

それが甘粕理事長の指示だという噂もあり、そうではないという話もあった。どこもかしこも、誰も彼もが混乱の極みに右往左往している。

「青酸カリはすでに回収しました。社員に自決などさせません。関東軍は玉砕覚悟だと気炎を上げているが、ソビエト軍が攻め込んできたらお手上げです。白旗を揚げて降参すればいいのです」

「理事長は、お逃げにはならないのですか？」

「責任者は最後まで残るものです。私は武士の家に生れ、軍人として育ちました。ただし、日本刀で自決することは不忠ですから……」

　ぷつりと言葉を切り、甘粕理事長は多弁を恥じるように含羞《はにか》んだ。

「これから最後の宴会があります。君もどうですか？」

「いえ……」

「そうですか。ならば、訊くべきことを訊きなさい。そのために私を訪ねたのでしょう」

「はい」

　春雄はうなずき、舌で唇を湿らせた。

「溥儀皇帝はどこにいるのですか？」

　遅かれ早かれ、ソビエト軍が侵攻してくることは想定の内であったはずだ。西風の手紙には、玉音放送の二日前に溥儀皇帝は新京を脱出したと記されていた。国民を見捨てたのではなく、新京を戦場としないためだという。

「もう皇帝ではありません。ただの溥儀さんになりました」

「……つまり、退位したと？」

「そうです。退避先の通化省で、諸外国にむけて満洲国の消滅と退位を宣言しました。ソビエトと開戦になれば、満洲に残された兵力では太刀打ちできないと関東軍もわかっていましたから、大連から新京、そして新京から図們《ともん》を結んだ三角形の防衛線を敷き、通化省に集中させた主力で山岳地帯を利用した大持久戦をとる計画でした。ですが、日本が降伏を宣言したことで、すべてはご破算です」

そうなるしかなかったのであろう。

日本の敗戦に比べれば、春雄に与えた動揺は皆無に等しかった。空虚な風が、足下から背中へ吹き抜けていっただけである。

しかも、ゆるやかに――。

「では、通化省のどこにいるのか教えていただけませんか？」

甘粕理事長の眼に、鋭い光が灯った。

「そんなことを聞いてどうします？　君は若い。日本に戻って、ぜひ戦後の復興を託したい。老人たちの尻拭いなど御免かもしれません。しかし、それでも帰るべきです。これは伏してのお願いです。まだ今ならば間に合――」

「西風が、そこにむかっているのです」

「西風君が？　どういうことですか？」

「わかりません。溥儀皇帝を追って、夢の欠片を拾いにいくと……溥儀様は、日本に亡命されるのですか？」

「日本政府が、亡命の受け入れを決断すればそうなるでしょう。もっともソビエトは溥儀さんの引き渡しを要求するでしょうし、国民党軍も八路軍も退位したとはいえ満洲国の元皇帝を放置するとは思えません。いや、それにしても、西風君はなんのために？　あくまでも溥儀さんに侍《はべ》りたいのであれば、日本で待っていればいいのです。それとも、日本が亡命を拒むと考えてのことなのか……日本軍から溥儀さんを奪還できたところで、もう世界のどこにも逃げるところなどないというのに……」

後半は独り言であった。

眉間に険しいシワを刻み、西風の思考を辿《たど》ろうとしていた甘粕理事長は、ふっと懐かしげに口元をほころばせた。

「……あれは奇妙な若者でした」

「西風のことですか？」

「ええ。私が民政部警務司長を拝命していたとき、ふらりとあらわれて、自分は役に立つと売り込んできたのですよ。実際、とても役に立ってくれた。元馬賊で、何事にも如才がなく、日本語も中国語も堪能だった。どうやって取り入ったのか、溥儀さんとも繋がりがあると知って驚かされたものです。映画好きで、私より先に満映へ潜り込んで、下働きの真似《まね》をしていました。とても……とても奇妙な男で、日本の鞍馬天狗をみせてやるとボロボロ涙をこぼすのですよ。日本人の血が入っているせいだと本人は述べていましたが……そう、とても不思議な男でしたね」

微笑を消し、春雄を見据えてきた。

「西風君と会ってどうするつもりです？」

どうもこうもなかった。

「おれは、あの男にふりまわされてばかりでしたから。別れの挨拶もなく姿を消されても、納得できるものではありません。だから、鉄拳のひとつも喰らわせてやろうかと。それだけの腹積もりです」

「友人としてですか？」

「遺憾ながら、友人として」

甘粕理事長は、ふっ、ふふっ、と吐息のような笑いを断続的に漏らし、短く髪を刈った頭をつるりとなでた。

「ははあ、なるほど。そうですか。若さとは、そういうものかもしれません。ええ、羨ましいことです」

甘粕理事長は、立ち上がって背中をむけた。

「溥儀さんは通化省臨江県の大栗子《だいりっし》駅にいます。朝鮮との国境に近く、山間部の果てにある終着駅です。四平街ではなく、奉天駅から奉吉線に乗り換えたほうが確実でしょう。それでも、民間人を乗せてくれる列車があるかどうか……」

「甘粕理事長、教えていただき感謝いたします」

春雄は踵を返し、理事長室を出ていこうとした。

足が止まった。

まだ問うべきことが残っていたらしい。まさか、と疑念を持ちながら、もしや、と直感しながらも、口に出して確認することが怖かった真実だ。

「あとひとつだけ、教えていただけますか？」

「なにかね？」

甘粕理事長はふり返らなかった。

「おれは、なぜ徴兵されなかったのですか？」

満映理事長は、窓の外を眺めていた。いつも定時の三十分前には出社し、バルコニーの上から社員の出社状況を見張るのが習慣であった。

「君の叔父上に頼まれたのですよ」

脳裏の銀幕に映ったのは、大連で面談した満鉄調査部の男だ。

名前も思い出していた。湊賢治《けんじ》だ。

春雄の叔父であった。

「賢治君は、私が陸軍憲兵大尉であったころの古い友人でした。私の従兄弟《いとこ》がマルクス経済学者でね、賢治君は従兄弟の影響を受けて唯物論者となり、マルクス主義に傾倒していったのですよ」

親戚付き合いに淡泊な人であった叔父とは、春雄も長らく会っていなかった。二・二六事件のときも、ひさしぶりに名前を聞いて驚いたほどで、顔の印象すら薄ぼんやりとしたものになっていたのだ。

「湊君、『のらくろ』は好きかね?」

意外なことを訊かれ、春雄は眼を丸くした。

「……好きです」

幼いころ、叔父が買い与えてくれた漫画であった。

不器用で、口が悪く、照れ性な人だった。まだ小さかった春雄を名前で呼ぶことはなく、小僧小僧と眼を細めて可愛がってくれた。

もとは宿無し　野良犬も
いまでは猛犬連隊で
音にきこえた人気者
笑いの手柄　数知れず

日清戦争後に作られた軍歌『勇敢なる水兵』の節で歌うのである。のらくろは大尉にまで出世したが、猛犬連隊を勇退して冒険の旅に出発し、最後には地下鉱脈の発掘に一生を捧げようと決意するのだ。

「うん、あれはいい漫画です。漫画界のチャップリンです。満映はああいった映画を撮るべきだったのかもしれません。賢治君もあれが好きで、『のらくろ』はプロレタリアートだとか妙な持論を……まったく、面白い男でした。戦地で亡くなったと聞いて、私も悲しんでいます」

満鉄調査部の解体後、叔父は日本軍が〈一号作戦〉と呼称する大陸打通作戦に参加させられたと甘粕理事長は教えてくれた。作戦終了後も満鉄に復帰できず、第二十三軍に従って漢口と広東を結ぶ粤漢《えつかん》鉄道を確保中に戦死したという。

「君のことは、こちらでも調べていました。軍と警察が隠匿した真実も含めてね。同情もでき、共感もできる事情でした。そのせいかもしれません。賢治君の要請に応じて、君を新京に引き止めつづけたのは……」

春雄には、もうわかっていた。

――甘粕正彦の不正か弱みを摑んでこい――。

そんな密命に意味などはなく、はじめから遂行は無理だとわかっていた。関東軍から要請があったことは事実かもしれないが、甥の春雄を安全な新京に留めておくための方便として利用したのであろう。

西風への内偵も同じだ。

満鉄調査部は、西風が溥儀皇帝の密偵だと知っていた。だから、叔父は友人の甘粕理事長に話を通し、馬賊上がりの西風から謀略渦巻く満洲で逞しく生き抜く術を春雄に学ばせようと目論んだのだ。

余計なお世話だ、と。

五年前ならともかく、今の春雄は思わない。

叔父も甘粕理事長も、それぞれの罪を背負って満蒙の地で生きてきたのだ。不器用で、孤独で、優しい大人たちであった。

大連で思わぬ再会をした叔父は、春雄が気付かなかったと思ったのであろう。叔父は、それを黙って許してくれた。

しかし、春雄は忘れていたふりをしていただけだ。思い出さないように細心の注意を払っていただけだった。顔も声音も、父と叔父はよく似ていたのだ。

クーデターの余波を浴びたことで、叔父を恨んでいたせいではない。

大連に上陸したときから、春雄は夢の中で生きていた。不合理を不合理と思わず、理不尽を理不尽と感じず、齟齬を齟齬と認識せず、ひたすら現実から逃避し、安寧に満ちた瘋《ふう》狂《きょう》世界の住人となっていたのかもしれない。

だから、春雄は、何度も懇願の手紙を送ってきた妹を黙殺した。それと同じことであった。妹に返事を出したことなど一度もなかった。出せるはずがない。忘れたかったのだ。そうしなければ、祖国とともに捨て去ったはずの亡霊が蘇ってしまうからだ。

妹のこと。親友のこと。叔父のこと。

なにもかもだ。

卑劣にも夢に逃避した春雄を、満洲と西風は優しく受け入れてくれた。

「この国で、よい夢は見られましたか」

「……はい……」

「うむ、それはよかった」

甘粕理事長は横顔をむけた。

「君は無一文で満洲にきて、無一文で帰るのです。カエサルのものはカエサルに、神のものは神に……そして、満洲のものは満洲へ返すべきなのです」

理事長室の隅まで、ゆったりと歩いていった。

「ある将校が、気の利いたことを言ってました。満洲にやってくると人は気宇壮大になる。なんでもできるような気になってしまうが、なんのことはない。満洲の広大な曠野は、金も血肉も、すべてを吸いとっていく性悪女のようなものだとね」

チョークを手にとり、壁の黒板に『すってんてん』と大きく書いた。達筆である。

「ははっ」

満洲の魔王と畏怖された甘粕正彦は笑った。

無垢な子供の眼で――。

「大ばくちに負けるとは、こういうことなのですよ」

† † †

新京駅までは歩いていくしかなかった。

数日前に禁衛隊が叛乱を起こし、吉林《きつりん》方面へ逃散《ちょうさん》したという。新京は無防備な状況に置かれていた。街中は静かであったが、ときおり散発的な銃声が聞こえた。日本人の店への掠奪行為もはじまっているようであった。

駅のプラットフォームは避難民でごった返し、まだこれほどの日本人が残っていたのかと驚くほどだ。快適な客車など望めるはずもなく、機関車も足りていない。二十でも三十でもありったけの車輛を連結させていた。春雄は押し合いへし合いの人波に揉まれ、かろうじて無蓋車《むがいしゃ》に乗り込むことができた。

屋根がなく、苛烈な陽射しが容赦なく照りつける。敷布を持っている者は天幕を作り、その下に潜り込めるだけ潜り込んだ。なければ上着やシャツを頭からかぶり、恨みがましく天を睨むしかなかった。

どの車輛にも混乱と恐怖が汗の匂いとともに充満している。たっぷりと待たされ、ようやく列車は出発した。鈍牛のような加速だが、それでも動いている。安堵が人々の不安を薄れさせた。

五年間も住んでいた。もう二度と新京の地を踏むことはないだろう。春雄に感慨はなかった。もはや失われた街なのだ。

脱いだシャツを頭からかぶり、上半身裸でうずくまった。

『親愛なる湊君。僕の大切な友人へ――』

西風の手紙は、気障な書き出しではじまっていた。

『皇帝は無事に新京を脱出したようだ。僕も追うことにしよう。僕は、最後の夢の欠片を拾わなくてはならない。僕にしかできないことだからだ。僕は満洲国の理想を信じた。儚い夢だとわかっていても、五族協和を信じていた。満洲人として戦い、それで死んでもいいと思っていた。奇妙なものだね。この執着心は、じつに大陸的ではない。もしかしたら、日本人の血がそうさせているのかもしれない。まったく不可解極まるよ。しかしながら、心地よさがないわけでもない』

この期に及んで、なぜ溥儀に執着したのか！

あの無力な皇帝に、夢の欠片を見たというのか。そうだ。きっと、そうなのだ。皇帝は夢を見ていた。夢を見ることくらいしかできなかった。西風は満洲で見られた夢という夢を拾い集めなければならなかったのだ。それを唯一の責務と思っていたのだろう。

矛盾した男だ。

そんな義務感は、大陸人には無用のものだ。

逃げればいいのだ。

最後の最後で、西風は日本人の血に目覚めてしまった。

愚かであった。

『初めて告白しようと思う。大連で初めて逢ったとき、僕は君を任務に利用しようと企んだ。そのあとは斬ってしまおうかと考えていた。甘粕さんの邪魔になると思っていたからね。でも、僕は君の眼を見てしまった。人殺しの眼ではない。生きながらにして死んでいる眼だ。目覚めていながら夢を見ている眼だ。僕には、それがとても興味深く思えた。だから、殺すのはやめて、君のことを調べてみることにしたんだ』

そして、西風は甘粕理事長と同じ真相を知ったのだ。

春雄は、西風に憲兵を殺したと告白した。

それは嘘であった。

現実は、もっと救いようのないものだ。

あのとき、春雄は執拗にまとわりつく憲兵を殴った。殴られて当然の卑劣漢だった。職務上の権威と己の自尊心を区別できない愚者であった。憲兵は恥辱に憤慨した。春雄への復讐を企んだ。その矛先は春雄の妹へむけられた。妹をつけまわし、妹を拉致し、妹を
――美紀を陵辱した。

美紀は、乙女の身を穢されたことを誰にも話さなかった。話せるはずがない。しかし、

泣き寝入りもしなかった。陵辱した憲兵を自力で見つけ出すと、人気のないところに誘い込んでピストルで撃ち殺したのだ。

そのピストルは、少年のように活発な美紀が、優しい婚約者にねだってプレゼントしてもらった杉田式自動拳銃であった。

婚約者の名は、笠井章三郎《かさいしょうざぶろう》。春雄の幼馴染みだった。江田島の同期でもあり、機械好きの好漢であった。木炭車のこと、〈あじあ〉号のこと、オートバイから戦闘機まで、春雄によく蘊蓄《うんちく》を披露してくれた。機械好きが高じて、士官候補生だというのに航空隊の整備士を志した変わり者であった。

あの日は、大雨が降っていた。

章三郎は、婚約者の異変に気付いていた。繊細で、勘の鋭い男だった。何事ならんと春雄にも相談を持ちかけ、ふたりで美紀を探しまわった。先に見つけたのは章三郎であった。だが、すでに遅かった。憲兵は死んでいた。悪人とはいえ人を殺したのだ。美紀はピストルで自決しようとしていた。

そのピストルを奪い、章三郎は自分のこめかみを撃ち抜いた。

銃声を聞いて春雄は駆けつけた。どしゃ降りの中、悲劇は終わっていた。憲兵が見事に心臓を撃ち抜かれ、親友は頭から血を流して事切れていた。ずぶ濡れになって、美紀は茫然と地べたに座り込んでいた。

事態を知って憲兵隊が駆けつけた。憲兵も莫迦《ばか》ではない。素人の隠匿工作など穴だらけだ。すべての真実は詳《つまび》らかになった。かといって、表ざたにできることではなく、記録上は春雄が憲兵を射殺したことになった。

章三郎の自決は、ただの自殺として扱われた。いやしくも帝国の軍人が婦女子のために憲兵を殺すとは、かえって不名誉だという判断であった。

西風は、その調査内容を知って心を震わせたという。

春雄は軍人としての未来を失った。妹と親友のためにだ。名誉のために罪をかぶった。これぞ武士の心だと興奮したらしい。

勘違いも甚だしいが、西風はそう信じたのだ。

春雄と出逢えたことを喜んでいた。友誼《ゆうぎ》を深められたことを感謝していると、能天気に弾んだ筆致で書き連ねていた。

なにもかも失って、春雄は満洲へ逃げてきた。野心を胸に秘めているわけではなく、功名や栄達など望んでいるはずもなく、まっさらな希望さえうち捨てて、あの夢見るような烟《けぶ》る眼差しだけで――なんとこの国にふさわしい男なのか!

『日本も満洲も、ひどいことになってしまった。でも、僕に絶望はないよ。いつでも明るく達観してるのさ。だから、またどこかで君と逢えることを祈る。これは本心だよ。だから、さらばとは――』

出発して一時間ほど走ると、ぱらりと雨が降った。

恵みの雨だ。が、すぐにやみ、かえって蒸し暑くなった。南京虫が我が物顔で跳梁《ちょうりょう》しはじめ、貨物車輌に押し込められた避難民は不安と不平に苛《さいな》まれながら嚙まれた手首をかきむしった。

南京虫に慣れている春雄は微動だにしなかった。

車輌に便所はない。避難民は高粱畑に降りて用をたしていた。

陽が曠野の果てに沈む。

無蓋車でも一気に過ごしやすくなった。

夜空の星がきれいだった。

列車が停止した。少し動いたかと思うと、また停車する。その繰り返しだ。神経はささくれ立つが、苛立《いらだ》ってもしかたがない。動かない列車は、避難民を無防備な気分にさせ、闇の中に敵が潜んでいる錯覚に陥らせた。

発砲音が聞こえた。ひっ、と悲鳴が聞こえた。

中国兵が満洲人の偽装を解いて活動を開始したのかもしれない。叛乱兵が匪賊と化したのかもしれない。馬賊が復活したのかもしれない。

やがて、列車は動きはじめた。

東より光は来たる　光を載せて
東亜の土に　使ひす我等　我等が使命
見よ
北斗の星の著《しる》きが如く　輝くを
曠野　曠野
萬里続ける　曠野に――

誰かが満鉄の社歌を口ずさんでいた。

すすり泣きも聞こえた。

帝国は滅び、満洲人は中国人に戻った。

親切な中国人もいれば、弱った日本人に襲いかかる中国人もいるだろう。掠奪を尽くしたあと、素知らぬ顔で暮らしていくだろう。そうやって、これまでも生きてきたのだ。そして、またもや内乱に逆戻りであった。ざまあみろ。もう日本は面倒をみられない。なにもかもがご破算だ。

――ちがう。

面倒など、はじめからみる必要はなかった。それは思い上がりである。

曠野は曠野だ。夕陽は夕陽だ。満洲は満洲だ。

五族協和の楽土ではなかった。あたりまえだ。夢を見ていただけなのだ。誰かが見ていた夢を誰もが流離《さすら》っていただけなのだ。

ならば、日本人が悪いというのか。

中国人が悪いというのか。

誰が裏切り者だというのか。

――ちがう！

必死だったのだ。赤い曠野で、誰もがそうやって生きてきた。人は尊厳のために生きる。尊厳があれば餓えても耐えられる。だが、大陸では生き残ることが尊厳だ。生き残らずして尊厳などないのだ。

春雄も、ようやくそこにたどり着いただけだ。

野心が悪いというのか。夢を見た男が、女が悪いというのか。

断罪などできるはずがないではないか……。

春雄も泣いていた。

誰のためでもない。自分のために泣いていた。

非情な曠野に涙を流した。この一滴が、誰かの潤《うるお》いになればよい。この一滴が、作物の恵みになればよい。大地に吸い込まれ、天に蒸発してもかまわない。誰かが流さなければならない涙であった。

救ってほしくはない。そんなものは求めていない。

どうか祈らせてくれ。ただ祈らせてくれ。心の片隅でもいい。信じていなくてもいい。嘲笑いを交えてもいい。どうか哀悼を捧げさせてくれ。どこの言葉でもいい。どこの宗教でもいい。もしかしたら、無二の素晴らしい国になったかもしれない、幻の、愚かな者たちの夢の最期を。忘れないでもらいたい。日本人の流した血も荒野に吸い込まれていることを。

眼を閉じてみる。

いまは休んでおくべきだが、眠る気にはなれなかった。

夢は充分だ。

春雄は、ずっと夢を見ていたのだ。現実から眼をそらし、平和な満洲で夢を見ていた。

夢は覚めた。破れた。

砕け散ったのだ。

『残念だったねえ……あと少しだったねえ……』

夢の国が消滅したら、どこに消えるのか?

国も、人間も、映画も、すべては幻——。

すべては夢の材料にすぎなかった。

†　†　†

深夜。

四平街までたどり着いた。

新京と奉天の中間に位置し、かつては蒙古の放牧地であったという地域だ。平梅線と平斉線が東西に接続され、鉱物資源と農作物が集約される経済都市であった。

通化省へは、ここで平梅線に乗り換えたほうが近い。甘粕理事長は、奉天での乗り換えを薦めていたが、あまりにも大回りである。時は駆け足だ。溥儀一行がいつまで大栗子駅に留まっているのかもわからない。

しかし、乗り継ぎの列車に乗れるかどうかは不明だ。いや、それは奉天であろうが同じことだ。甘粕理事長は、春雄に通化省入りを諦めさせるため、あえて迂遠な奉天経由を薦めたのではあるまいか……。

乗り換えるべきか、奉天を目指すべきか。

悩む時間はあった。

四平街の駅で、機関車は他の車輛から切り離されていた。倉庫で故障箇所を修理するとのことだ。いつまで待てばよいのか、それは誰にもわからない。一時間で直るかもしれず、二時間かかるかもしれない。

思案しながら、春雄は満映で支給された乾パンをかじった。日中の炎天下にさらされて、喉は渇き切っていたが、乾パンの破片は容赦なく口腔の水分を吸収していく。時間をかけて、なんとか飲み下した。

こうなれば、出たとこ勝負である。

四平街で車を探すか。駄目だ。この状況で貴重な車を貸す莫迦はいまい。盗んだところで春雄は運転ができない。そもそも、乗用車にしろバスにしろ、使えるものは軍が徴用しているだろう。

ならば馬だ。馬ならば江田島の教練で乗ったことがある。あるいは自転車を盗むしかなかった。それしかない。

なんとかなる。なんとかなるはずだ。

見上げれば、夜空を薄雲が覆っていた。ぼんやりと月明かりが滲んでいる。この明るさでは、かろうじて外を出歩けても、肩を並べた隣の者が熊か狐であっても区別はつくまいと思われた。

月の光は薄気味の悪い赤味を帯びている。

避難民の寝息が聞こえた。苦しそうだ。悪夢にうなされている声も聞こえた。ひとりだけではない。日本語の寝言ばかりだ。そのことに安堵した。安堵した自分に、なぜか無性に腹が立った。

「――湊君はおらんか？　春雄君はどこだ？」

春雄は身を固くした。

車輛の外から、誰かが呼びかけているのだ。どこに乗っているのかは知らなくとも、どこかに乗っていることは確信している様子だ。小声でささやきかけ、一輛ごとに見てまわっているようだった。

――罠か？

だが、なんの罠だ？

無視を決め込んだところで展望は開けない。

「おい、湊などという唐変木《とうへんぼく》は知らんが、あんたは誰だ？」

無蓋車輛の縁から、春雄は顔を出した。

「おお、湊君か」

思ったよりも相手の顔が近くにあって驚いた。

にたり、と男は笑ったようだ。

「よかったよかった。すれ違いにならんですんだな」

「あんたは……」

無精髭で顔は埋もれ、薄汚れた野良着姿ではあったが、人の好さそうな八の字眉に見覚えがあった。以前、満洲人街でロシア人スパイとの銃撃戦を指揮していた満洲国警察の保安隊——特別偵諜班の班長である。

　これが吉か凶か、いよいよわからなくなった。

「あんた、どうしてこんなところに？」

「この顔を覚えていてくれたかね？　嬉しいじゃないか。まあ、話があるから、そこから降りてきてくれ。どのみち、この列車はしばらく動かんよ」

「……わかった」

　無蓋車輌から降り、班長とホームの隅まで歩いた。

「しばらく見んうちに、しゃきっとした面構えになったな。湊君、落花生でもどうだ？　ちょっとした旅行気分になれるぞ」

「腹は減ってない」

　春雄は、乾パン臭いげっぷを漏らした。

　早摘みで美味くはないがな、と男は言い訳しながら落花生を割って口に放り込んだ。

「君を探していたのは、甘粕さんに頼まれたからだ。満洲国警察なんざ、もうありゃしないし、保安隊の部下どもも逃散だ。そこで甘粕さんを頼って、奉天からソビエトの進軍情報を探る役目を仰せつかった。ソビエト軍は泥濘《でいねい》に足をとられて、燃料切れも起こしているらしい。しかし、それも時間の問題だな。甘粕さんに報告を済ますと、最後に湊君の手助けをしてほしいと頼まれた。だから、こうして四平街まで戻ってきたんだ」

警察の仮面を外したせいか、やけに闊達《かったつ》で饒舌な男になっていた。

「この任務が済んだら、泳いででも内地へ帰る。居残って遊撃戦をやらかしてもいいんだが、もう歳だな。郷里が恋しい。家族はいないがね」

「では、通化省に潜り込む手助けを？」

「いや、奉天だ。溥儀も、こっちにくるんだ」

「どういうことだ？」

「ああ、奉天で甘粕さんの特務機関から聞いたんだが、日本へ亡命させようにも通化には大型輸送機を着陸させる滑走路がない。元皇帝とはいえ、一族や荷物が多いからな。そこで、いったん奉天の飛行場まで小型機でお運びして、日本の輸送機で亡命させようという計画らしい」

「わかった。このまま列車に乗ればいいんだな」

「さあて、それで間に合うかどうか。明日の午前中には、あちらさんも飛行場に着いてるらしいからな」

呑気な口調に春雄は苛立った。

「だったら、どうする？」

元班長は、こともなげに答えた。

「馬を用意した。乗れるな？」

ようやく、春雄も馬賊の真似事ができそうであった。

†　†　†

闇の中を疾走した。

淡い月光が頼りの強行軍である。

元班長は弓削《ゆげ》と名乗った。風采の上がらない中年男だが、周到で抜け目がなく、背骨に鉄の芯が入っているような男であった。

四平街から奉天まで、およそ二百キロメートルとなる。丸一日を費やしても到着できるか怪しい距離であったが、弓削は一定の間隔で替え馬を確保しておくことで一気踏破を可能にした。

春雄は、ただ馬に乗っていればよかった。それでも、馬上で激しく揺さぶられつづけ、何度も黄色い胃液を吐いた。慣れない乗馬で尻を痛めつけられながらも、ふり落とされまいと必死に歯を食いしばった。

忍耐の甲斐あって、夜が明けるころには行程の半ばにあたる山頭堡《さんとうほ》駅に着いた。そこでも馬を乗り換え、休む間もなく走らせつづけた。

朝陽を浴びながら、二騎は奉天を目指した。

これで戦乱の世に逆戻りだ。

国民党軍と八路軍は、これまで反日思想で共同戦線を維持してきたが、日本が降伏したことで満洲の争奪戦をはじめるはずだ。

日本が途方もない金と労力を投じた遺産を奪い合う修羅《しゅら》の巷《ちまた》となるのだ。醜悪で凄惨な争奪戦が繰り広げられるのだろう。

風雲に乗じて、一旗揚げようという猛者《もさ》もひとりやふたりではなかろう。尻の破れ目だ。裂けるときは一瞬だ。格好を繕《つくろ》う暇などあるものか。せいぜい派手に散ればいい。さぞや壮絶な花火となって弾けることだろう。

ソビエトは、アメリカは、どうするのか。どうでもよかった。終わったことなのだ。日本にとっては……。

しかし、はじまりも終わりも人の都合だ。渺茫《びょうぼう》たる大地には関わりのないことであった。

ほら、耳をすませよ。過去の追憶に浸っている余裕などあるまい。次の野心が、次の支配者が迫ってきているのだ。

ソビエト軍の軍靴である。戦車と大砲と戦闘機だ。ガソリンが燃やされ、鉄と鉛と真鍮とジュラルミンが甘美な蹂躙《じゅうりん》を求めて進軍している。ドイツ戦線から解放された大兵力と余剰物量だ。どれほどの堡塁が炸薬で吹き飛ばされ、どれほどの日本兵が銃弾に倒れたのであろうか。

ロシア人が満洲の大地を踏みにじるのは二度目だ。まだあのときの恐怖を知っている中国人も多いはずだった。

果たして、わかっているのか。その泥まみれの軍靴でいったいなにを踏みにじろうとしているのか。この宝石のような奇跡の国を……夢の結晶を……おれたちの夢を！

走っても走っても、どこまでも曠野はつづいた。

手足は痺れ、あらゆる感覚が麻痺していた。頭も揺さぶられ、ろくに思考力など残っていない。ナニクソ！　コンチクショウ！　春雄は罵った。激しく憤った。誰に対してでもなかった。ただ怒りに燃えていれば、いまにも途切れそうな意識を保てるのだ。

――ナニクソ！

口に出して叫んでいたのかもしれない。きっと、そうなのだろう。

前を走る弓削がふり返り、眼を細めて笑っていた。不快ではなかった。嫌味も嘲《あざけ》りもなく、どこか温かみさえ感じさせる笑顔であった。

夜明けの光が、春雄に新たな活力を与えていた。

――コンチクショウ！

馬上でだらしなく涎を垂らし、半ば白目を剝きながら、春雄は遥かなる天頂へと昇っていく朝陽に吠えたてていた。

†　†　†

青葉の隙間から、瓢箪を立てたようなラマ塔が見える。

奉天東飛行場であった。

満洲入りの初日に、春雄が初めて乗った〈あじあ〉号から憲兵隊に降ろされ、西風と新京へむけて飛行機で離陸したところだ。

五年前のことだが、遠い昔の出来事のようであった。

気息奄々《えんえん》で奉天に駆け込んだ春雄は、弓削の案内で奉天城の東側へまわり込むと、馬を灌木につないで高粱畑の中をすすんできたのだ。

高粱は一・五メートルほどの丈があり、茎も太く、長い葉がひろがって上空からも潜入者の姿を隠してくれる。日除けにもちょうどよかった。高粱は夏になると茎の先端に穂が出てくる。九月になれば葉が薄黄色にしおれていき、十月には穂先で揺れる小さな実の一粒一粒が赤々と熟するのだ。

春雄の内臓がのたうっている。馬上で激しく揺すられた感覚が抜けず、立って歩く体力もない。頭を低くし、乾いた土の匂いを嗅ぐ。両肘で土を耕しながら芋虫のように這うしかなかった。

だが、滑走路の近くまで接近することができた。

「湊君、一歩遅かったようだ。飛行場はソビエト軍に接収されておる。どうやら、ノロマな戦車隊に業を煮やして空挺部隊を編制したらしいぞ」

先に高粱畑の端に達した弓削が、ふり返って残念な報告をもたらした。

春雄も匍匐《ほふく》前進で這いすすみ、弓削の隣に肩を並べた。ふたりとも上半身は裸である。胸と腹は畑の土にまみれ、背中は汗と脂で照り輝いている。

春雄は、葉と茎の隙間から覗き込んだ。眼が霞んでいた。頭をふって活を入れる。眼に気力を込め、眩い陽光に満ちた滑走路を見まわした。

単発エンジンのフォッカー・スーパーユニバーサルが三機。一機は溥儀が乗り、残りは一族と荷物を運んできたのだろう。日本が溥儀のために派遣したと思しき双発の四式重爆撃機も到着していた。

だが、これらは格納庫のほうへと押しやられている。

古臭い複葉機も五機ほど着陸していた。哨戒《しょうかい》のためか上空にも旋回している。翼に赤い星。ソビエト空軍の戦闘機であった。

双発エンジンの近代的な輸送機も何機かあった。アメリカからソビエト軍に貸与されたDC3であろう。日本でもライセンス生産され、三菱の〈金星〉エンジンを搭載して〈零式輸送機〉と呼称されている名機だ。

もう少し前へ出ようとして、弓削の腕に押しとどめられた。

「よせ。歩哨に見つかる」

空港ビルのまわりには、ソビエト兵が見張りに立っていた。近くに日本軍がいないことで、だらりと緊張感に欠けている。

「溥儀も捕まったようだな。もしかすると、日本政府は亡命させる気がなかったかもしれん。交渉材料として、ソビエトに引き渡す密約でも交わしていたのか。もちろん、当の溥儀は知らされていないだろうが……いや、どうかな？　敗戦で恐慌をきたした日本政府に、そんな芸当ができるのか？　まあ、右手と左手が、まったく別の思惑で動いてるなんざ、よくあることだからな」

弓削は、外見に似合わない緻密な頭脳を働かせていた。

「これは奪還しようたって、ちょいと無理だな。なあ、湊君、どうだ？　このへんで満足して、日本へ帰らんかね？」

「溥儀のことはどうでもいい。西風が、どこかに潜んでいるはずだ」

「ああ、あの若者か？　うん、甘粕さんからも聞いているが、溥儀が奉天にくることまで突き止められるかどうか……」

「あんたは甘粕理事長の特務機関から溥儀の動向を聞いた。ならば、同じ経路で西風が情報を知ったとしてもおかしくはない」

「理屈はそうだがね」

「いるかもしれないし、いないかもしれない。でも、もし動くとすれば、溥儀が輸送機に移されるときだと思う」

「わかった。それまで待ってみよう」

弓削は体力を温存するためか、仰向けになって寝転んだ。眼を閉じて、なにか動きがあるまでひと眠りを決め込んだらしい。

春雄は、西風だけでも逃がしたかった。手持ちの武器はピストル一挺。杉浦式コルトだけだ。弾は八発。この貧弱な武装でなにができるのか。必死に考えた。しかし、どう考えても妙案など浮かばなかった。

午後の太陽も傾きはじめていた。

高粱畑に潜伏して二時間ほど待ちつづけた。

ぱちり、と弓削が眼を開く。

「出るようだな」

春雄にもわかっていた。

DC3のプロペラが、電気モーターの力で断続的な回転をはじめていた。二基のエンジンを発動させているのだ。はじめはぎこちなく、やがてエンジンに火が入って燃料の爆発力で力強くまわりはじめた。

しばらく待っていると、屈強なソビエト兵に両脇を挟まれて、痩身の溥儀がビルの玄関から連行されてきた。

「なあ、どうやら西風君は――」

「静かに」

春雄は、エンジン音に耳をすました。飛行機や車のものではない。もっと乾いていて、もっと粗野で、もっと奔放不羈《ほんぽうふき》な荒々しい音であった。

高粱畑から、オートバイが飛び出してきた。側車付きで、夕陽のように真っ赤な鉄馬だ。見間違えるはずはない。インディアン社の〈チーフ〉であった。滑走路に躍り込み、V型二気筒のエンジンが咆哮した。

ハンドルを操っているのは、ひょろりとした長軀の男だ。愛用のパナマ帽はどこかでなくしたらしく、白麻の背広も泥と埃で汚れていたが、それは誰あろう——西風に相違あるまい！

ソビエト兵も闖入者《ちんにゅうしゃ》に気付いて発砲した。

パラララッ！　パラララララッ！

短機関銃がリズミカルに吠える。ソビエト製ＰＰＳｈ-41。通称〈マンドリン〉の歌声であった。七・六二ミリの拳銃弾が無闇やたらとバラまかれ、排出された空薬莢が滑走路の上で黄金色に輝きながら踊り狂った。

西風は素早く車体を傾けた。エンジンの回転数を上げて一気に駆動をかける。後輪は空転し、黒い線を滑走路に描いて右へ急旋回した。大馬力エンジンだからこそ可能な技だ。七・六二ミリ弾は滑走路上を虚しく跳躍した。

ソビエト兵は短機関銃の射撃に慣れていないのか、なかなかインディアンの動きを捕えることができなかった。西風は追いすがる銃弾を左に曲がって避けた。そして、振り子のように勢いをつけて右へと上体をふった。

素早くハンドルも右に切る。

ふわ、と車体の左側に固定された側車が浮いた。オートバイ本来の二輪走行だ。西風の尻は座席から離れ、身体ごと身を乗り出している。膝が路面に触れそうだ。ソビエト兵を嘲笑するように愛車をぐるりと一回転させた。

西風は笑っていた。高らかに笑っていた。遊びに熱中している悪童のように楽しげであった。この距離では表情までわからないが、人を喰ったような笑顔が目に浮かぶ。眼を輝かせ、白い歯を覗かせているはずだ。

気障な優男。満映の便利屋。溥儀皇帝の密偵。

そして、この天晴れな馬賊ぶりだ。

曲芸じみた運転術で、西風はインディアンを巧みに蛇行させている。右へ左へと銃弾を避けながら、溥儀が乗せられるはずだったＤＣ３の裏へ回り込む。上手《うま》い。射撃音がやんだ。貴重な機体を穴だらけにはできないのだ。

春雄は手に汗を握った。血潮が熱くたぎる。

胸中で喝采を送った。

——いいぞ！　そうだ！　すり抜けろ！

インディアンは、ＤＣ３の後尾から飛び出した。手前に配置された複葉機を盾にして、ＤＣ３も背後にまわしている。短機関銃は役立たずだ。西風は木偶《でく》のように立ち尽くすばかりの溥儀を目指して疾走していった。

奇襲で攪乱《かくらん》し、溥儀をかっさらう作戦であろう。その意気やよし。その蛮勇を讃えるべし。春雄は杉浦式コルトを抜いた。援護射撃の準備だ。ソビエトを出し抜き、この場から脱出する隙を作ってやる。

痛快無比な冒険譚ではないか！

もし青島《チンタオ》まで逃げ延びることができれば、伊達順之助と合流して〈山東国独立〉運動に身を投じてもいい。さらに南下して、フィリピンかマレーシアで義勇軍として馳せ参じてもよかった。〈のらくろ〉のように、ふたりで冒険の旅に出て、鉱脈発掘に一生を捧げてもいいのだ。

Ｖ型二気筒エンヂンの力強い鼓動が滑走路に轟きわたった。

元皇帝の溥儀も、西風の雄姿を目撃していたはずだ。が、オートバイで迫り来る関東軍の刺客だとでも思ったのであろうか……。

溥儀は甲高い声を放っていた。

悲鳴だ。絶叫だ。

溥儀を連行していたソビエト将校も恐慌に駆られたようだ。ホルスターの覆いをはね上げ、銃把を摑んでピストルを引き抜いた。拳銃で正確に狙える距離ではない。それでもソビエト将校は引き金を絞らずにはいられなかった。

小さな銃声は蒼天に吸い込まれた。

タンクに命中した。ガソリンが漏れ、インディアンは火を噴いた。一瞬で火だるまだ。西風は滑走路を転がって離脱した。騎手を失った鉄の赤馬は竿立ちになった。踊り狂い、苦しげに身悶えしながら複葉機に激突した。

下翼を破り、固定式の脚を砕いた。複葉機は派手に傾斜し、使い物にならなくなった。ガソリンが燃え移って炎上していく。

西風は、長い手足をもつれさせて滑走路に転がっていた。幸運にも、たいして怪我を負っていないようだ。ゆらり、と幽鬼のように起き上がった。

その手に会津兼定の仕込み刀はない。春雄が折ってしまったからだ。代わりに、ひょろりと銃身が長く、中国包丁のように不格好な大型ピストルが握られていた。馬賊たちが愛したモーゼル拳銃だ。

またもや、溥儀が悲鳴を放った。

西風は、足を止めた。小首をかしげ、金切り声で叫ぶ溥儀を不思議そうに眺めている。子供じみた、しかし明確な拒絶だ。かまうものか！　ひっさらえ！　春雄は安全装置を外し、いつでも撃てる構えをとった。

だが、西風の長軀からは、みるみる気が抜けていった。

そのとき、インディアンが爆発した。複葉機も巻き込んで、あたりに破片を飛び散らせた。

西風は、かぶりをふった。

モーゼルを持ち上げ――なぜか、銃口を蒼天にむけた。

高らかに〈マンドリン〉が歌った。

ぱたり、と。

長軀が倒れた。

風に吹かれたせいさ、と戯《おど》けるように――。

あっけなく、銃弾でなぎ倒されたのだ。

――西風！　莫迦野郎！

春雄は高粱畑から飛び出しかけた。

突如、激しい衝撃に見舞われた。視界が乱れる。地雷でも踏んでしまったのか。間抜けめ。よりにもよって、肝心なときに。己を罵った。それでも前進しようとした。が、足は動かない。身体は虚しく倒れていく。なあに、這っていけばいいじゃないか。しかし、肘はどこへ消えたのか。天地の感覚さえ失っていた。

後頭部に強烈な一撃を喰らったのだと気付いたのは、埃と脂がこびりついた頬に乾いた畑の土が触れたときであった。

「しょうがねえんだよ、湊君。これが甘粕さんの頼みなんだから……」

弓削の声がしみじみと聞こえた。

滑走路が陽炎《かげろう》で歪んでいる。

光が眩《まばゆ》すぎて、なにも像を結ばなくなった。

蓄積された疲労が、どっと押し寄せてきた。瞼を持ち上げることすら苦役と化した。風がゆるやかに吹く。夏の匂いが鼻先をくすぐった。生い茂った高粱の葉が鳴りさざめく。

ここは日影なのだ。昼寝にはうってつけではないか……。

暗く、物悲しく、安らぎに満ちた眠りの沼に、どっぷりと頭から沈められながら、それでも春雄は願わずにいられなかった。

もう見たくはなかった。

そんなものは、とうに飽き飽きしているのだ。

夢など、もはや二度と——。

閉　幕

このような場面転換で、真っ白な天井を映すなど――。

じつに陳腐極まりなかった。

ここは天国ではない。夢でもない。煙を吸ったせいか、ひどく喉が痛かった。肺炎にかかったように胸の奥底が熱を帯びている。軋んでいた。首も、肺も、腰も、手足の関節も、どこもかしこもだ。

よろしい。

ならば、この場所ほどふさわしいところはない。

春雄は、病室のベッドで寝かされているのだ。

口にプラスチックのマスクがはめられ、なにかが喉を押しひろげている。気道を確保しているのだろう。鼻の穴にも管が差し込まれていた。機械の電子音。人の慌ただしい気配。医者か看護婦だろう。腕には点滴の針が刺さっているようだった。

どうやら、死に損なった。

失意の味を口腔の舌先で転がした。苦い。苦しい。そんなものは慣れている。が、慣れたところで苦々しさは薄れやしない。

満洲で眼に焼き付いた最後の光景は、奉天の飛行場であった。高粱畑の中で、弓削に殴り倒され、気を失った。弓削の裏切りではなかった。甘粕理事長のお膳立てだったのだ。この期に及んで、友人の甥である春雄を生かそうとしたのであろう。

その甘粕理事長は、春雄が新京を発った数日後に自殺していた。

よほど疲弊していたのか、春雄は三日ほど寝込んでいたらしい。夢さえ見ずに昏々と眠りつづけたようだ。いつのまにか大連へ運搬され、目覚めたときには日本を目指して航行している貨物船の上であった。

帰国するまでの記憶は、ほとんど残っていなかった。西風の死を目撃し、よほど茫然自失としていたのだろう。

それでも、春雄は喪失感に身を震わせた。そして、底知れぬ不安に苛まれた。母親の胎内から排出され、臍《へそ》の緒をたたれた赤子のようなものだ。満洲で暮らした五年間は、切迫した苦労もなく、いつもぼんやりとしていた気がする。

まるで長い夢から醒めたようであった。

大陸から離れるにつれて、春雄の意識から薄膜がはがれ、視界が明瞭に澄み渡っていく。赤錆にまみれた廃港のような現実が見えてきた。

西風という男は、本当にいたのであろうか。気障な仕草も、軽薄な言葉も、なにもかも現実味がなかった。夢から生まれてきたような男だった。ならば、舞台上での役を終え、夢の世界へと還っただけなのであろうか……。

泡沫が破れ、ひとつひとつが残らず弾けた。

春雄の中で、西風と満洲帝国は消え去った。

弓削とは横浜の港で別れた。それ以来、再会を果たすこともなかった。しぶとく、したたかな男だった。敗戦後の混乱期でも上手く乗り越えたのであろう。住所を教え合わなかったのは、互いに大陸の残り香を嗅ぎたくなかったからだ。

日本では、両親が迎えてくれた。五年ぶりとは思えないほどに老け込んでいた。東京は無残な有様だったが、生家は奇跡的に半焼で済んでいた。呆けている暇はない。春雄は闇屋に潜り込んで必死に両親を養った。これが現実を生きるということだ。体力を絞り尽くして生き抜くだけの過酷な日々に、奇妙な充足感を覚えていた。

だが、美紀の死で心を痛め、神国日本の敗北が追い討ちをかけたのであろう。戦後の復興を目撃することなく、両親は相次いで亡くなった。

天涯孤独になった春雄は、家を売って父方の郷里である九州へ渡った。鹿児島は肌が合わなかった。かといって、東京に戻る気もない。中途半端な田舎町に腰を落ち着け、闇屋の手伝いで覚えたトラックの運転で日銭を稼いだ。

映画館に足をむけたのは、なんの気まぐれだったのか。

戦後、初めて観る映画であった。内容は覚えていない。他愛もないチャンバラだ。が、やたらと面白かった。無闇に興奮した。曠野に滴る一滴の清水だ。これほどまでに映画という娯楽に餓えていたのかと我ながら呆れるほどであった。

毎日のように映画館へ通い詰めた。元弁士だという洒脱な館長とも懇意になった。館長は、なぜか春雄を気に入り、映画館で働くことになった。覚えるべき仕事は山ほどあった。過去をふり返る暇もなく、映画に溺れる日々を送った。館長の娘と結婚し、それなりに幸せな人生であった。そうだ。忘れ去ったものへの後ろめたさを感じるほどに……。

眼を閉じて――また少し眠った。

一九七二年――。

日本と中華人民共和国が国交を結んだ。

春雄は、二度とあの地を踏みたいとは思わなかった。

国共内戦では、粛清で党内権力を盤石にした毛沢東《もうたくとう》の共産党軍が蔣介石率いる国民党軍を破って覇者となり、中華人民共和国を建国した。

アメリカは日本に勝利したものの、援助していた国民党軍が台湾へ逃げ落ちたことで大陸での利権を得ることに失敗した。

張宗援こと伊達順之助は、青島で戦争犯罪人として国民党に捕縛され、上海監獄で高らかに笑声を発しながら銃殺に処されたという。かの豪傑らしい最期であった。

愛新覚羅溥儀は、一九五〇年に中華人民共和国へ身柄を移されて政治犯収容所に収監されたが、のちに恩赦によって釈放され、文化大革命の最中に癌を患って一般市民として死去した。

日本から独立した朝鮮半島では、南北に分かれて同じ民族が対立を深めた。北はソビエトが、南はアメリカが後ろ盾となった。中国は台湾を狙うために、ソビエトはなおも火種がくすぶる欧州にアメリカを参戦させないため、南北民族が血で血を洗う朝鮮戦争にアメリカを引きずり込んだ。

朝鮮半島では痛み分けであったが、南北ベトナムの紛争に大規模な戦力を投入したアメリカは決定的な敗北を喫した。世界最強の超大国となったアメリカは、第二次世界大戦という鉄火場で得た莫大なチップを、その後の戦争で国民の血とともに吐きだしつづけることになったのだ。

中華人民共和国は、台湾へ逃げた国民党をたたこうとして失敗した。ソビエト連邦と中華人民共和国は国境をめぐって争った。アメリカを追い払ったベトナムは、中国に多大な犠牲を強いて撤退させた。

不毛な覇権争いから、日本は〈イチ抜け〉することができた。結果的には、それが現在の繁栄をもたらすことになった。敗戦は悲惨だが、必ずしも悪いことばかりではなかったのかもしれない。

そして、冷戦時代の片翼を担ったソビエト連邦も崩壊した。

これですべてが片づいた。

そう思ったとき、あのフィルムが送られてきたのだ。西風が製作し、ついに完成しなかったと思っていた作品であった。満洲の崩壊と同時に逸失したはずの――。


人の気配を感じて、春雄は目覚めていた。

医師や看護婦ではない。

眼を開けると、

「館長、お目覚めですか？」

日陽《はるひ》の男前な笑顔が覗き込んでいた。

どれほど寝ていたのか、ずいぶん時間が跳んだようだ。点滴の針は腕に刺さっていたが、邪魔なマスクは外されている。まだ少し喉が痛かった。それでも、かなり気分は楽になっている。

寝ているあいだに病室も移されたようだった。

「……お見舞かね」

途中で咳込んだ。痰が喉からあふれる。

眼を見開いて訴えると、日陽は了解して、春雄の上半身を起こしてくれた。背中が痛み、骨も軋《きし》んでいた。が、これは年寄りだからだ。

日陽がティッシュを口元へあててくれた。遠慮なく痰を吐いた。介護されている気分だ。実際に、これは介護である。若い娘の手を借りる後ろめたさはあったものの、存外なほど悪い気持ちはしなかった。

そのとき、春雄は右手の違和感に気づいた。

紙を——写真を握り潰していたのだ。

「館長は、それをお守りのように握って放さなかったんです。看護婦さんも呆れてましたけど、お医者さんは、それが精神的な支えになっているのかもしれないから、そのままにしておくようにって……」

手のひらを上にむけると、自然と握り拳が開いた。指先は硬直して、感覚はなかった。血の気を失って指の関節は真っ白だ。

血行が戻ってきたのか、じんわりと指先が痺れてきた。甘い痺《しび》れだ。生きているという喜びを身体の細胞が発しているのだ。

春雄は、くしゃくしゃになった写真をひろげた。

李香蘭が含羞《はにか》んでいた。

戦後は国民党に捕縛され、日本に協力した〈漢奸〉として処刑されかけたが、日本国籍が証明されたことで無事に釈放されていた。本名の山口淑子として日本の銀幕に復帰し、アメリカに渡って映画やミュージカルにも出演した。女優引退後は司会者として活躍し、いまは政治家に転身している。

川島芳子が快活に笑っていた。

軍事裁判にかけられ、伊達順之助に先立つこと半年前に〈漢奸〉として処刑された。現場にはアメリカ人の記者しか立ち入りを許されず、処刑直後を写したという写真は、泥と血で顔の判別ができず、短いはずの髪も首に巻き付くほどに長かったことから、死んだのは替え玉だったのではと当時から噂されていた。

西風と春雄も、ふたりの美女を挟んで写っていた。西風は軽薄な笑みを浮かべ、春雄は緊張で顔をこわばらせている。

春雄は写真を裏返した。

〈元気かね？　あれから僕は阿片を抜くのに苦労したよ〉

それだけだった。

あの男らしい含羞《がんしゅう》だ。うっとうしいほど饒舌なくせに、肝心なことは、けっして口を滑らせない。軟派な態度は人の警戒を和らげる防具であり、軽佻浮薄は侮りと油断を誘う武器となり、無駄口の多さは本心を覆い隠す弾幕でもあったのだ。

顔を上げ、日陽に眼をむけた。

真っ正面から見据え、春雄は面影を探ってみた。傑出した美貌ではないが、日本の可愛らしいお嬢さんで充分に通用する。日本人の顔立ちは意外に多様である。似ているのか、似ていないのか、どうにも決定打に欠けていた。

しかし、慎重に観察してみれば、悪戯っぽく輝く瞳に蒼みが滲んでいた。考えたところでしかたがない。眼の前にいる本人に問いただせばいいだけだ。

「君は、もしや西風の……」

「はい、孫です」

日陽は眼を細めて笑った。

嗚呼――生きていたのだ。

まさか、とは思っていた。信じてはいなかった。疑ってもいなかった。とっくに諦めていた忘れ物が、遠い過去から届いたとしても、さほど感慨が湧く歳でもあるまい。老身に、ほのかな熱が灯っただけだった。

やがて、ゆるやかに流れ出すものがあった。胸の奥底からだ。それはしだいに勢いを増していき、あるところを境にして、どっと一気に時が遡《さかのぼ》った。

大陸の乾いた風が頬をなでた。没法子《メイファーズ》。アカシヤの並木道。没法子。リラの花。没法子。

屋台の中国お焼き。没法子。広大な曠野に沈む夕陽。没法子。落花生が飛び散り、銃声が轟く。没法子。アコーディオンの伴奏でパルチザンの歌が――。

『ようこそ、夢の帝国へ――』

春雄は、そっと吐息を漏らした。

ようやく、深い安堵が痩せた胸を満たしていく。

「そうか。うん、そうか……」

「ボクの正体に、いつから気付いていたんですか？」

「いつから、ということもない。大学に、君の身元を確認しただけだ。学生証の偽造なんかは難しくないからね。映画ファンにしても、うちで働くなんて酔狂すぎるし、もし家出少女であればこちらの責任問題だ」

履歴書は偽りだが、家出少女にも見えなかった。

映画館を閉めたあと、じつは尾行もしてみた。二回ほど見失った。三回目で、日陽がタクシーを拾ったところを目撃した。追跡には失敗したが、そのタクシーの運転手は昔のトラック仲間であった。あとで問い合わせると、日陽は市街地の観光ホテルで長期宿泊していることが判明した。

胡乱である。

しかし、春雄はそれ以上の糾明はしなかった。どこのお嬢様であれ、家出娘ではなさそうだ。ならば、なにを企んでいようが本人の勝手である。

日陽は悪戯っぽく瞳を輝かせた。

「湊さんは、鈍そうな顔をしていて、じつは勘の鋭いところもあるって……祖父は話していました。その通りなんですね」

大きなお世話だ、と春雄は舌打ちしたくなった。

「教えてくれないか。どうやって、西風は生き延びた？」

日陽は微笑みながら話してくれた。

西風は、ソビエト兵の銃弾で重傷を負った。が、死んではいなかった。溥儀のお付きであった医師の手当てを受け、かろうじて一命をとりとめたらしい。

本格的な治療は、連行されたソビエト領土で施されたという。西風は多国の言語を操り、中国情勢にも詳しいことから、ソビエトのスパイになることで日本軍のために働いた罪を不問にされた。

西風は恢復《かいふく》すると、北京や上海などに潜伏して、国民党の情報をソビエトに流しつづけた。国民党軍が敗北すると、今度はアメリカへ潜入させられ、ロサンゼルスの映画産業に潜り込んでいたらしい。

満洲国は消えたが、さらに空虚な国がそこにあった。西風は憧れのハリウッドで諜報活動を楽しんでいたようだ。

マッカーシーの苛烈なレッドパージをくぐり抜け、華僑《かきょう》にも潜り込んで秘密工作に明け暮れていたが、ソビエト連邦の崩壊で悪名高きKGBも解体され、どさくさに紛れてスパイ稼業から足を洗ったという。

「君のおばあさんは、まだ生きているのかな?」

「いえ、亡くなりました。祖母は中国人で、長春で母を産んだらしいです。母のことはソビエトにも隠していて、祖父が満洲時代のユダヤ人脈を利用して、母をアメリカへ連れていきました。母はメキシコから密入国した父と結婚して、ボクを産みました」

メキシコ人の遺伝子まで入っているとは思わなかった。

現代の子供は食生活の変化によって発育が変化してきたが、日陽は母方の血を多く受け継いだようだった。

他にも訊きたいことは山ほどあった。多すぎて、どこから質問していいものやら頭の中で整理が追いつかない。

「それで、なんの目的で接触してきた? まさか、ジジイをからかうためにやってきたわけじゃないいんだろ? 西風に頼まれたのかな?」

日陽は改まった顔になった。

「館長」

「もう館長ではないよ」

「では、湊さん、アメリカで余生を送りませんか？　祖父が待っています。またいっしょに夢作りをしたいって、すごく張り切って……どうして、そんなに厭な顔をするんですか？」

「いや、さぞや嫌味なジジイになってるだろうなと思ってな」

「はい、それはもう」

けらり、と日陽は笑った。

「足腰が弱って、車椅子での生活ですけど、なぜか口だけは滑らかで、ふざけたことばかりしゃべって家族を困らせています」

西風は、自力では歩けなくなっていたのだ。

だから、こんな回りくどい手順を踏んだのだろう。

孫娘を日本に送り、バイトとして接触させ、タイミングを見計らってあの映画を観せるつもりだったのだ。春雄が驚いたところで、アメリカにこないかと誘う。いかにも西風らしい外連《けれん》であった。

もっと素直に歳をとればよいものを……。

「しかし、あのフィルムをどこで手に入れたんだ？」

「祖父は、あれを満映のスタディオに残していったそうです。映画の機材といっしょにソビエト軍が接収したらしくて、接収品リストを手がかりにして発見するのに苦労したと愚痴をこぼしていました」

「ともあれ、君が映画館から助けてくれたんだな。ありがとう」

日陽は、こっそり作っておいた合い鍵で映写室に潜り込み、西風から託された映画プリントを上映した。その途中で、春雄の様子がおかしいことに気付いた。心臓の発作で苦しんでいたのだ。

慌てて客席にむかったところ、セルロイドのフィルムが発火した。大きな火事にはならず、ボヤで済んだようだった。救急車と消防車を呼び、春雄が病院へ運ばれていくときもついていてくれたらしい。

「まあ、いいさ。了解だ。病院で年越しもオツなものだと思っていたが、恩人の頼みは断れない。君も西風の映画を手伝うんだろ？」

「はい」

「それは楽しみだ」

ハルヒとハルオだ。

いいコンビになれるかもしれない。

「君の演技力はたいしたものだ。大学に確認しなければ、ずっと騙されていただろう。女優になれるんじゃないのか？」

「あははっ、まさか。でも——」

にっ、と日陽は笑った。

「女優に毛の生えたのくらいだったら……ね？」

そのコケティッシュな笑顔は、かの麗人と瓜二つであった。

終劇

参考資料一覧

「別冊歴史読本　満州古写真帖」／新人物往来社
「日本鉄道旅行地図帳　満洲　樺太」／新潮社
「満州帝国」／児島襄／文春文庫
「真実の満洲史」／宮脇淳子／ビジネス社
「復刻版　少年満洲讀本」／長與善郎／徳間文庫カレッジ
「満鉄とは何だったのか」／藤原書店
「満鉄　特急あじあ号」／市原善積／原書房
「満州航空の全貌」／前間孝則／草思社
「幻のキネマ満映　甘粕正彦と活動屋群像」／山口猛／平凡社ライブラリー
「満映　国策映画の諸相」／胡昶　古泉／パンドラ
「映画館と観客の文化史」／加藤幹郎／中公新書
「満映とわたし」／岸富美子　石井妙子／文藝春秋
「海軍兵学校　江田島教育」／豊田穣／新人物文庫
「闘神　伊達順之助伝」／胡桃沢耕史／文春文庫

「馬賊戦記〈上〉〈下〉」／朽木寒三／徳間文庫
「溥儀―清朝最後の皇帝」／入江曜子／岩波新書
「尾崎秀実伝」／風間道太郎／法政大学出版局
「溥儀の忠臣　工藤忠」／山田勝芳／朝日選書
「合気道開祖　植芝盛平伝」／植芝吉祥丸／出版芸術社
「八極拳　中国伝統拳の精髄」／張世忠／福昌堂
「満洲国のビジュアル・メディア」／貴志俊彦／吉川弘文館
「川島芳子　知られざるさすらいの愛」／相馬勝／講談社
「李香蘭　私の半生」／山口淑子　藤原作弥／新潮文庫

この作品は2019年1月徳間書店より刊行されました。
この物語はフィクションです。

徳間文庫

満洲《まんしゅう》コンフィデンシャル

2023年1月15日 初刷

著者 新《に》美《み》健《けん》
発行者 小宮英行
発行所 株式会社徳間書店
東京都品川区上大崎三-一-一 〒141-8202
目黒セントラルスクエア
電話 編集〇三(五四〇三)四三四九
販売〇四九(二九三)五五二一
振替 〇〇一四〇-〇-四四三九二
印刷
製本 大日本印刷株式会社

ISBN978-4-19-894816-0 (乱丁、落丁本はお取りかえいたします)